Das Erbe von Brookhurst

Für meine beiden Mausebären,
für meine Seelenschwester
und „partner in crime" Saaaandra;
und besonders für meine Mama und meinen Papa.

Kate Brinkhouse

Das Erbe von Brookhurst

Roman

Prolog

1748

Ihr könnt doch nicht den Sprössling von dieser Dorfhure zu Eurem Erben ernennen, Mylord! Was sollen die Leute sagen?"

„Mein Leben ist fast zu Ende und wir haben in unserer Ehe keinen Sohn hervorgebracht. Ich will nicht, dass mein Bruder William mein Nachfolger auf Brookhurst wird, er ist ein Taugenichts." James leerte sein Glas Rotwein in einem Zug und stellte es resolut auf den Tisch zurück.

„Der königliche Erlass befindet sich bereits in meinem Besitz, Ihr könnt mich nicht daran hindern, ihn einzusetzen, verehrte Gattin."

„Wann habt Ihr ihn erbeten?", Lady Harriet war fassungslos.

James hatte seine Frau einst mal sowas wie geliebt, doch mit den Jahren, nach den Geburten ihrer drei Töchter wurde er ihrer Gesellschaft müde. Sie mochte zwar die Tochter eines Baronets sein, doch fand er sie zunehmend einfältig und langweilig.

„Meine Liebe, soll ich Euch wahrhaftig quälen?"

Lady Harriet schluchzte und zupfte ihr Spitzentuch aus dem Ärmel. „Bitte sagt es mir, Mylord."

„Wie Ihr wünscht, Gnädigste. Vor zwölf Jahren schon. Unsere ehelichen Pflichten waren bereits… erloschen."

Lord James erhob sich von seinem Stuhl und erklärte damit dieses quälende Gespräch für beendet. Seine Frau blieb sitzen.

Er ging zur ihr hinüber und tätschelte ihr die Schulter.

„Grämt Euch nicht. Für Euch ändert sich nichts. Und sollte eines Tages James nach Brookhurst ziehen, so habt Ihr die schöne neue elegante Lodge im Park, die ich für Euch habe errichten lassen. Unsere Töchter sind aus dem Haus, meine Liebe. Und Euch wird es an nichts fehlen! Ebensolches gilt im Übrigen auch für den Fall, dass mein Bruder Brookhurst erben sollte, was selbstverständlich nicht geschehen wird."

James fand, dass er sie mehr als beruhigt haben sollte, sie war schließlich nur die Lady des Hauses. Lady Harriet hatte ihre eheliche Pflicht einen Erben zu zeugen nicht erfüllt, damit verlor sie in seinen Augen an Ansehen. Sie war ihm längst mehr Last als Freude, jedoch hatte er sich vor dem Allmächtigen verpflichtet, sie bis ans Ende ihrer Tage zu versorgen.

„Ich ziehe mich zurück, Harriet. Gehabt Euch wohl."

Anstatt in sein neues Schlafgemach zu gehen, verließ James das elegante neue Speisezimmer, wo er mit seiner Frau Lady Harriet zu Abend gegessen hatte.

Vor einer Woche erst waren die letzten Handwerker abgezogen und hatten das alte Familienanwesen endlich in die Neuzeit geführt. Überall im Land wurden inzwischen alte Landsitze modernisiert oder gar ganz neu errichtet. Für letzteres reichte das Vermögen nicht, auch wenn James den alten Kasten seiner Kindheit verschmäht hatte. Seine Eltern waren sehr sparsam mit dem Geld umgegangen und sahen keine Notwendigkeit, den neuen vorherrschenden, kantigen und schmucklosen Stil auf Brookhurst umzusetzen. Alles was recht ist, doch er sah sich als Botschafter für eine neue Ära auf Brookhurst.

Er war in seinen besten Jahren, seine drei liebreizenden Töchter waren alle aus dem Haus, zwei davon gut situiert in Kent und Hampshire, und die mittlere Tochter hörte den christlichen Ruf und folgte ihm in eine abgelegene Abtei nach Yorkshire.

Seine Frau hatte ihre Aufgaben und Verpflichtungen im Haus und stand ihm treu zur Seite. Es tat ihm leid für sie, aber warum sollte es ihr anders gehen, als vielen anderen Damen der Gesellschaft, die ihre Ehemänner mit einer Mätresse teilten?

Mathilda Hewitt war weit mehr für ihn als eine Bettgefährtin, sie war seine Vertraute und Freundin. Er liebte sie mehr als sein Leben. Leider war es ihm nie vergönnt, eine nicht standesgemäße Dame zu ehelichen, auch wenn sie selbst aus respektablen Hause kam. Sie war früh verwitwet gewesen und hatte nur eine Tochter, als er ihr in London während der Saison in einem Park begegnet war. Seither trafen sie sich regelmäßig.

Als sich die Saison dem Ende zuneigte, bat er Mathilda, ihm nach Sussex zu folgen. Er hatte seine Mätresse aus London schließlich hier im Dorf von Brookhurst etabliert. Es dauerte nicht lange, und sie gebar ihm einen Sohn. Seinen einzigen Sohn. Er war stolz und jeder in der Welt sollte wissen, dass er endlich einen Sohn hatte. Doch man redete, und Lady Harriet wurde zum Gespött der Gesellschaft. James ließ sich davon nicht beirren und ging weiterhin bei Mathilda ein und aus, und verbrachte viel Zeit mit ihrem gemeinsamen Sohn James.

Ein paar Jahre später reifte der Entschluss in ihm heran, dass er James zu seinem rechtmäßigen Erben ernennen wollte. Schließlich würde seine Linie sonst aussterben, und das kam für ihn nicht in Frage. Es war eine Frage des Stolzes und der Ehre, er wollte nicht für seine Nachfolger der Versager sein, der es nicht geschafft hatte einen Erben zu produzieren. Auf seine Weise würde er den natürlichen Lauf ein wenig abändern. Er unterhielt gute Beziehungen zum Königshaus, und dort würde man sicher seinem Wunsch nachkommen, schließlich sind königliche Bastarde ebenso gesellschaftlich anerkannt worden. Wenn er erst einmal die Zustimmung des Königs hätte, dann würde das Gerede schon verstummen, schließlich bekannte er sich öffentlich zu seinem Sohn. Und auch die Zukunft des kleinen James stünde auf festen Fundamenten. Er könnte es nicht ertragen, dass eines seiner Kinder am Hungertuch nagen musste.

Lord James verließ sein Haus, ließ sich seine treue Stute satteln und ritt in der Dunkelheit Richtung Dorf. Er wusste, dass sein Sohn James am Wochenende vom Studium in Oxford zu Hause war und wollte ihn wiedersehen.

Als er den kleinen Salon des Hauses im Dorf betrat, in dem Mathilda lebte, fand er seinen Sohn James sehr verändert vor, er wirkte auf ihn aggressiv und rastlos. Die Wiedersehensfreude währte nur kurz. James hatte in Oxford Spielschulden gemacht, daher war er missgelaunt und auch seinem Vater gegenüber ausfallend. James wies seinen Sohn ob seiner Zügellosigkeit streng zurecht.

„Wenn du Brookhurst einmal erben willst, kannst du dir solche Eskapaden nicht mehr erlauben, mein Sohn. Es gibt Menschen, die auf dich angewiesen sind."

Doch der Jüngere schnaubte abfällig. Er war sich seines leichten Lebenswandels durchaus bewusst, doch es gefiel ihm! Und irgendwie würde er aus der Schuldenfalle schon herauskommen. Das hatte dank seiner Mutter bisher immer geklappt.

Dieses Mal handelte es sich allerdings um keine unbeträchtliche Summe, die musste er unbedingt bis nächste Woche aufgetrieben haben, sonst würde er nicht nur seinen guten Ruf verlieren, sondern vermutlich auch sein Leben, und das höchst ehrlos.

Während sein Vater, der ach-so ehrbare Lord Burton, weiter über die zukünftige Verantwortung als Earl schwadronierte, versank James der Jüngere immer weiter in seinen Gedanken. Er goss sich ein weiteres Glas Portwein ein und kippte es in einem Schluck hinunter.

„Verzeihen Sie, Mylord, ich habe noch eine anderweitige Verpflichtung", fuhr er seinem Vater ins Wort. Ohne seine Eltern eines weiteren Blickes zu würdigen, verließ er den Salon. Er musste unbedingt raus aus diesem trübsinnigen Haus, es schien ihm immer kleiner zu werden, je länger sein Vater dort war. James hielt es nicht mehr aus. Er stürmte hinaus in die Dunkelheit des Dorfes.

Er sah, dass im Inn noch die Kerzen brannten und änderte seine Richtung.

Der Wirt erkannte ihn und stellte ihm ein Bier auf den Tresen, noch bevor James diesen erreicht hatte.

„Guter Mann", murmelte James und nahm einen wohltuenden großen Schluck von dem dunklen Gebräu.

„Sagt an, Master Hewitt, wann bekomme ich mein Geld?"

Ach, herrje, dachte sich James, das hatte er vollkommen vergessen. Er hatte vor einigen Monaten ein Glückssträhne gehabt und in seiner Euphorie das ganze Inn eingeladen. Zahlen konnte er an dem Abend nicht, er hatte anschreiben lassen. Weil er der Sohn des Earls war, gewährte der Wirt ihm diesen Kredit. Doch so langsam verlor dieser die Geduld mit dem feinen Herrn.

„Ihr bekommt Euer Geld, schon bald."

„Das will ich auch hoffen, Master Hewitt, ich muss schließlich auch meine Rechnungen bezahlen."

James war es leid, dass man ihn überall auf seine Schulden ansprach. Er musste etwas unternehmen. Wenn er doch schon auf sein Vermögen als Earl zugreifen könnte…

Wortlos sprang er plötzlich auf. Er hatte eine Eingebung.

„Habt Dank, Master" und warf dem Wirt ein paar Münzen hin.

„Vergesst Eure Schulden nicht, Master Hewitt, ich würde nur ungerne zu Eurem Vater dem Earl gehen wollen."

Großen Schrittes machte sich James wieder auf den Weg nach Hause. Wenn er sich beeilte, würde sein Vater noch da sein.

Er traf seine Eltern im Salon.

„Verzeihen Sie mir meine Laune, Mylord." Er setzte sich auf den Stuhl gegenüber von seinem Vater und schenkte sich noch ein Glas Portwein ein. „Wie laufen denn die Umbauarbeiten auf Brookhurst?"

„Sie sind abgeschlossen. Seit letzter Woche. Es ist prachtvoll geworden. Beinahe eines Königs würdig!"

„Das klingt vielversprechend. Wann darf ich es mir ansehen?"

James der Ältere freute sich über das plötzliche Interesse seines Sohnes am Familiensitz.

„Jederzeit, mein Sohn, jederzeit."

„Wie wäre es am Tage nach dem morgigen?"

„Es wäre mir eine Freude."

Lord Burton nahm seinen Abschied von seiner Familie und ritt wieder nach Brookhurst Manor zurück.

„Lord Burton sah schlecht aus, fandet Ihr nicht auch, Mutter?"

„Nun, er sorgt sich um dich."

„Ich finde, er sah unwohl aus."

„Ich weiß nicht, vielleicht ein bisschen erschöpft."

„Hoffentlich ist er nicht ernstlich krank", James erhob sich und sagte seiner Mutter Gute Nacht. Im Flur grinste er in sich hinein. Wenn es ihm gelänge, falsche Früchte zu säen, dann würde sein Plan aufgehen.

„Ihr habt ein Meisterwerk erschaffen, Vater." James lobte die neue Architektur von Brookhurst in den Himmel.

„Höchst modern und äußerst geschmackvoll. Wahrhaftig würdig einen König zu empfangen." Er wusste, wie er seinen Vater umschmeicheln musste. Und dieser hörte die Lobeshymnen nur allzu gerne.

„Mein Sohn, es ehrt mich, dass es dir gefällt. Schließlich soll es alles ja einmal dir gehören."

„Ach Vater, je länger dieser Moment auf sich warten lässt, desto lieber ist es mir", lächelte er kalt.

„Mein Sohn, du bist mein ganzer Stolz. Deswegen möchte ich deinen heutigen Besuch auf Brookhurst dazu nutzen, um dir das Familienschwert zu überreichen, welches seit Generationen am 18. Geburtstag des Erben weitergereicht wird. Und da dein 18. Geburtstag schon eine Weile zurückliegt, ist der Zeitpunkt jetzt so gut wie jeder andere. Ich sehe es als schicksalhafte Fügung an, dass du nun hier auf Brookhurst bist. Und dein Interesse am Haus beweist mir, dass ich recht habe."

„Vater, Mylord. Ich danke Ihnen. Es ist mir eine Ehre, Euer Nachfolger sein zu dürfen."

„Jetzt genug davon." Leicht errötet von den charmanten Worten seines Sohnes wand James das Gespräch einem anderen Thema zu.

„James, ich zeige dir nun ein wichtiges Dokument und den Ort, an dem ich es verwahre. Ich habe ihn eigens dafür einbauen lassen. Niemand weiß davon. Nur du sollst davon wissen. Für den Fall, dass es mal Zeiten geben sollte, in denen dir jemand dein rechtmäßiges Erbe streitig macht. Folge mir."

Er führte seinen Sohn zu dem geheimen Versteck, mitten im Haus. Es war finster dort, und nur eine Kerze erhellte die kleine Kammer.

„Hier, James. Dies ist ein königlicher Erlass, der dich zum Erben macht. Es kann dir niemand nehmen was deins ist. Ich werde es hier…"

Weiter kam er nicht. Er brach lautlos zusammen, bevor er seinen Satz beenden konnte, das königliche Dokument noch immer in der Hand haltend. Sein Kopf schlug mit einem knirschenden Krach auf dem steinigen Boden auf und alles war still.

James senkte seinen rechten Arm, in dessen Hand er das Schwert der Burtons hielt. Von dessen edelsteinbesetztem Knauf tropfte Blut.

„Danke, Vater." James atmete schwer, dann lachte er. Er lachte laut und eiskalt. Er sah, wie sein Vater am Boden lag, mit aufgerissenen Augen. Er rührte sich nicht mehr. Das war ganz leicht, dachte James. Sein Adrenalinspiegel kochte.

Ohne eine weitere Minute zu verlieren, eilte James den Weg zurück, schloss die Geheimtür hinter sich und versuchte seine Atmung zu beruhigen. Diese Tür würde er nie wieder öffnen, und er würde nie in seinem Leben einer Seele davon erzählen. Niemand würde jemals erfahren, dass der 6. Earl of Brookhurst dort unten sein ewiges Grab gefunden hatte.

Dann blickte James sich um. Da, am Kaminsims im Salon war ein guter Platz. Dort deponierte er gut sichtbar einen Brief an Lady Harriet gerichtet und verließ ungesehen das Haus durch die Terrassentür.

Sein Herz klopfte wild. Er musste das jetzt durchziehen, er durfte nicht nervös werden.

Sein Pferd stand im Stall zwischen den anderen. Er sattelte die Stute des Earls flink und manövrierte erst sein Pferd und dann die Stute aus dem Stall, die ihm hörig hinterher trottete. Die Stallburschen waren gerade beim Essen, niemand hatte ihn entdeckt.

Er ritt in der aufkommenden Dämmerung kilometerweit querfeldein in die Richtung eines abgelegenen Sees und führte die Stute neben sich her. Am Ufer ließ er das Tier stehen, wo es sofort zu grasen begann.

Schleunigst kehrte er sein Pferd um und gab ihm die Sporen. Er ritt in die entgegengesetzte Richtung, weit weg vom furchtbaren Unglücksort, wo der gute Earl of Brookhurst ins Wasser ging, um seinem Leben ein Ende zu setzen. Man erzählte sich stets von gefährlichen Untiefen in diesem Gewässer, von Personen, die nie wieder aufgetaucht waren. Diesen tragischen Ort hatte sich der Lord ganz offenbar als sein Grab ausgesucht.

So sollte es jedenfalls aussehen.

James machte sich über einen großen Umweg auf den Heimweg.

Auf den letzten Metern vorm Dorf fiel er in einen leichten Trab. Nur die Ruhe bewahren, bloß nicht auffallen. Das Knirschen des hinteren Schädels unter dem Schwertknauf würde er so schnell nicht vergessen. Und das viele Blut.

Du kommst von einem ganz gewöhnlichen Ausritt zurück, und bei deinem Abschied von Lord Burton auf Brookhurst war er noch quicklebendig. Ruhig atmen, mahnte er sich selbst.

Es dauerte nicht lange, und im Dorf wurde es unruhig. Überall raunten und tuschelten die Einwohner. Emsiges Treiben kam vom Inn und vom Dorfanger. Kerzen wurden angezündet.

Man hörte Satzbrocken wie „das Pferd des Earls", „herrenlos" und „der See".

Man munkelte von einem Abschiedsbrief im Herrenhaus, an Lady Harriet. Ein Abschiedsbrief vom Earl. Er sei schwer krank und wolle seine wenigen verbleibenden Tage nicht würdelos dahinsiechen. Er vermache sein gesamtes Hab und Gut seinem geliebten Sohn, Master James Hewitt.

Geschlossene Fackelzüge machten sich auf den Weg über den Anger.

Dann klopfte es an die Tür von Hewitt House.

Der Plan hatte funktioniert, dachte James. Er ignorierte das grauenvolle Knirschen, welches sich in sein Gedächtnis eingebrannt hatte. Er fühlte noch das Gewicht des Schwertes in seiner erhobenen Hand, den erstaunlich leichten Widerstand des Schädels, und wie sein Vater geräuschlos zusammenbrach.

Sein eigenes Leben würde sich nun ändern. Er war nun ein wohlhabender Mann. Dieser Gedanke gewann über die schrecklichen Erinnerungen in der Kammer.

Der Earl ist tot. Lang lebe der Earl.

Teil I

Frühling 1945, Emsland

Es war kurz vor dem Ende des Krieges, als sich das Leben von Hanna grundlegend verändern sollte. An diesem einen Tag, der für das Dorf, in dem sie lebte, einen Einschnitt in den inzwischen verhärmten Alltag des Krieges bedeutete. An diesem Tag, als die Briten kamen.

Das kleine Dorf mit seinem großen Kloster hatte auch seine Jungen und Männer in diesen unsinnigen und grausamen Krieg geschickt, etliche kamen schwer verwundet zurück, andere waren auf ewig verloren auf den anonymen Schlachtfeldern der Welt.

Auch zwei von Hannas ältesten Brüdern waren nicht aus dem Krieg zurückgekehrt. Vom Krieg selbst hatte das kleine Dorf nur wenig mitbekommen, denn die Gegend im Emsland war sehr einsam, obwohl die große Straße Richtung Osnabrück nicht weit entfernt lag.

Hin und wieder hörten und sahen sie die Flieger am Himmel und einige wenige Male zogen ausländischen Truppen vorüber und nahmen ein paar Lebensmittel mit, was nach dem ersten Widerstand seitens der Dörfler mit drohender Gewalt endete, und bei den anderen Malen mehr oder minder zähneknirschend in Kauf genommen wurde.

Sie hatten Glück, dass sie selbst für ihre Nahrungsmittel sorgen konnten, somit halfen sich die Bewohner untereinander aus, wenn es zu einem Engpass kam.

Das Dorf in dem sie lebten, war aber zu unbedeutend und klein, als dass jemals eine ernsthafte Gefahr bestanden hatte. Das Jahr hatte schon die ersten drei Monate hinter sich und nun wartete man darauf, dass endlich das Ende dieses furchtbaren Kriegs verkündet würde, der so vielen unschuldigen Menschen das Leben gekostet hatte.

Familie Rosenstein aus dem Dorf war eines Nachts verschwunden und nie wieder aufgetaucht. Hanna hatte es damals nicht verstanden, dass ihre Klassenkameradin Judith ohne ein Wort des Abschieds weggegangen war. Peter, der Sohn des Dorfladens Moormann, hatte gesehen, wie in der Nacht zwei Lastwagen vor Rosensteins Haus auftauchten und ein Dutzend braun gekleideter Männer hineinstürmten und die ganze Familie samt Großeltern auf die Laster verfrachtete.

Inzwischen wusste Hanna, was passiert war. Unmöglich wollte sie diese Grausamkeiten wahrhaben oder gar verstehen.

Leider müsste man aber auch in ihrem kleinen Dorf stets vorsichtig sein mit dem, was man sagte, denn die Nazis hätten ihre Ohren überall, so sagte zumindest ihr Vater. Am Besten gar nicht mit anderen Leuten reden, außer über das Wetter und die Ernte. Man wüsste schließlich nie, hinter welchem Freund sich nicht doch ein Verräter verbarg.

Alle waren diesen entsetzlichen Krieg schrecklich leid. Er hatte soviel zerstört, und nicht nur Gebäude und Straßenzüge.

Menschen wurden zugrunde gerichtet, lebten von Almosen, weil ihnen rein gar nichts geblieben war. Menschliche Seelen waren erloschen, die körperlichen Hüllen waren leer. Oder aber Menschen, vor allem die Männer, kehrten nach langer Zeit heim, die aber durch die Schrecken des Krieges nie wieder die alten waren. Aus ihren kalten Augen blitzte die Furcht und Grausamkeit und die seelische Kälte eines Soldaten, der auf dem Schlachtfeld gelernt hatte, dass ein Menschenleben nichts mehr wert war.

An einem der ersten sonnigen und milden Tage Anfang April 1945 war Hanna auf dem Weg zurück nach Hause.

Sie hatte bei Moormann endlich wieder Mehl und Zucker bekommen können, und sie konnte es kaum erwarten, bis ihre Mutter ihren wunderbaren Streuselkuchen auf den Tisch stellte.

Hanna war mit 20 Jahren die Zweitjüngste von acht Kindern und lebte auf dem Hof ihrer Eltern, zusammen mit ihren Geschwistern und den Familien ihrer ältesten Brüder.

Sie ging den Korb schwenkend die Dorfstraße entlang und freute sich über die Vögel, die in den noch kahlen Bäumen saßen und ihre Lieder in die Welt hinaus zwitscherten, als hätte es nie etwas Böses auf der Welt gegeben.

Hanna überkamen die Frühlingsgefühle und sie lächelte in sich hinein. Der Winter war lang und hart genug. Schnee hatte es reichlich gegeben, und bis Mitte März lagen noch überall die großen Schneehaufen, die vom Freischaufeln der Wege an deren Rändern lagen und nur langsam wegtauten.

Umso mehr freute sich Hanna, dass inzwischen überall die Osterglocken blühten und die Kriegswirren, wenngleich auch nur für einen Augenblick, vergessen ließen. In diesem einen kleinen Moment, als die Osterglocken ihre prachtvollen Köpfe im leichten Wind neigten und mit der Sonne um die Wette leuchteten; in diesem einen kleinen Moment, als die Meisen ihr Lied sangen, in diesem kleinen Moment war die Welt in Ordnung. Doch dieser kleine Moment des Friedens wurde plötzlich unterbrochen, von einem gleichmäßigen und lauter werdenden Knattern.

Automatisch wanderte Hannas Blick Richtung Himmel, das hatte sie sich in den vergangenen Jahren so angewöhnt. Doch dann drehte Hanna ihren Kopf zur Seite und sah zur langen Dorfstraße zurück. Bei der Kirche sah sie eine Kolonne von Militärfahrzeugen genau in ihre Richtung fahren. Panik überkam sie, ihr Instinkt sagte „Wegrennen!", blieb aber dann wie angewurzelt stehen, weil sie sich sofort an die Worte ihres Vaters erinnerte: „Bleibe wo du bist, und bleibe ruhig und unauffällig. Wenn man wegrennt, macht man sich verdächtig und sie kommen hinter dir her."

Hanna blieb also am Fahrbahnrand stehen, umklammerte ihren Korb mit beiden Händen und beobachtete, wie die Fahrzeuge näher kamen. Hier und da waren Fahrzeuge rechts herangefahren und Soldaten stiegen aus. Sie machten jedoch nicht den Eindruck, als hätten sie einen dringenden Auftrag. Vielmehr gingen sie zu den Häusern an der Dorfstraße, klingelten und gingen hinein.

Hanna war so gebannt von diesem Anblick den sie nicht verstand, dass sie erst in diesem Augenblick das Motorrad und den ihm folgenden Geländewagen bemerkte, die an ihr vorüber knatterten. An den Flaggen, die am Heck der Fahrzeuge flatterten, erkannte sie, dass es Briten waren. Noch bevor sie sich einen Reim auf all das machen konnte, fuhr ein weiterer Geländewagen an Hanna vorbei.

Der Soldat, offenbar ein Offizier, der auf dem Sitz saß, wo in der Regel der Fahrer Platz nahm, lächelte sie charmant an und grüßte sie, in dem er seine rechte Hand an den Schirm seiner Offiziersmütze tippte. Hanna lächelte unwillkürlich zurück.

Das waren doch eigentlich die Feinde! Aber ihr Vater hatte ihr auch erklärt, dass es die Alliierten sein würden, die ihr Land von Hitlers Macht und den Nazis befreiten.

Und abermals, bevor sie wusste wie ihr geschah, bogen diese drei Fahrzeuge in die Straße ein, die zu ihrem Hof führte. Sie rannte los und konnte an der Ecke gerade noch sehen, wie der zweite Geländewagen hinter der nächsten Kurve verschwand.

Der Straßenstaub legte sich gerade, als Hanna diese Kurve erreichte. Das Knattern war nur noch einen Augenblick leicht zu vernehmen, dann verstummte es gänzlich. Die Briten waren auf ihrem elterlichen Hof.

Hanna war das letzte Stück zum Hof gerannt. Was, um Himmels Willen, konnten sie von ihnen wollen? Sofort fielen ihr die schrecklichen Geschichten ein, die all die Jahre im Dorf erzählt wurden - von Deportationen, Verrat, Folter und Raub.

Was konnten ihre Eltern bloß angestellt haben, ihre hart arbeitenden und christlichen Eltern, ihrer moralischen Vorbilder, was die Briten auf den Plan gerufen hatte?

Hanna fürchtete mit jedem Schritt, den sie dem Haus näher kam, dass ihr geliebter Vater von den Soldaten aus dem Haus geschafft und weggefahren würde. Was konnte er denn bloß den Briten getan haben?

Hanna erreichte die Haustür, aber hörte keinen Lärm. Sie betrat die lange dunkle Diele und folgte den fremden Stimmen bis in die gute Stube. Die Tür stand offen.

Als Hanna sich ihr näherte, wurde sie gleich bemerkt. Zwei Offiziere drehten sich zu ihr um, einer von ihnen war der junge Offizier, der sie kurz zuvor so freundlich gegrüßt hatte. Ihre Eltern saßen verunsichert auf dem alten Sofa gegenüber der Tür und blickten nervös zwischen den Offizieren und Hanna hin und her.

Ihre Mutter Anna hatte ihr weißes Spitzentaschentuch in den Händen und tupfte sich immer wieder eine Träne weg.

Ihre Schwester Luzie und ihre Schwägerin Elisabeth standen wie erstarrt links neben den Eltern, ihre Arbeitsschürzen unruhig in den Händen knetend.

„Gut, dass Du da bist, Kind", schluchzte Anna und fuchtelte mit ihrem Tuch in der Luft herum, so als würde sie damit der Situation mehr Ausdruck verleihen.

„Plötzlich standen diese Männer in der Diele. Ich habe kein Wort verstanden, und Dein Vater auch nicht. Sie wollen uns sicher abführen! Wir haben nichts Unrechtes getan!"

Ihre Panik war kaum zu überhören, die letzten Worte kreischte sie fast. Alois legte ihr beruhigend die Hand aufs Bein, während gleichzeitig einer der Offiziere beschwichtigend die Hand hob.

Offenbar hatte Annas hysterischer Anfall die richtige Botschaft übermittelt.

„Hanna, Du hast doch Englisch in der Schule gelernt. Kannst Du sie fragen, was sie wollen?"

Hanna starrte ihren Vater an.

„Aber Vati, das ist doch schon so lange her!"

„Und ich bin mir nicht sicher, ob ich die richtigen Worte finde. Nicht, dass ich alles noch schlimmer mache!"

„Schlimmer? Was könnte schlimmer sein, als ausgeraubt und oder verjagt zu werden?" Anna war immer noch außer sich.

Hanna zögerte einige Sekunden, um sich im Kopf die richtigen Vokabeln zurechtzulegen. Die Herren Offiziere bemerkten Hannas Ansatz, etwas sagen zu wollen und wandten sich ihr zu. Ihnen war daran gelegen, diesen guten Leuten klarzumachen, weshalb sie gekommen waren.

Hanna blickte zu dem Mann, der aussah, als hätte er das Kommando.

„Äh, what can we do for you?" stotterte sie.

Der Kommandant wirkte überrascht, als diese junge Frau, die eben erst dazu gestoßen war, ihn in seiner Muttersprache ansprach.

Er entgegnete ihr in einem sehr bestimmenden Tonfall, ebenfalls auf Englisch.

Hilflos und ein wenig überfordert schaute sich Hanna zu den beiden Offizieren um. Jener Offizier, der sie gegrüßt hatte, räusperte sich und sprach zu seinem Vorgesetzten.

„May I?"

Hanna glaubte verstanden zu haben, dass er um eine Erlaubnis bat. Der Kommandant nickte.

Der Offizier trat einen Schritt vor und blickte Hanna kurz direkt in die Augen, bevor sein Blick auf ihre nervösen Eltern wanderte. Hanna spürte, wie sie errötete. Sein Blick hatte sie voll erfasst.

„Excuse me, wir sind hier," begann er holperig in einem gebrochenem Deutsch, „zu bleiben auf Ihren Hof for a while."

Sein Ton war höflich, aber dennoch bestimmt.

Er schaute Hanna wieder direkt an. Sie merkte, wie ihr ganz heiß wurde.

Auch wenn dieses Deutsch-Englische Kauderwelsch schwer zu entziffern war, so hatte sie diesen Mann sehr gut verstanden.

„Sie werden hier bei uns auf dem Hof bleiben, Vater."

„Wie bitte?"

Alois blickte zum Kommandanten, der in den letzten Minuten kaum eine Miene verzogen hatte. Streng aber stumm erwiderte er Alois' entsetzten Blick.

Dieser erhob sich von seinem Platz.

„Aber was...was wollen Sie denn hier? Mir beim Ausmisten helfen? Beim Schweine füttern? Melken? Was?!" Seine Stimme wurde immer lauter. Nun war es an seiner Frau ihn zu beruhigen und legte ihre Hand auf seinen Arm.

Der Offizier holte Luft und hob abermals seine rechte Hand zur Beschwichtigung.

Hanna konnte sehen, dass er schwere Narben auf der rechten Hand hatte, seine Haut war wohl schlimm verbrannt worden und nun stark vernarbt.

Der Kommandant sagte etwas zu ihm und der Offizier übersetzte.

„Bitte bleiben Sie ruhig. When Sie macken keine problems, wir sind bald wieder weg. Otherwise mussen wir Sie verhaften. Nix wird Ihnen und Ihre family geschehen. Bitte bleiben Sie ruhig."

Hanna fasste all ihren Mut zusammen.

„Aber wo – where?- wollen Sie schlafen – sleep?"

Der Offizier lächelte gutmütig.

„No problem, we have tents!" und formte mit seinen Händen ein Dreieck. Ah, Zelte.

Alois hatte sich halbwegs beruhigt, als er merkte, dass diese Soldaten friedlich blieben, und eilte Hanna zu fragen, wie viele von ihnen kommen würden.

„Wie viele? How many people?"

Der Kommandant ergriff das Wort. „Ten or fifteen soldiers and officers. Don't you worry, young lady, we will be gone in no time."

Dann wandte er sich an Alois.

„We will help with the chores on the farm and expect to be fed off your goods and supplies."

Hanna verstand kein Wort, der Offizier sprang erneut als Übersetzer ein.

„We help – helfen- auf farm -Hof und you geben uns food", bei dem letzten Wort mimte er die Bewegung des Essens. Dabei funkelten seine Augen amüsiert, was Hanna ein Lächeln entlockte. Gleichzeitig hatte ihr Vater die Bedeutung ebenfalls erfasst.

„Wie sollen unsere Erträge für so viele Menschen reichen? Wir sind nur ein kleiner Bauernhof!"

Hanna versuchte zu übersetzen.

„No worries, we sind modest – bescheiden. Und wir bringen auch was."

Der Kommandant räusperte sich, deutete seinen beiden Offizieren an zu gehen. Er verließ mit einem hoheitsvollen autoritären Nicken die Stube.

Als letzter drehte sich der Offizier um und wandte sich an Hanna und ihre Eltern. „Don't worry Sir, it will be all right."

Er nickte tief, warf einen letzten Blick auf Hanna und lächelte. Dann ging er aus dem Haus.

Keine zwei Stunden später rollte eine Kolonne Britischer Militärfahrzeuge auf den Hof. Hanna stand mit ihren Eltern an der Tür und beobachtete das rege Treiben. Große Kisten wurden entladen, Zelte am Rand der Wiese aufgestellt und in der alten Remise die freien Flächen für die Unterbringung der Fahrzeuge genutzt. Diese Situation verhieß eine spannungsvolle Zeit. Unhöflichkeiten und Provokationen konnten ganz schnell in einer Katastrophe enden, die natürlich jeder bemüht war zu umgehen. Auch wenn diese Belagerung das baldige

Ende des Krieges bedeutete, so war die bisherige Gefahr in den Jahren zuvor erheblich geringer als jetzt.

Bis heute morgen war das Dorf zu unbedeutend, um überhaupt Aufmerksamkeit jeglicher feindlicher Armeen erregt zu haben. Doch nun stand der Feind in den eigenen vier Wänden. Alois hatte die Familie vor der Ankunft der Briten eindringlich gebeten, dass sie sich ausnahmslos alle mit feindlichen Kommentaren zurückhalten sollten, sonst würden sie ihr Zuhause verlieren. Die wesentlich schlimmere Strafe hing unausgesprochen in der Luft, dennoch war sie jedem ganz und gar bewusst.

Dieser Anblick, der sich ihnen auf ihrem eigenen Hof darbot, war skurril. Die bedrohliche Farbe des Militärs wurde durch fröhliches Pfeifen und Lachen verblasst, es wirkte wie ein großes Freizeitlager.

Hanna konnte in dem Getümmel den freundlichen Offizier nicht ausmachen und erschrak sich gleichzeitig, dass sie nach ihm Ausschau hielt.

Der Kommandant trat auf die Familie zu und informierte sie darüber, dass sie ihre Vorbereitungen nahezu abgeschlossen hätten. Die Familie könnte sich wieder ihren täglichen Aufgaben zuwenden.

Hanna war erleichtert, dass sie den englischen Worten dieses Mannes halbwegs folgen konnte.

Alois wollte gerade etwas erwidern, doch Hanna hielt ihn sofort davon ab und erinnerte ihn an seine eigenen Worte von kurz zuvor. Der Kommandant schaute Vater streng an, drehte sich um und ging davon.

Die Frauen gingen wieder an ihre Hausarbeit, der junge Alois stiefelte mürrisch zurück in den Stall und die Kinder liefen zurück auf den Hof, um den Soldaten beim Auspacken zuzusehen.

Für sie war es ein großer Spaß! Die Soldaten spielten mit ihnen und zeigten ihnen kleine Zaubertricks. Kinderlachen mischte sich unter diesen Trubel und für den Hauch eines Augenblicks schien die Spannung vergessen.

Vater Alois zog sich in sein Zimmer zurück und schloss die Tür hinter sich. Er griff nach dem nächstbesten Buch, klappte es auf, nur um es wenige Sekunden später wutschnaubend wieder auf das Tischchen zu werfen. Er war nicht mehr Herr auf seinem eigenen Hof. Anna trat in sein Zimmer und brachte ihm einen Tee.

„Hier Alois, trink' das. Und beruhige dich bitte. Es bringt gar nichts, wenn du dich aufregst. Und du willst diese Leute doch nicht provozieren, nur um dann abgeführt zu werden! Wir müssen da jetzt durch, ob wir wollen oder nicht. Und wenn wir uns unauffällig verhalten, wer weiß, vielleicht sind sie dann schnell wieder weg!" Eigentlich glaubte sie selbst nicht daran, gab aber die Hoffnung nicht auf.

„Du musst dich diesem Hauptmann unentbehrlich machen. Ohne dich läuft es hier ja auch nicht, du kennst dich hier am Besten aus. Und unsere Hanna kann das bestimmt übersetzen. Ich habe ihr vorhin gesagt, sie soll mal wieder in ihre alten Englischbücher schauen und die Wörter lernen."

Alois grummelte in sich hinein, wusste aber, dass seine Frau es gut meinte, und vor allem Recht hatte, mit dem was sie sagte. Er musste sich zusammenreißen, wenn er sein Hab und Gut nicht verlieren wollte. Zwar durfte er nicht über alle auf dem Hof lebenden Personen bestimmen. Aber er war derjenige, der wusste, wie hier alles funktionierte, und wann welche Arbeiten erledigt werden mussten. Das konnte ihm selbst so ein Kommandant nicht abnehmen.

Mit diesem Gedanken richtete er sich in seinem Sessel auf und blickte seine Frau an. Anna war ihm stets treu ergeben gewesen in den letzten fünfunddreißig Jahren Ehe. Sie war die Seele dieses Hauses und stand stärkend hinter ihm.

Ein Segen, dass Hanna etwas Englisch in der Schule gelernt hatte. Er hatte großes Vertrauen in seine jüngste Tochter, sie war vernünftig, aber wusste auch was sie wollte. Sie hatte ihren eigenen Kopf, anders als seine anderen Töchter, die sich in erster Linie eigene Familien gewünscht hatten.

Nur Luzie hatte frei gewählt und war daheim geblieben. Sie führte ein nonnengleiches Leben, sie wollte sich um ihre Eltern und ihr Zuhause kümmern; jetzt mehr denn je. Nie hatte ein Mann eine Rolle für sie gespielt.

Für Hanna erwartete Alois jedoch eine andere Schicksalsreise. Sie würde sicherlich auch heiraten und eine Familie gründen wollen, aber sie würde trotzdem einen anderen Weg einschlagen, dessen war er sich sicher. Hanna war, nachdem ihre Mutter sie darum gebeten hatte, in ihr Zimmer gegangen, um ihre alten Englischbücher aus dem Schrank zu kramen.

Ihre Nichte Maria war zu Beginn des Krieges zu ihr ins Zimmer gezogen, alle mussten sie ein wenig zusammenrücken.

Für Hanna und Maria war es eine glückliche Fügung, denn sie waren schon als Kinder beste Freundinnen gewesen und beide etwa im gleichen Alter. Seit sie unter einem Dach lebten, war ihre Vertrautheit noch gewachsen. Wenn es im Haus längst still geworden war, saßen sie in ihrer Dachkammer auf einem der Betten unter der Decke und erzählten sich ihre Gedanken und Geheimnisse.

Sie waren füreinander da gewesen, als Maria ihren Vater und Hanna ihren ältesten Bruder verloren hatte. Maria stand ihrem Vater sehr nahe, wie Hanna dem ihren. Aber auch ihrem großen Bruder war sie sehr zugetan. Und er war es, der die beiden Mädchen immer zusammenbracht hatte, so dass eine tiefe Freundschaft daraus entwachsen konnte. Sie betrachteten sich vielmehr als gleichaltrige Cousinen, als als Tante und Nichte.

Als Hanna ins Zimmer trat, lag Maria auf ihrem Bett und las. Die Sonne war gerade hinter der dicken Eiche vor dem Giebelfenster verschwunden und tauchte das Dachzimmer in ein trübes Licht, in dem die Schatten der Blätter an der Wand tanzten.

„Und, was hältst du von dem ganzen Spektakel da draußen?"

Maria klappte ihr Buch zusammen und schwang ihre Beine aus dem Bett. Sie seufzte.

„Weißt Du, es macht mir schon ein wenig Angst, einfach so von Fremden belagert zu werden. Aber andererseits finde ich es auch richtig aufregend! Endlich ist hier mal was los. Davon können wir noch unseren Enkeln erzählen!"

Hanna schmunzelte.

Es war typisch für Maria, sie konnte jeder noch so verzwickten Situation immer etwas Gutes abgewinnen.

„Du hast ja Recht. Aber ich mache mir Gedanken um Vati, ich hoffe, er kann sich zusammenreißen."

„Er hat Angst um sein Eigentum und das bringt ihn sicher ganz schnell dazu, aus der Haut zu fahren." Hanna seufzte und ließ sich neben Maria auf das Bett fallen.

„Hoffentlich geht das gut."

„Ach, bestimmt!", versuchte Maria sie aufzumuntern.

„Komm, lass uns mal auf den Hof gehen und schauen, was dort alles los ist!" Maria stand auf, griff nach Hannas Hand und zog sie nach unten.

‚Luzie kam ihnen in der Diele entgegen.

„Was habt ihr vor?"

„Wir wollen uns mal ein bisschen draußen umsehen" antwortete Hanna.

„Macht bloß keinen Unfug, verstanden?" Luzies Worte klangen längst nicht so scharf, wie sie es beabsichtigte, trotzdem verdrehte Maria die Augen.

„Natürlich nicht, wir sind schließlich wohlerzogene junge Damen, nicht wahr?"

„Was denkst Du nur von uns, Luzie?" Hanna lachte auf und folgte Maria vor die Tür.

Inzwischen war auf dem Hof ein wenig mehr Ordnung eingekehrt. Die Fahrzeuge standen in der Remise und das Zeltlager war auf der Wiese hinter dem Haus aufgeschlagen. Drei Soldaten waren geschäftig beim Holzstapeln für ein Lagerfeuer, andere wiederum verteilten die Kisten und Säcke in die vier Zelte. Der Kommandant und zwei Offiziere beugten sich über einen Tisch. Vor ihnen ausgebreitet lag eine Landkarte.

Ein Stück links dahinter machte sich ein Soldat an einem Wasserkessel zu schaffen und füllte eine Emaillekanne mit kochendem Wasser auf. Kurz darauf stellte er acht Emailletassen auf einen kleinen Klapptisch.

Die beiden Mädchen schlenderten gerade über den Hof als dieser wasserkochende Soldat auf sie beide zueilte.

„Oh, excuse me! Excuse me, Ladies!"

Hanna und Maria blieben wie angewurzelt stehen. Was konnte er bloß von ihnen wollen?

„So sorry to bother you but we ran out of milk. Would you terribly mind if I asked you for some milk? You see, it's time for the afternoon cuppa and we couldn't possibly have it without a dash of milk, now could we?"

Hanna und Maria blicken sich hilflos an und stotterten ein

„Sorry, not understand!"

Der Soldat lächelte verständnisvoll, aber da eilte schon der freundliche Offizier zur Hilfe. Er hatte vom Tisch aus den Überfall auf die beiden jungen Damen mitbekommen.

„Entschuldigung, Ted nicht sprechen Deutsch."

„Er mochte Sie bitten um milk – Milsch. Wir haben keine milk left for den tea."

„Ach so!", rief Maria erleichtert, „Ich bin gleich zurück."

Und schon war sie in Richtung Milchküche verschwunden.

Hanna trat nervös von einem Fuß auf den anderen und wusste nicht, was sie sagen sollte, wollte aber diesen höflichen Mann unbedingt in ein Gespräch verwickeln.

„I hope", stammelte sie, „I hope all is good here?"

Er musste sie für eine Schwachsinnige halten. Der Offizier lächelte wieder.

„Oh ja, Thank you. Es ist ein schones Hof. Wie lange wohnt your family here?"

Er hatte tatsächlich das Gespräch angenommen! Hannas Herz machte einen kleinen Hüpfer, was sie selbst sehr überraschte. Aber sie wollte alles versuchen, um ihren Teil dazu beizutragen, dass das Zusammenleben mit den Briten auf dem Hof gut lief.

„Yes, beautiful! My great-grandparents, äh, made the farm."

Der Offizier schien sie abermals verstanden zu haben.

„Wie wunderbar, diese history." Er ließ seinen Blick umherwandern.

„Darf ich mich vorstellen: my name is William. William Burton."

„Äh, my name is Johanna, Hanna."

„Es ist eine Freude to meet you, Johanna", und machte eine kleine Verbeugung.

In diesem Moment kam Maria mit einer kleinen Milchkanne über den Hof zu ihnen geeilt.

„This is my niece Maria. Maria, das ist William."

Auch der Soldat namens Ted machte sich wieder bemerkbar, als Maria ihm die Kanne reichte. William stellte auch ihn noch einmal vor. „Dies ist Ted und er muss kummern sich um die tea. Chop chop!"

Ted wurde rot, salutierte und lief wieder zu seinem Wasserkessel.

Die anderen drei schauten ihm hinterher und sahen zu, wie Ted seinen Vorgesetzten Tee einschenkte.

„Darf ich Sie einladen zu eine Tasse tea? Es gibt nichts Besseres als eine gute Tasse tea. Wir haben nicht unser feinstes china, aber ich wurde mich freuen, wenn ich kann anbieten eine Tasse fur Sie."

Hanna und Maria tauschten einen kurzen Blick, ihr Anstand gebot es die Einladung anzunehmen, des lieben Friedens willen.

„Yes, thank you!"

William machte eine einladende Geste und die beiden Mädchen folgten ihm. Ted reichte ihnen sogleich jeder eine der Emailletassen mit Tee und Milch.

Wo hatte man so etwas denn schon mal gesehen, Tee mit Milch!

Hanna und Maria nippten vorsichtig an dem Tee und waren beide überrascht von diesem Geschmack. Der Tee war kräftig, aber nicht zu bitter, ganz anders als der Ostfriesentee, den es zu Hause gab.

„Wie mag Sie the tea?"

„Very good", lobte Hanna.

„Das freuen uns sehr. It is not the best tea wir haben in England, aber es ist besser zu haben diese als nix."

William hatte sich nun ganz Hanna zugewandt, während Maria sich versuchte, mit Ted zu verständigen, denn auch sie hatte etwas Englisch in der Schule gelernt.

Leider war Ted der deutschen Sprache weniger mächtig als William, so dass die Kommunikation einer Scharade glich, was die beiden selber sehr amüsierte.

Hanna und William beobachteten Ted und Maria einige Sekunden, und Hanna beneidete Maria um ihre Unbeschwertheit mit diesem Fremden, ja, eigentlich Feind. In diesem Moment wurde Hanna klar, dass so ein Weltkrieg zwischen ganzen Ländern stattfand, aber nicht zwischen zwei Menschen, die sich vom ersten Moment an gut verstanden, so verschieden ihre Herkunft auch sein mochte.

Diese plötzliche Erkenntnis machte es Hanna leichter, mit diesen neuerlichen Umständen umzugehen. Auch William mochte zur feindlichen Armee gehören, aber das bedeutete nicht, dass er deswegen ein schlechterer Mensch war. Er war sehr höflich, hatte eine vornehme Art an sich, war distanziert, aber zuvorkommend und umgänglich.

Hanna selbst hatte mit dem Krieg als solches nichts zu tun, im Gegenteil, sie verabscheute ihn und war froh, dass ihr Dorf von weiteren dramatischen Szenen bisher verschont geblieben war.

Diese Begegnung mit den Briten war zwar insgesamt unangenehm, denn wer teilte schon gerne sein Zuhause mit Wildfremden, die sich dazu auch noch selbst eingeladen hatten und alles in Beschlag nahmen, was ihnen nicht gehörte? Aber das waren eben diese Kriegszeiten, besonders, wenn man in dem besiegten Land zu Hause war.

William verwickelte Hanna in ein Gespräch über das Wetter, um ihr Schweigen zu brechen. Hanna war dankbar dafür, denn sie wusste nicht, worüber sie mit ihm reden durfte. In dieser Zeit war es schwer, ein neutrales Thema zu finden, denn jeder wusste ein Leid oder einen Verlust zu beklagen.

Schließlich traute sich William zu fragen, wie viele Geschwister Hanna habe.

„I have seven brothers and sisters but my two older brothers are dead in the war. Very early. Frankreich, ääh, France."

William schaute bedauernd zu Boden.

„I am truly very sorry; Hanna. Es tut mir sehr leid."

Er blickte von unten zu ihr hoch. Ihre Blicke trafen sich.

„Danke. Thank you. It was terrible for us, for Mia", Hanna schaute zu ihrer Cousine, „her father."

William folgte ihrem Blick und sah dieses fröhliche Mädchen, welches so viel Schmerz erfahren musste, aber dennoch das Lachen nicht verloren hatte.

„Ick hoffen Sie alle werden stark sein for diese Verluste. Es ist schwer. Ich habe auch verloren meine younger brother und my uncle." Er schaute wieder zu Boden.

Hanna fand, dass nun sie an der Reihe war, diesen Mann zu bedauern, denn auch er hatte geliebte Mitglieder seiner Familie verloren.

„I'm very sorry, too."

„Dankeschön." Ein zaghaftes Lächeln entwich seinem Gesicht und Hanna erwiderte es. Sie waren alle Opfer dieses sinnlosen Krieges.

Ihre Blicke trafen sich wieder und blieben aneinander hängen. In diesen Sekunden, die nicht nur William wie die Ewigkeit vorkamen, konnten sie sich gegenseitig bis in die Seele schauen.

Hanna war gefesselt von diesen tiefblauen Augen des Engländers, die so viel Wärme und Liebe ausstrahlten, wie sie es bei einem Mann noch nie gesehen hatte, schon gar nicht bei denen aus dem Dorf.

Sie konnte sich kaum vorstellen, dass dieser Mann ein aktiver Soldat in einem andauernden Krieg war.

Und auch William verlor sich in Hannas grau-blauen Augen, die von innen heraus so kräftig leuchteten, dass sie aussahen, als wäre die Farbe frisch auf einer Farbpalette angerührt worden. Er sah sofort, dass sie sich nicht so leicht unterkriegen lassen würde, egal, was ihr widerfuhr. Sie war stark und strahlte eine Herzlichkeit aus, die bei ihm ein leichtes Kribbeln im Bauch verursachte.

Erst als der Kommandant bereits zweimal seinen Namen gerufen hatte und beim dritten Mal ein paar Schritte näher getreten war, zuckte William aus seiner Erstarrung hoch. Er räusperte sich, antwortete seinem Vorgesetzten und entschuldigte sich bei Hanna, dass er nun gehen müsste.

Hanna raffte sich auch zusammen und verabschiedete sich von dem Offizier. Sie wandte sich ab, aber drehte sich nach drei Schritten noch einmal um, nur um zu sehen, dass William dasselbe tat. Er lächelte sie noch einmal an, bevor er dann im Zelt des Kommandanten verschwand.

Hanna war bereits auf ihrem Zimmer, als Mia hereintobte. Sie strahlte über das ganze Gesicht.

„Was für ein Glück, dass die Briten nun bei uns wohnen! Wer hätte gedacht, dass es solche netten jungen Männer sind."

„Mia", ermahnte Hanna sie laut, „das sind immer noch Feinde und wir sollten uns vornehm zurückhalten mit dem Kontakt."

Mia schaute ihre Cousine überrascht an, entdeckte dann aber ein Funkeln in ihren Augen und das Zucken der Mundwinkel.

Die Mädchen fingen an zu kichern und setzten sich auf den Fußboden zwischen ihren Betten. Sie tuschelten und kicherten und sprachen über diese beiden wirklich attraktiven Soldaten William und Ted, mit denen sie sich so gut unterhalten hatten.

„Wir müssen das wirklich für uns behalten, ich glaube Vati und Mutter würde der Schlag treffen, wenn sie davon wüssten."

„Und Luzie erst", warf Mia ein, und die beiden Mädchen schüttelten sich vor Lachen. Mia hatte einfach das Talent, in einer ernsten Lage das Komische zu sehen.

Beim Abendessen wurde nicht viel gesprochen, nur Vater erinnerte seine Familie noch einmal streng daran, dass sie sich fortan alle zusammenreißen müssten und stets höflich zu sein hätten, damit der Feind da draußen nicht ungemütlich würde. Mia und Hanna wechselten Blicke und versteckten ihr Grinsen im Brot.

Später im Bett tuschelten sie weiter und überlegten, was sie alles überhaupt von Großbritannien wussten. Es gab einen König und sie tranken viel Tee. Und fuhren sie nicht sogar auf der falschen Straßenseite?

Hanna holte eines ihrer Englischbücher vom Tisch.

„Großbritannien. Es ist eine Insel. Es gibt England, Schottland und Wales." Sie zeigte Mia die Karte.

„Die Hauptstadt ist London, in England. Hier unten."

„London wurde doch so furchtbar zerstört von den Nazis, oder?" Mia erinnerte sich an die Nachrichten im Radio und in der Zeitung.

Hanna blätterte indes weiter in ihrem Buch.

„Ja, es gibt einen König und eine Königin, sie wohnen natürlich in einem Schloss in London. Und das mit der ‚tea time' am Nachmittag stimmt, wie wir ja wissen!"

„Und sieh mal hier, die fahren tatsächlich auf der falschen Straßenseite. Das ist mir bei den Fahrzeugen auch aufgefallen, es sah irgendwie komisch aus!"

„Vielleicht sollten wir die Offiziere mal fragen, woher sie genau kommen. England ist ja scheinbar der größte Teil der Insel." Mia schaute auf die Karte in dem Lehrbuch.

„Schottland - da tragen die Männer doch Röcke, oder?!"

Die Mädchen lachten bei der Vorstellung, es war doch wirklich sehr lustig.

„Was man auf den Bildern gut erkennen kann, ist eine schöne grüne Landschaft. Und offenbar gibt es viele alte Gebäude."

Sie blätterten ein wenig durch die leicht vergilbten Seiten, warfen noch einen Blick in eines der anderen Bücher und legten sich dann schlafen, fest entschlossen, am morgigen Tag etwas mehr über dieses kuriose Land auf einer Insel in der Nordsee zu erfahren.

Am nächsten Morgen erwachten Hanna und Mia gleichzeitig und hüpften aus den Federn. Die Morgensonne kam langsam um die Hausecke.

Der Morgentau lag über dem Garten und der Wiese dahinter. Der zarte Nebel hüllte die Bäume und Sträucher in einen mystischen zartgrauen Mantel, welchen das warme gelbe Licht der Sonne zu durchdringen suchte. Die schönste Jahreszeit hier auf dem Land.

Hanna stieß das Fenster auf und atmete die kühle frische Luft ein. Ein Blick hinunter auf den Gemüsegarten sagte ihr, dass Luzie bereits die Zutaten für das Mittagessen erntete. Schon wieder Kohl. Hanna seufzte und drehte sich zu Mia um, um ihr diese frohe Kunde mitzuteilen. Auch Mia verdrehte stöhnend die Augen und murmelte etwas vor sich hin, in dem die Worte Luzie, Kohl und Einwickeln vorkamen.

Die Mädchen wuschen sich und kleideten sich an, um ihre morgendlichen Aufgaben zu erledigen.

Es war noch früh am Morgen, aber jeder hatte seine Aufgabe. Die Kleineren mussten die Eier einsammeln, Hanna und Mia kümmerten sich um das Melken ihrer sechs Kühe, der junge Alois brachte die beiden Kaltblüter auf die Koppel und mistete die Ställe aus.

Vater Alois fütterte das Vieh, und die älteren Frauen kümmerten sich um das Frühstück und die Vorbereitung für das Mittagessen.

So herrschte jeden Morgen schon ein geschäftiges Treiben auf dem Hof.

Als Hanna und Mia mit ihren Eimern über den Hof zum Kuhstall schlenderten, warfen sie einen Blick zum Zeltlager.

Auch dort waren die ersten Soldaten bereits aufgestanden und stocherten in der Feuerstelle herum oder bereiteten das Frühstück vor. Die Mädchen eilten schnellen Schrittes über den Hof, um ihre Arbeit zu erledigen.

Eine Weile später, als sie wieder zum Haus zurückgingen, entdeckten sie William, der sich an einer Kiste zu schaffen machte.

Während des Melkens hatten Hanna und Mia überlegt, wie und ob sie Kontakt suchen könnten. Hanna hatte dann die Idee, dass man sie fragen könnte, ob sie noch Milch oder Eier benötigten. Mia war begeistert und beide beeilten sich, ihre Aufgabe zu erfüllen.

Kurz darauf liefen sie auf das Lager zu, und Hanna versuchte mit William Blickkontakt aufzunehmen, ehe sie ihn erreicht hatten.

Er stand vor der Kiste und schien etwas zu vermissen, als er aufblickte und die beiden Mädchen auf sich zukommen sah. Sofort erhellte sich seine Miene und er begrüßte sie mit einem heiteren „Guten Morgen!"

Er hatte die ganze Nacht Hannas Augen nicht vergessen können. Umso mehr freute er sich, dass er sie an diesem herrlichen Morgen schon zu Gesicht bekam.

Hanna und Mia erwiderten mit einem „Good morning".
Hanna hatte sich während des Melkens ein paar Worte zurechtgelegt, die sie sagen wollte, um William zu fragen, ob sie etwas bräuchten.

„We want to ask if you need something. Milk or eggs?"

„Vielen Dank, very kind of you! Ick glauben, we need some Milsch. If you don't mind!?"

„Yes, here you can have milk", bot Hanna ihm eine kleine Milchkanne an, die sie zuvor abgefüllt hatte.

„Lovely, vielen Dank dafor", bedankte sich der Brite und nahm Hanna die Kanne ab.

Mia hatte sich in der Zwischenzeit nach Ted umgeschaut, den sie bei einem der hinteren Zelte entdeckte. Als er sie sah, hob er kurz die Hand zum Gruß und Mia errötete leicht, als sie den Gruß erwiderte.

Die Mädchen verabschiedeten sich und machten sich auf zum Frühstück ins Haus, sie hatten einen Bärenhunger. Vater Alois ging gerade über den Hof, als er die Mädchen vom Zeltlager kommen sah und blieb stehen, um auf sie zu warten.

„Was habt ihr bei den Soldaten gemacht?" Er klang misstrauisch.

„Wir haben sie nur gefragt, ob sie Eier oder Milch bräuchten. Sie brauchten Milch. Sie trinken doch ihren Tee damit und da haben wir ihnen eine kleine Kanne gebracht."

Hanna schaute ihren Vater aus unschuldigen Augen an.

„Das ist sehr aufmerksam von Euch, aber seid vorsichtig, Mädchen."

Er ging voraus zur Seitentür, die Mädchen folgten ihm stumm.

In der Stiefelkammer stiegen sie aus ihren Gummistiefeln, legten die Arbeitsschürzen ab und wuschen sich die Hände.

Als sie die Tür zur großen Küche öffneten, stieg ihnen der Duft von frischem Brot und gebratenen Eiern in die Nase. Die anderen saßen schon am Tisch, nur Luzie wuselte noch am Herd herum.

Schweigend setzten sich die Neuankömmlinge auf ihre Plätze.

Mutter reichte Mia die Kaffeekanne, doch Hanna nahm sich den schwarzen Tee.

„Würde mir bitte noch jemand die Milch reichen?"

Plötzlich verstummten alle klappernden Geräusche am Tisch und zwölf Augenpaare starrten Hanna ungläubig an.

Sie wusste selber nicht, wie sie darauf kam, aber sie hatte das Bedürfnis danach, und irgendwie schmeckte ihr Tee mit Milch wirklich ausnehmend gut!

Leider wurde ihre Erinnerung an den wohlschmeckenden Tee der Briten durch diesen dünnen Ostfriesentee getrübt, der mit der Milch sogar noch flacher schmeckte. Aber sie ließ es sich nicht anmerken und trank ihre Tasse tapfer leer.

Nach dem Frühstück hatten Mia und Hanna in der Küche Spüldienst. Nach getaner Arbeit verließen sie das Haus, um ein wenig spazieren zu gehen. Sie gingen Richtung Dorf, wo sie feststellten, dass die Briten nicht nur bei ihnen eingezogen waren. Auch auf dem Hof von Hegge sahen sie Militärfahrzeuge stehen. Als sie an der Zufahrt vorbeiliefen, kam Agnes Hegge auf sie zugerannt.

„Menschenskinder, wir haben die Briten bei uns. Die haben sich einfach bei uns eingenistet. Was die bloß wollen. Die haben sich in der Scheune häuslich eingerichtet und hinterm Stall ein paar Zelte aufgestellt. Meine Eltern sind außer sich! Ich gehe nicht mehr alleine auf den Hof, wer weiß, was die anstellen. Hoffentlich bleiben die nicht so lange."

Agnes ließ ihre Schulkameradinnen kaum zu Wort kommen und hatte sich schon wieder verabschiedet, noch bevor die beiden Cousinen auch nur erwähnen konnten, dass sie das Schicksal teilten.

„Agnes meint immer, dass sie was Besonderes sei. Offenbar erwartet sie nun unsere Bewunderung und Mitgefühl für ihr ach-so schreckliches Leid mit den Briten." Mia verdrehte die Augen und zog Hanna weiter.

„Was wir uns wohl noch alles anhören müssen, wenn wir sie das nächste Mal treffen."

Sie liefen um die Kurve am Ende der Dorfstraße, als sich von hinten das Motorgeräusch eines Militärfahrzeugs näherte. Der Wagen wurde langsamer und hielt neben den Mädchen an.

„Guten Tag, die Damen", ertönte die fröhliche Stimme von William.

Auch die beiden anderen Soldaten, einer davon war Ted, hoben ihre Hand an den Schirm ihrer Mütze zum Gruß.

William fragte Hanna und Mia, ob sie sie das Stück bis nach Hause begleiten durften. Die Mädchen stimmten sich mit einem Blick ab und nahmen das Angebot an.

„Es ist eine schone Landschaft hier, ick mag sehr", brach William das anfängliche Schweigen, als er neben Hanna die Straße entlang schlenderte.

„Yes, it is. Very flat!" lachte Hanna. William lachte ebenfalls. Er fand Hanna sehr charmant, besonders wenn sie lachte.

Endlich traute sich Hanna, William nach seiner Herkunft zu in Großbritannien zu fragen.

„Where in Britain do you come from?" Sie war mächtig stolz auf diesen Satz, den sie sich seit gestern Abend zurecht gelegt hatte.

„Oh, ick kommen aus England. Weißen Sie, wo ist London?"

Hanna nickte, erinnerte sie sich doch genau an die Landkarte in dem alten Schulbuch.

„Ich kommen aus South England, West Sussex." Hanna schaute ihn fragend an.

William blickte sich auf der Straße um und fand einen Stock und einen platt gefahrenen Haufen Sand. Er kritzelte in den Sand die grobe Form der Insel, markierte London mit einem Steinchen und machte ein Kreuz in die Gegend südwestlich von London, nicht weit von der Küste.

„Dies ist wo ick wohnen. Die Region, das county heißt West Sussex. Wie hier Emsland."

Hanna verstand.

„How is the country, what does it look like? Aussehen."

William lächelte bei der Erinnerung an seine Heimat.

„Es ist wunderschon. Es ist viel green, soft hills, Wald, Schafe, und in the distance das Meer. Die Sonne scheint gut, aber es rains too, of course. Ich meine, es ist England!"

Hanna sah es vor ihrem inneren Auge genau vor sich, und das, was sie sah, gefiel ihr sehr gut. Keine Ahnung, ob es der Realität entsprach, aber sie beschloss, dass es von jetzt an ihre Vorstellung von England sein sollte.

„It sounds beautiful! I love to see it."

Hanna schaute sich nach Mia und Ted um, die weiter mit Händen und Füßen sprachen und dabei herzlich lachten.

„Where is Ted from?"

„Ted ist von da, too. Wir wohnen nicht weit weg."

Hanna wollte soviel wissen, wusste aber nicht, mit welcher Frage sie weitermachen sollte. Dann erinnerte sie sich an ihr Englischbuch und die paar Abbildungen darin.

„There are many old houses in England? I saw in my English book."

„Oh ja, sehr viele! Wir Englander lieben unsere Geschichte und die old houses. Meine Familie wohnt in einem alten Haus, es hat viele secrets!"

Hanna blühte auf, als sie es sich vorstellte.

„Like secret ways and rooms?"

„Oh ja, ich fand als boy eine secret door, Tür, sie geht durch einen tunnel zu einem old room auf eine andere level of the house. Ich bin sicher, es gibt mehr."

Hanna war wie gebannt von der Vorstellung.

„Please tell me more of your home."

William lachte, freute sich aber über das Interesse von Hanna an seiner Heimat, gab es ihm doch die Gelegenheit, wenigstens wieder in Gedanken nach seinem geliebten Zuhause zu reisen.

„We haben einen großen garden, der bluht das ganze year. Viele roses, meine Mutter loves her roses. Eine große Rasen am Garten, many old trees, einen See, ein glass house, mit viele exotic flowers and lemons and oranges. Wir haben einige horses, Pferde, und Hunden. Ick mag Hunden sehr."

Hanna lauschte schweigend seinen Beschreibungen.

„Ich kann zeigen ein paar Bilder später."

Hanna blickte ihn an und sagte, dass sie sich darauf freue. Und das tat sie wirklich. In ihrer Fantasie sah sie es genau vor sich, sie war nun sehr gespannt auf die Realität.

Später am Nachmittag baten William und Ted Hanna und Mia wieder zum Tee in ihr Lager.

Als die Mädchen gerade aus dem Haus gehen wollten, rief Vater Alois die beiden zu sich in sein Arbeitszimmer.

„Mädchen, was habt ihr vor?"

„Wir sind zum Tee eingeladen, Vati."

„Bei den Soldaten?"

Die Cousinen nickten.

„Ihr sollt euch nicht so anbiedern, ihr seid doch gut erzogen."

„Wer weiß, was diese Männer im Schilde führen. Soldaten sind nicht immer nur höflich. Und sie sind die Feinde, vergesst es bitte nicht. Niemals!"

„Vati, du musst dir keine Sorgen um uns machen, wir geben gut acht. Sie sind wirklich sehr nett und wir tun etwas…etwas für die

Völkerverständigung. Außerdem lernen wir so Englisch! Und das kann immer hilfreich sein im Leben."

„Ich sag euch nur, passt bitte auf euch auf. Junge Männer sind nicht immer zurückhaltend, wenn sie junge Damen in ihrer Nähe wissen. Macht mir bloß keine Schande."

Die Mädchen erröteten leicht bei den Worten von Alois.

„Nein, natürlich nicht, du kannst dich auf uns verlassen. Versprochen!"

„Vielleicht lernst du sie ja bei Gelegenheit mal selber kennen, Opa!" Mia ging zu ihm und drückte ihm einen Kuss auf die Wange.

Hanna tat es ihr gleich und nahm die andere Seite.

„Jaja, nun verschwindet, ihr beiden Wichter!" Alois liebte diese beiden Wirbelwinde, sie hatten sich noch ihre Unbeschwertheit in diesen finsteren Zeiten bewahrt.

Die Mädchen liefen über den Hof zum Lager und kicherten auf dem ganzen Weg ausgelassen. William und Ted standen bereits am Tisch vor einer dampfenden Teekanne.

Ein paar ihrer Kameraden hatten sich um sie herum versammelt und hielten jeder eine Tasse in den Händen.

Mit einem „Hello!" traten Hanna und Mia an ihre Bekannten heran. Sie wurden begrüßt und William reichte ihnen ihren Tee. Er schmeckte einfach so viel besser, besonders mit Milch, fand Hanna und teilte William dies mit.

Sie erzählte ihm von ihrem kläglichen Versuch am Morgen, ihren Haustee mit Milch zu trinken und William lachte herzhaft, es gäbe keinen Tee wie den echten Englischen.

Hanna genoss ihren Tee und ihre Unterhaltung mit William. Zu ihnen gesellte sich hin und wieder ein Kamerad und beteiligte sich an ihrem Smalltalk.

William blieb an Hannas Seite und fühlte sich sehr beschützerisch ihr gegenüber. Er kannte die Haudegen, mit denen er zusammenlebte. Er merkte, dass er Hanna gern hatte.

Als die beiden wieder alleine waren, holte er aus seiner Uniformjacke vier kleine Bilder hervor und reichte sie Hanna.

„Das ist mein home."

Hanna nahm ihm die Bilder ab und schaute auf die oberste Fotografie, die ein großes altes Haus zeigte, mit einem wunderschönen blühenden Garten davor.

Das nächste Bild zeigte sieben Personen, die sich vor der Haustür gruppiert hatten. Hanna erkannte William darauf und, wie sie vermutete, seine Eltern, seinen jüngeren Bruder und seine Schwester.

„This is your brother?"

„Ja, das ist Philip. Bless him. Und das ist my junge sister Margaret, Maggie. Das sind of course meine Eltern. Und das ist unser housekeeper Mrs. Bennett und the gardener Mr. Gates. Sie sind die guten Seelen."

Das dritte Bild zeigte das Haus von einer anderen Seite, mit einer langen Zufahrt und Wiesen rechts und links, und das letzte Bild zeigte William mit zwei schwarzen Hunden.

„Das sind Humphrey und Arthur, unsere family Hunden. Sie sind die best!"

Hanna war beeindruckt, noch nie hatte sie so ein schönes Haus gesehen. Selbst ihre Fantasie hatte ihr nicht mal annähernd diese herrschaftliche Idylle gezeigt, diese Bilder hätten auch direkt aus ihrem Lehrbuch geschnitten worden sein können. Sie schaute sich die Aufnahmen wieder und wieder an, dann gab sie sie William mit einem Lächeln zurück.

„Thank you, your house and family are very nice!"

William nahm ihr die Bilder ab und steckte sie mit einem „Dankeschön" zurück in die Innentasche.

Es wurde Zeit, dass sich die Mädchen verabschiedeten, sie mussten beim Abendessen helfen. William und Ted geleiteten die Beiden mit höflichem Abstand bis zum Hauseingang.

Dort stand Vater Alois und wartete auf die Mädchen.

William und Ted begrüßten ihn formvollendet und standen respektvoll einige Schritte zurück.

Alois nickte ihnen stumm zu. Die vier Freunde tauschten Grüße aus und die Mädchen gingen an Alois vorbei in die Diele. Er selbst blickte den beiden Soldaten noch einige Sekunden hinterher, bevor er den Mädchen ins Haus folgte.

Am nächsten Vormittag klopfte es an der Haustür und Alois und Luzie erreichten sie zeitgleich. Vor der Tür stand der junge Offizier von Hanna mit seiner Mütze unter dem rechten Arm und einem kleinen Päckchen in der anderen Hand.

Er neigte kurz seinen Kopf vor Alois, während dieser Luzie losschickte, um seine jüngste Tochter zu holen.

„Guten Tag, Herr Verhage. Ick bringen etwas für Hanna. Es ist Tee."

In diesem Moment hörte man hinten in der Diele eine Tür und Hanna trat heraus.

„Hello William." Vati, das ist William."

Alois nickte dem Besucher abermals zu und quälte sich ein

„Guten Tag!" heraus.

„Hanna, ich haben hier etwas for Sie. Es ist englischer Tee."

Hanna bedankte sich herzlich dafür und versprach sparsam damit umzugehen. Sie wünschten sich einen schönen Tag und William machte kehrt und ging zu seiner Truppe zurück.

„Tee? Was stimmt denn mit unserem Tee nicht?" Alois konnte seinen Unmut darüber nicht verbergen.

„Du musst ihn probieren, Vati, dann wirst du den Unterschied schon bemerken!"

Hanna küsste ihren Vater und verschwand wieder hinten in der Küche.

Jeden Tag trafen sich Hanna und Mia mit den beiden Engländern und redeten über Gott und die Welt.

Für Hanna war es erstaunlich, wie fast schon selbstverständlich sie und William sich auf zwei Sprachen unterhielten. Sie wollte ebenso dringend ihr Englisch verbessern wie er sein Deutsch. Und mit der Zeit waren sie so vertraut miteinander, dass sie sich gegenseitig halfen, ihre Sätze zu korrigieren.

Wenn Hanna auf dem Hof zu tun hatte, dauerte es nicht lange und William stieß dazu und ging ihr zur Hand.

Inzwischen hatte auch Vater Alois bemerkt, dass die vier jungen Menschen einander zugetan waren. Auch wenn er nicht besonders begeistert darüber war, so wollte er sich nicht zwischen die Mädchen und diese Engländer stellen. Er hatte die beiden jungen Männer nun auch häufiger auf dem Hof getroffen und sie schienen wirklich anständig zu sein. Ihn beeindruckte, dass sie schwer bei der Arbeit halfen, ganz freiwillig.

Auch die anderen Soldaten nahmen ihm immer mehr der körperlichen Arbeit ab, bestellten die Felder, trieben das Vieh zusammen, reparierten sogar das Gatter und bauten einen neuen Zaun. Niemals hatte Alois erwartet, dass es eine harmonische Gemeinschaft würde, mit dem Feind auf dem Hof. Aber er und seine Familie wurden stets mit Respekt behandelt, ja, man könnte fast sagen, freundschaftlich.

Bei Hegge ging es wohl ganz anders zu, wie er neulich im Dorf gehört hatte. Die Soldaten waren Raufbolde, verwüsteten mehr als dass sie in Ordnung brachten und hatten sogar der Tochter Agnes nachgestellt. Zum Glück konnte der Kommandant noch rechtzeitig eingreifen. Der aufdringliche junge Mann wurde umgehend woanders hingeschafft.

Nein, Alois konnte wirklich nicht klagen. Aber das rieb er seinen Bekannten nicht unter die Nase, vielmehr grummelte er unverständliche Worte in seinen Hemdkragen hinein und lenkte das Gespräch auf das Wetter und den Ackerbau.

Er bezweifelte nicht, dass es auch bei ihnen im Lager fleischeslustige Männer gab, aber der Kommandant auf seinem Hof hatte seine Soldaten bestens im Griff. Sie hielten sich beidseitig an die Abmachungen.

Glücklicherweise hatten die Frauen im vergangenen Herbst reichlich Gemüse angepflanzt, sie hatten zu Beginn des Krieges sogar noch ein Stück der Wiese umgegraben und zu einem Gemüsebeet erweitert, so dass sie rundum das Jahr mehr als genug zu essen hatten. Sie konnten sogar einiges von dem Gemüse an andere Familien geben, die erheblich weniger hatten.

Jetzt waren es allerdings die Soldaten, die ihnen das Gemüse abnahmen. Fleisch gab es weiterhin selten.

Bisher hatten sie in den paar Wochen auf dem Hof ein Schwein geschlachtet, welches sich die Familie mit den Soldaten geteilt hatte. Nach der harten Arbeit hatten sich die Briten aber ein gutes Stück Fleisch wirklich verdient, musste sich Alois eingestehen. Er selbst liebte auch einen guten Braten, aber er begnügte sich mit Speck und der Blutwurst, die seine Frau immer so köstlich nach einem alten Rezept anrührte.

Die Briten waren auch ganz versessen auf den Speck. Den aßen sie gebraten zum Frühstück, zusammen mit Bohnen. Milch im Tee und Bohnen zum Frühstück, bei der Vorstellung schüttelte sich Alois, komische Sitten hatten sie da auf der Insel.

Er ging über den Hof zum Kuhstall, wo er seinen Enkel vermutete. Lautes Lachen war zu hören, er fand dort Hanna und Mia, und die beiden Soldaten. Die beiden Mädchen waren dabei, den Dreck von Weide und Stall aus dem Fell der Tiere zu striegeln und die Männer streuten den Stall mit frischem Stroh ein.

Wenn er nicht wüsste, dass sie sich im Krieg unter feindlicher Belagerung befänden, würde er es für eine Zerstreuung unter Freunden halten.

Er war dankbar, dass die Kinder weit genug vom Krieg entfernt aufgewachsen waren; für sie waren die Soldaten Besucher, die ihnen ein wenig Abwechslung im tristen Alltag bescherten.

Er staunte darüber, wie gut sie inzwischen miteinander sprachen, auf Deutsch und Englisch.

Auch die jüngeren Kinder tobten mit den Soldaten beim Fußballspiel über die Wiese und schnappten auch den einen oder anderen Satz in Englischer Sprache auf. So eine Fremdsprache war doch ein Segen, sie verband die verschiedensten Nationen miteinander. Wie hatte Hanna es noch genannt, Völkerverständigung. Ja, er musste seiner jüngsten Tochter Recht geben.

Somit war er den Briten tatsächlich nach einer Weile wohlgesonnen, was ihn selbst am meisten verwunderte. Er merkte auch, dass er sich mit der Zeit der Belagerung immer mehr entspannte. Die anfängliche Angst, etwas Falsches zu sagen oder zu tun, hatte sich gelegt.

Der Kommandant und der Offizier William kamen fast täglich zu ihm, um mit ihm die zu erledigenden Arbeiten zu besprechen.

Alois begann sogar, diesen Offizier sympathisch zu finden. Er konnte verstehen, was Hanna an ihm mochte, er hatte eine offene Art und war stets sehr zuvorkommend.

Wer hätte vor vier Wochen gedacht, dass so eine tiefe Freundschaft zwischen den deutschen Mädchen und den britischen Soldaten entstehen würde?

An einem Nachmittag Anfang Mai klopfte der Kommandant mit William an die Tür des Hauses. Vater Alois öffnete.

„Herr Verhage, wir möchten Sie und Ihre Familie bitten auf den Hof zu kommen."

Alois schaute William erschrocken an.

„Ist etwas passiert?"

„Ja, in gewisser Weise!"

Alois rief laut alle im Haus zusammen. Die Frauen und die jüngeren Kinder kamen herbei geeilt und versammelten sich vorne auf dem Hof, wo bereits alle Soldaten in Reihen aufgestellt waren.

Hanna und Mia kamen aus dem Garten gerannt und der junge Alois kam gerade aus dem Schweinestall.

Der Kommandant ergriff das Wort, als alle ihn erwartungsvoll anstarrten.

„Dear Family Verhage, Comrades, it is my honour and pleasure to officially announce that the war is over."

Die Soldaten brachen in lauten Jubel aus, noch bevor die Familie verstanden hatte, was gerade geschehen war.

„Burton, please translate."

William salutierte und drehte sich zur Familie.

„Der Kommandant teilt Ihnen mit, dass der Krieg officially zu Ende ist. Over. Finished."

Die Familie atmete erleichtert auf und fiel sich in die Arme.

Auch die Soldaten stimmten erneut in die Freude ein. Hanna und William tauschten glückliche Blicke aus. Vater Alois fand als Erster seine Worte wieder.

„Heißt das, dass Sie uns jetzt verlassen werden?" Er war sich nicht sicher, ob er sich darauf freute oder es bedauern sollte, dass sie nun die ganze Arbeit wieder alleine machen müssten.

William übersetzte für seinen Vorgesetzten und dieser trat einen Schritt auf die Familie zu.

„We will leave within the next month or two, or until further notice, and return to Britain. Burton!" nickte er dem Offizieren zu.

„We werden gehen in die nexte eine oder zwei Monate zuruck nach Britain, oder bis Befehl kommt", übersetzte William.

Alois nahm diese Information nickend zur Kenntnis. Und auch Hanna und Mia sahen sich kurz an. Sie beide wussten, dass die Zeit mit den Briten irgendwann zu Ende gehen würde, wollten aber noch nicht an den Abschied denken.

Der Kommandant bat alle Anwesenden, für eine Gedenkminute für alle gefallenen Soldaten, ob Deutsch oder Britisch, innezuhalten. Die Soldaten nahmen ihre Mützen ab, strafften ihre Haltung, die Familie Verhage stand dicht beieinander, Hanna nahm Mias Hand zum Trost.

Der ganze Hof stand still.

So viel sinnloses vergossenes Blut, so viele zerstörte Leben, die nie wieder die Alten sein würden. Hanna vergoss einige Tränen bei dem Gedanken an ihre Brüder. Und nun standen sie hier mit dem Feind, der langsam aber sicher zum Freund geworden war.

Als die offizielle Bekanntmachung vorüber war und sich nach der Schweigeminute alle wieder aus ihrer Erstarrung lösten, ging die Familie wieder ihren Beschäftigungen nach. Anna tupfte sich die Augen mit ihrem Taschentuch und nahm ihre verwitweten Schwiegertöchter in die Arme, auch sie waren sichtlich erleichtert über das offizielle Ende des Kriegs.

Hanna ging auf William zu, der kurz mit zwei Kameraden sprach. Er wandte sich ihr zu. Auch er wirkte erleichtert.

„So, wir sind keine Feinde mehr!"

Hanna lächelte ihn an, sie fühlte sich in diesem Moment sehr emotional und konnte nichts darauf sagen.

Sie schluckte und wischte sich schnell eine Träne aus dem Gesicht.

William trat auf sie zu und reichte ihr ein Taschentuch.

„Hey, it's okay. Everything is going to be okay". Er legte ihr die Hände auf ihre Schultern. Hanna fand es ungemein tröstlich, seine starken und warmen Hände auf sich zu spüren, am Liebsten hätte sie sich in seine Arme geworfen und ihn nie wieder losgelassen.

Und William hätte Hanna am Liebsten an sich gezogen. Es fiel ihm schwer, seine Gefühle für diese junge Frau für sich zu behalten, doch er musste sich zusammenreißen. Noch war er nicht frei zu tun, was ihm beliebte. Aber ein Entschluss reifte in ihm heran, und nichts würde ihn davon abhalten.

William dachte an nichts anderes mehr als an Hanna, und wie sehr er sich in diese Frau verliebt hatte. Ja, das musste es sein. Er war verliebt.

Zwar konnte er sich vorstellen, dass seine Eltern zunächst alles andere als begeistert sein würden, wenn er sich mit einer Deutschen verheiratete, aber sie würden sie lieben lernen, dessen war er sich ebenso sicher, wie darüber, dass sie ihn glücklich machen würde.

William nahm seinen ganzen Mut zusammen und ging zu seinem Kommandanten, um mit ihm darüber zu sprechen. Er war zwar sein Vorgesetzter, aber er war auch fast so etwas wie eine Vertrauensperson.

Er fand ihn im Zelt, über sein Tagebuch gebeugt. William bat um Verzeihung für die Störung, aber er hätte etwas Wichtiges privater Natur, was er gerne mit ihm besprechen wollte. Der Kommandant bat ihn herein und Platz zu nehmen.

William gestand ihm, dass er sich verliebt hatte und beabsichtigte, die junge Hanna zu seiner Frau zu machen, sobald es die Umstände erlaubten.

Der Kommandant stieß laut die Luft aus und machte große Augen. Er gab zu, dass er nicht damit gerechnet hätte, dass diese Freundschaft so ernst war.

William versicherte ihm, dass es sich wider Erwarten in diese Richtung entwickelt hätte.

Der Kommandant hatte nichts gegen diese Verbindung einzuwenden, da die junge Dame sehr respektabel war, gab aber zu bedenken, dass

Williams Vater, gerade aufgrund der verfeindeten Situation, möglicherweise anderer Ansicht sein könnte.

William stimmte ihm zu, gab aber zu bedenken, dass die Familie mit dem eigentlichen deutschen Feind nichts zu tun hätte.

Der Kommandant versprach William am Ende seine Unterstützung in dieser Angelegenheit. Der Offizier bedankte sich überschwänglich und verließ das Zelt, um Hanna zu suchen.

Er fand Hanna ein wenig später auf der Koppel bei den beiden Pferden. Sie hatte sich dorthin zurückgezogen, um ein wenig nachzudenken und alleine zu sein. Dennoch freute sie sich über Williams spontane Gesellschaft.

„Hey, wie geht es Dir, Hanna?"

„Much better, thank you."

Hanna streichelte einem der Pferde die Blesse, ein paar Strähnen hatten sich aus ihrer Frisur gelöst und wurden von einem leichten Lüftchen durcheinander gewirbelt.

Sie trug ihre Reithosen und Stiefel, offenbar hatte sie vor, ein wenig auszureiten. Sie sah einfach hinreißend aus, fand William.

Er betrachtete sie einige Sekunden, bevor er sich traute, das zu sagen, was ihm auf der Seele lag.

„Hanna, ick möchten mit dir sprechen."

„Yes, of course!" Hanna wandte sich vom Pferd ab und schaute erwartungsvoll zu William.

„Ich uberlegen schon eine while und ich weiß, dass es vielleicht ist früh. Aber Hanna, ich kann nicht aufhören an dich zu denken, du erfullst mich mit happiness and love. Und ich möchten sein nie mehr ohne dich. Ick haben keinen Ring", William kniete vor Hanna nieder, „aber doch frage ich: Hanna Verhage, würdest du mir machen die Ehre und meine Frau zu werden?"

Hanna wusste im ersten Moment nicht wie ihr geschah, sie fand keine Worte dafür um auszudrücken, was sie empfand. Sie fühlte sich überglücklich, ihr Herz hüpfte vor Freude. Dieser wunderbare Mann wollte sie heiraten! Sie ergriff Williams Hände und ließ sich vor ihm auf die Knie sinken.

„Yes, yes, I would love to marry you!"

Und zum ersten Mal küssten sie sich und verloren sich in Zeit und Raum.

William konnte sein Glück kaum fassen. Trotz der Umstände des Krieges hatte diese junge deutsche Frau ihn als ihren zukünftigen Ehemann angenommen. Eine kleine Träne des Glücks lief ihm aus dem linken Augenwinkel über die Wange und verlor sich auf Hannas Schulter.

Sie wussten nicht, wie lange sie schon auf der Koppel saßen, redeten, sich küssten und in den Armen hielten.

Die beiden Pferde waren inzwischen auf die andere Seite der Koppel getrottet, als sie merkten, dass ihnen keine Aufmerksamkeit mehr zuteil wurde.

William erhob sich und klopfte sich die Hosen ab.

„Ich muss gehen zu deine Vater."

Hanna stockte der Atem. Auch das noch! Was würde Vati bloß davon halten? Hoffentlich rastete er nicht aus und jagte William vom Hof, was wiederum die anderen Soldaten auf den Plan rief, die dann womöglich Vati verhafteten. Gar nicht auszudenken, was dann mit ihrer Familie geschehen würde. Hanna stand auf.

„Ich komme mit. I come with you."

Schweigend liefen die beiden über die Koppel, William bemerkte Hannas Anspannung und konnte sich vorstellen, dass sie Angst davor hatte, ihrem Vater die frohe Botschaft zu verkünden.

Er ergriff ihre Hand und drückte sie.

„Don't you worry."

Sie lächelte ihn an und ging Seite an Seite mit ihrem Zukünftigen auf die Haustür zu.

Maria trat gerade aus dem Kuhstall, als sie sah, dass ihre Cousine mit dem Offizier Hand in Hand über den Hof lief. Sie wollte gerade laut rufen, besann sich aber dann eines Besseren, weil sie ahnte, welchen Weg die beiden vor sich hatten.

Hanna und William betraten die dunkle Diele. Sie gingen durch bis zum Arbeitszimmer ihres Vaters, der um diese Zeit normalerweise hier saß und las. Hanna klopfte. Er hieß sie einzutreten und war überrascht, dass ihr der junge Offizier folgte.

„Hanna! Was kann ich für dich tun?"

Er blickte von seiner Tochter zu dem Engländer und wieder zurück. So langsam dämmerte ihm, welche Situation sich hier anbahnte. William trat hinter Hanna hervor und ging zwei Schritte auf ihren Vater zu.

„Sehr geehrter Herr Verhage, ick möchten Sie bitten um die Hand Ihrer Tochter Johanna. Ich liebe sie. Sie hat meinen Antrag schon angenommen."

Alois blickte von William zu seiner Tochter und zurück. Dann gab er ein unverständliches Grummeln von sich. Hanna wusste, dass es Unwillen bedeutete. Aber ihr Vater war stets fair und fragte immer die betreffenden Personen nach ihrer Meinung, bevor er seine kundtat.

„So so. Sie wollen meine jüngste Tochter heiraten."

Er sah Hanna an.

„Hat er sich dir gegenüber unsittlich verhalten?"

„Nein, Vati, natürlich nicht. Wo denkst du hin?"

„Aber Kind, er ist doch ein Feind. Wie stellt ihr euch das vor? Wo würdet ihr leben? Man wird euch das Leben zur Hölle machen, weil ihr beide aus feindlichen Lagern kommt."

Hanna wusste nicht, was sie darauf sagen sollte und schaute zu ihrem Verlobten. William hatte Alois verstanden und versuchte seine Bedenken aus dem Weg zu räumen.

„Ick verstehen Sie, Herr Verhage. Aber der Krieg ist nun vorbei. Es war nie zwischen Ihnen und mir, auch when wir sind von verschiedene nations. Ick möchten Hanna gerne mitnehmen nach England, wenn sie es will. Meine Familie wird erst sein uberrascht, aber sie werden sie lieben, das weißen ick. Ick wurde tun alles, um Hanna glucklisch zu macken."

Alois nickte und ging auf seine Tochter zu.

„Kind, was möchtest du? Ich weiß, dass er ein anständiger junger Mann ist, aufrichtig, höflich und respektabel. Mal abgesehen von dem Hass, der Deutschen gegenüber zum Ausdruck gebracht werden wird, gerade in Großbritannien, kannst du dir vorstellen von hier wegzugehen und in einem fremden Land zu leben? Alleine, wo dich niemand kennt oder deine Sprache spricht?"

Hanna schaute zu William und nickte.

„Ja, Vati. Ich kann es mir vorstellen. Ich habe in den letzten Wochen viel gelernt, über die Sprache, über das Land und über William. Ich bin mir bewusst, dass es nicht leicht werden wird, aber ich möchte nicht mehr ohne ihn sein."

Alois drehte sich um und ging zum Schreibtisch zurück und versuchte William anzureden.

„Herr, Mr..." „Burton, Sir. William Burton."

„Herr Burton, Sie dürfen meine Tochter heiraten und mitnehmen nach England. Aber nur, weil ich weiß, dass sie es so möchte und dass sie Sie liebt. Versprechen Sie mir bitte, dass Sie immer gut auf meine Tochter achten werden."

William nickte.

„Ick versprechen es. Vielen Dank, Herr Verhage. Sie macken misch sehr glucklisch."

Hanna fiel erst ihrem Vater und dann William um den Hals.

„Ich muss zu Mia!"

Schon war sie aus dem Zimmer nach draußen gerannt und rief nach ihrer Cousine.

Mia kam etwas zerzaust aus dem Stall, dicht gefolgt von Ted. Hanna schmunzelte bei diesem Anblick.

„Mia, ich muss dir was erzählen!"

„Prima, ich dir auch! Aber du zuerst."

„William und ich haben uns verlobt!" An Ted gewandt, übersetzte sie. „William and I are going to marry!"

Mia quietschte vor Begeisterung und fiel Hanna gratulierend um den

Hals. Auch Ted drückte seine Glückwünsche aus.

Nun konnte Mia nicht mehr an sich halten.

„Ted und ich auch, wir werden auch heiraten!"

Hannas Augen weiteten sich und nun fiel sie Mia um den Hals und drehte sich mit ihr im Kreis. Mia rang lachend nach Luft.

„Wir werden in England wohnen! Oh meine Güte, stell' dir das bloß einmal vor!" Hannas Glück schien perfekt, sie würde nicht alleine sein in dem fremden Land, ihre beste Freundin würde ganz in ihrer Nähe leben.

William kam zu der kleinen Gruppe und Hanna teilte die andere frohe Nachricht mit ihm. Er beglückwünschte Mia, reichte Ted die Hand und klopfte ihm auf die Schulter.

Es sollte für Hanna für lange Zeit der glücklichste Tag in ihrem Leben sein.

Die beiden Mädchen sprachen fortan über nichts anderes mehr, als über ihr zukünftiges Leben auf der britischen Insel. Zunächst würden aber ihre Soldaten zurückkehren in ihre Heimat, um ihr normales Leben einzurichten und für eine Ehefrau vorzubereiten.

Es wurde vereinbart, dass die Herren ihre Bräute am Tag der Vermählung im Spätsommer mit nach England nahmen.

Ihre Familie war nicht direkt euphorisch in Anbetracht der Tatsache, dass die Mädchen in das feindliche Lager überzusiedeln beabsichtigten. Besonders Mias Mutter war getroffen, weil sie den Briten die Schuld am Tod ihres Mannes gab. Aber sicher konnte sie sich darüber nicht sein, schließlich war er in Frankreich gefallen.

Sie hatte die ganzen Wochen das Treiben auf dem Hof kritisch beobachtet, sogar ihre Tochter immer wieder ermahnt, sich von den Briten fernzuhalten. Aber ohne jeden Erfolg. Mia war dickköpfig und wenn sie etwas nicht einsehen wollte, dann war es zwecklos, ihr Druck zu machen.

Und da Hanna von ihrem Vater die Erlaubnis bekommen hatte, diesen Offizier zu heiraten, musste Mias Mutter, ebenfalls Anna, sich fügen.

Sie konnte ohnehin nichts gegen diese Verbindung unternehmen, schon gar nicht, wenn Mias Busenfreundin denselben Weg einschlug.

Hanna und William verbrachten noch mehr Zeit miteinander und planten ihre gemeinsame Zukunft in England. Hanna war sich bewusst, dass ihr Leben im Hause von Williams Eltern stattfinden würde, da er der älteste Sohn war und von ihm natürlich erwartet wurde, dass er das Gut irgendwann übernahm.

Als sie beide eines milden Abends von einem Spaziergang zum Hof zurückkehrten und sich zum Abschied einen Kuss gaben, überkam sie beide ein Verlangen nach der Nähe des anderen.

Der Kuss wurde immer intensiver, sie konnten nicht voneinander lassen. Ein kurzer Blick über den Hof verriet, dass sie niemand sah und Hanna führte William in die Scheune.

Sie kletterten auf den Heuboden und ließen sich in das weiche Heu fallen. Eng umschlungen wurden ihre Küsse ungehemmter und sie vereinten sich in einem Akt, der in einem Feuerwerk der Lust gipfelte.

Wenngleich Hanna zuerst Bedenken hatte, dass William sie danach nicht mehr heiraten wollte (ihre Mutter redete immer etwas von der Kuh, die keiner wollte, wenn es die Milch umsonst gäbe), so wurden ihre Sorgen jeden Tag weggefegt.

William war rührend. Wenn es noch möglich war, so liebte er Hanna noch mehr und war dankbar für ihr Vertrauen.

Drei Wochen später traf ein militärischer Eilbote auf dem Hof ein, der sich sofort auf die Suche nach William machte. Er fand ihn im Zelt des Kommandanten.

„Excuse me, Sir. Here's a message for you. It's urgent", betonte er die Dringlichkeit der Nachricht, die er in den Händen hielt. Er reichte ihm den Umschlag.

William riss ihn auf und las die wenigen Zeilen. Dann wandte er sich an seinen Vorgesetzten.

„Sir, I need permission to leave for England at once. My father is dying and my mother requests my presence at home."

Der Kommandant überlegte kurz, aber nickte und gestattete William seine vorzeitige Abreise.

William rannte auf den Hof, auf der Suche nach Hanna. Er fragte Vater Alois, der über den Hof ging, ob er Hanna gesehen hätte. Alois schaute den Offizier fragend an.

„Verzeihung, ick muss gehen nach England. Meine Vater stirbt. Ich muss Hanna finden!" Alois verstand und schickte ihn in den Kuhstall. Hanna füllte gerade die Futtertröge auf.

„Hanna, Hanna!"

„William, was ist los?" Sie stellte den Eimer ab und rieb sich die Hände an ihrer Schürze ab.

„Hanna, ick muss sofort gehen nach Hause, meine Vater stirbt."

„Oh, William I'm so sorry." Sie ergriff Williams Hand. „Für wie lange?"

„Hanna, ich kann es dir nicht sagen genau. Es ist etwas complicated. Ich werden mich kummern um alles. Hanna, mein Vater ist ein Earl und wenn er stirbt", er seufzte, „werde ich der next Earl sein."
Hanna verstand nicht. „Was ist ein Earl?"

„Ein Earl ist ein Lord. Wie sagt man, Aristocracy?"

„Ehrlich? Und du wirst auch ein Lord sein? Wieso hast du es mir nicht erzählt?" Hanna schaute ihren Verlobten erwartungsvoll an.

„Ick dachte nicht, dass es ist wichtig. Ick glaubte, mein Dad wird noch leben lange." Hanna gab William einen tröstenden Kuss auf die Wange.

„Ick werden kommen zurück bald, um dich zu holen, meine Liebste. Ich liebe dich."

Hanna fiel der Abschied sehr schwer, auch wenn es nur für einige Wochen sein sollte. William setzte sich in den Geländewagen auf den Beifahrersitz auf der linken Seite. Ihre Blicke waren aneinander gefesselt, sie hielten sich an den Händen.

Hanna liefen Tränen übers Gesicht und auch Williams Augenwinkel glänzten. Wie würde er diese Frau vermissen, er konnte es nicht ertragen, sie weinen zu sehen, es brach ihm das Herz.

Der Wagen setzte sich in Bewegung und ihre Finger glitten langsam auseinander. Hanna lief dem Fahrzeug hinterher bis zur Straße, tränenüberströmt, William hatte sich zu ihr gedreht, er wollte sie so lange wie möglich anschauen. Er wollte sich dieses letzte Bild von Hanna einprägen.

Hanna, diese Frau, diese wunderbare Frau, die er bald sein nennen durfte.

Dann kam die Kurve und Hannas Anblick verschwand hinter den dichten Sträuchern am Straßenrand. Hanna winkte unaufhörlich und lauschte dem Knattern, obwohl es längst nicht mehr zu hören war.

Die nächsten Wochen vergingen für Hanna nur sehr schleppend. Hanna zog sich oft zurück, um William zu schreiben oder um sich einfach nur in ihren Erinnerungen zu verlieren.

William hatte ihr sofort geschrieben, als er zu Hause angekommen war. Er hatte seinen Vater noch gesehen, der drei Tage später für immer eingeschlafen war.

William hatte zuvor seinen Eltern gestanden, dass er sich mit einer deutschen Frau verlobt hatte. Seine Mutter Lady Camilla war außer sich. Sein Vater jedoch blieb ruhig, erklärte ihm aber, dass William als zukünftiger Earl of Brookhurst gewisse Verpflichtungen hätte, dazu gehöre auch eine standesgemäße Ehe.

Es sei so verfügt, und das schon seit Jahrhunderten, dass der Earl eine Dame aus Adelskreisen zu heiraten habe, sonst würde das gesamte Erbe an den nächsten männlichen Erben übergehen. Und da Williams Bruder gefallen war, blieb nur noch der Neffe Herbert aus der Linie von Williams unliebsamen Onkel Osborne.

Als Lady Camilla einmal aus dem Zimmer gegangen war, bat der Earl seinen Sohn, sich zu ihm ans Bett zu setzen. Er erklärte ihm, dass er das Dilemma seines Sohnes verstand, er verstand es sogar sehr gut. Auch er habe seinerzeit eine Bürgerliche geliebt, die zu heiraten ihm versagt geblieben war. Er konnte aber nichts dagegen tun.

William war mit dem Pflichtbewusstsein erzogen worden, dass er eines Tages der 14. Earl of Brookhurst sein würde, daher fiel es ihm schwer, sich seinem Vater und seiner Familientradition zu widersetzen.

Lady Camilla jedoch sprach in den Tagen mit ihrem Sohn nur das Nötigste. Sie war sehr enttäuscht von ihm, hatte sich verlobt mit einer Frau, die sie nicht kannte, und noch dazu eine Deutsche!

William ärgerte sich darüber, dass ihm nie deutlich gesagt wurde, welcher gesellschaftlichen Schicht seine Zukünftige angehören sollte, dieses kleine Detail wurde außer Acht gelassen.

Wie konnte er nur so dumm gewesen sein zu glauben, dass er frei wählen durfte. Natürlich hatte seine Mutter immer von einer jungen Dame gesprochen, die er sicher eines Tages kennenlernen würde, aber das war doch typisch Mutter!

Keine Frau war für den Herzenssohn gut genug, es sei denn, sie kam aus gutem Hause.

Als die letzte Stunde seines Vaters geschlagen hatte, rang dieser seinem Sohn das Versprechen ab, keine Dummheiten zu machen und das Erbe in dieser Familie zu bewahren.

„Mein Sohn, ich bin sicher, dass deine junge Deutsche ein gutes Mädchen ist. Sie wird es verstehen. Pass' auf dich und deine Mutter und Schwester auf, du bist jetzt der Herr im Haus."

William liebte seinen Vater sehr und er versprach unter Tränen, dem Wunsch seines Vaters zu entsprechen. Er weinte und weinte, nicht nur wegen des Verlustes seines Vaters, sondern auch, weil er seine geliebte Hanna nie wiedersehen würde. Sein Herz war gebrochen.

William musste Hanna die Entwicklung zu Hause mitteilen, er hatte ihr schon eine Weile nicht mehr geschrieben. Es gab so viel vorzubereiten für die Beerdigung, die Testamentsvollstreckung und anschließende Übernahme von Brookhurst, dass er keine Zeit gefunden hatte, um Hanna diese unangenehme Botschaft mitzuteilen.

Nun hatte er endlich etwas Ruhe und Zeit, um diesen elendigen Brief zu verfassen. Es fiel ihm noch nie so schwer, die richtigen Worte zu finden. Wie konnte er seiner Verlobten sagen, dass er sie nicht heiraten durfte? Würde sie es verstehen? Es würde ihr das Herz brechen, so wie ihm selbst.

Noch bevor er das erste Wort ansetzte, kam Mrs. Bennett, die Haushälterin, herein und überreichte ihm einen Briefumschlag, der soeben mit der Post gekommen war. Er erkannte sofort die Handschrift und das fremde Postwertzeichen. Er riss den Brief auf und konnte kaum erwarten, Hannas Worte zu lesen. Er stellte sich dabei gerne vor, dass sie ihm diese Worte direkt vorlas, er konnte ihre Stimme im Kopf hören! Was er nun zu lesen bekam, war ein Schock für ihn.

Mein geliebter William,
schon länger habe ich nichts mehr von Dir gehört, aber ich vermute,
dass Du viel zu tun hast. Der Tod Deines Vaters tut mir sehr leid, ich
hätte ihn sehr gerne kennengelernt. Wie geht es Deiner Mutter und
Schwester?
Deine Kompanie ist abgezogen, aber das weißt Du sicher. Ted ist also
inzwischen auch wieder in England und Mia wartet auch schon ganz
ungeduldig auf den Tag der Hochzeit.
William, ich muss Dir etwas Wichtiges sagen.
Der Abend, an dem wir uns auf dem Heuboden liebten, ist nicht ohne
Folgen geblieben. Ich erwarte ein Kind, Dein Kind. Ich bin so glücklich
darüber, dass unsere Liebe schon jetzt gesegnet wurde. Meine Eltern
waren natürlich nicht sehr begeistert, aber da wir bereits verlobt sind,
haben sie es akzeptiert.
Mein Liebster, ich kann kaum erwarten Dich wieder in meine Arme zu
schließen, dann fühle ich mich endlich wieder vollständig.

In ewiger Liebe,
Deine Hanna

William wusste nicht, wie ihm geschah. Hanna war schwanger!

Einerseits freute er sich und war stolz, dass die Frau, die er über alles liebte, ein Kind von ihm erwartete. Doch andererseits hatte er das Gefühl, als würde ihm das Herz bei lebendigem Leibe herausgerissen. Er durfte Hanna nicht heiraten und würde sein Kind niemals kennenlernen.

Er ergriff den Füller und versuchte mehrmals vergeblich, Worte zu finden, die seine schlimme Nachricht nur halb so schmerzhaft klingen ließen.

Meine geliebte Hanna,

wo soll ich nur beginnen? Dein Brief hat mich soeben erreicht und ich bin überglücklich über Deine Nachricht. Wir bekommen ein Kind!

Doch leider fällt es mir sehr schwer, das zu schreiben, was ich Dir nun sagen muss. Du bist mein Ein und Alles, mein Herz, die Liebe meines Lebens. Doch leider darf ich Dich nicht heiraten. Es ist eine familiäre Verpflichtung, die mir mein Vater am Sterbebett offenbarte. Der Earl darf sich nur standesgemäß verheiraten, sonst geht das Erbe an den nächsten männlichen Verwandten, und das wäre in unserem Fall die Linie meines Onkels Osborne, dessen Sohn Herbert ist ein Spieler und Draufgänger, der das Erbe verschleudern würde. Ich stehe in der Pflicht meiner Familie.

Es tut mir so unendlich leid, besonders jetzt, wo ich weiß, dass Du mein Kind unter Deinem Herzen trägst. Ich möchte Dich an meiner Seite haben, aber alles ist gegen uns. Ich hoffe Du kannst mir irgendwann verzeihen. Bitte versprich mir weiterhin zu schreiben, mir immer zu sagen, wie es Dir und unserem Kind geht. Ich bin sein Vater und möchte alles wissen!

Ich wünschte, ich könnte Dich noch einmal in die Arme nehmen, mein Herz. Ich weiß nicht, wie ich ohne Dich leben soll.

Ich werde Dich immer lieben, bis zu meinem letzten Atemzug.

Für immer, Dein William.

Hanna saß weinend auf ihrem Bett und ließ den Brief fallen, als sie ihn zu Ende gelesen hatte. Sie hatte das Gefühl, dass sie keine Luft mehr bekam. William würde nicht zurückkommen und sie holen. Er würde eine andere heiraten. Er würde sie irgendwann vergessen.

Und Mia würde mit Ted nach England ziehen. Nur sie war ganz allein, allein und schwanger.

Hanna hatte das Gefühl, dass ihre gesamte Welt um sie herum wegbrach. Sie schnappte nach Luft und weinte solange, bis keine Tränen mehr übrig waren.

Draußen hing die Sonne schon tief am Himmel. Was sollte sie bloß tun? Was würde ihr Vater sagen?

In diesem Moment kam Mia ins Zimmer. Sie erkannte sofort, was los war. Der Brief lag neben Hanna auf dem Bett und ihre Cousine hatte rote gequollene Augen.

„Hanna, was ist passiert? Was hat er geschrieben?"

Hanna hielt Mia wortlos den Brief hin. Mia nahm ihn und las ihn zweimal durch.

„Das gibt es doch nicht, so ein Schuft! Das hätte ich nie von ihm gedacht, nicht von William!"

„Er hat keine Wahl, Mia. Er würde alles verlieren, wenn er mich heiratet. Er liebt mich, dessen bin ich mir sicher. Wir dürfen nur nicht zusammensein." Bei den letzten Worten schluchzte Hanna laut auf. Mia hatte sich beruhigt und stimmte Hanna zu.

„Ja, er liebt Dich. Sehr sogar. Ich kann mir vorstellen, dass diesen Brief zu schreiben für William nicht einfach gewesen ist. Ach, meine liebe Hanna. Ich wünschte, ich könnte dich einfach mitnehmen. Jetzt muss ich alleine in dieses komische Land, wo ich vermutlich sofort überfahren werde, sobald ich über die Straße gehe." Hanna lachte und umarmte ihre Nichte.

„Hanna, du schaffst das. Suche dir doch hier einen anständigen jungen Mann, der bereit ist dich zu heiraten. Ich weiß, dass Hubertus Blandfort schon immer was für dich übrig hatte!"

„Hubertus? Spinnst du?"

„Aber wieso denn, er ist ein guter Mann, und er betet jeden Zentimeter an, auf dem du läufst."

„Selbst wenn, er weiß doch, dass ich mit William verlobt bin...war. Und er wird sicher nicht das Kind eines anderen akzeptieren."

„Du musst ihn fragen. Viel mehr bleibt Dir leider nicht übrig, alle anderen kann man vergessen oder sie sind nicht zurückgekehrt. So, und nun wäschst Du Dir Dein Gesicht, kämmst Dir die Haare und dann gehen wir nach draußen."

Mia stand auf, reichte Hanna die rechte Hand und zog sie hoch. Hanna strich ihr Kleid glatt, straffte die Schultern und ging in die Badekammer.

Kurz darauf gingen Mia und Hanna durchs Dorf. Vielleicht hatten sie Glück und würden auf Hubertus treffen. Tatsächlich fegte er den Hof vor dem Haus. Mia rief ihm zu und die beiden Mädchen gingen zu ihm auf die andere Straßenseite.

„Hallo Hanna, hallo Mia. Wie geht es euch?"

„Gut, danke Hubertus. Wie geht es deiner Mutter, hat sie sich von ihrem Rheuma gut erholt?"

„Ja, es ist besser geworden, Danke der Nachfrage. Und wann geht's nach England?"

Hanna schaute auf den Boden, aber Mia antwortete, dass sie in drei Wochen heiraten und abgeholt würde. Hubertus blickte von Mia zu Hanna.

„Und was ist mit dir?"

„Ich bleibe hier, William und ich haben uns...getrennt."

„Das tut mir natürlich sehr leid für dich, Hanna. Aber vielleicht ist es besser so. So ein Brite ist doch auch nicht die beste Wahl für dich."

„Wir müssen weiter. Mach's gut, Hubertus!" Mia zog Hanna am Arm. Hanna zögerte einen Moment. „Hubertus, vielleicht hast du in den nächsten Tagen mal Zeit für einen Spaziergang?"

„Sicher. Morgen Nachmittag, nach dem Melken habe ich Zeit."

„Prima! Dann treffen wir uns doch einfach am Wegekreuz."

Hanna hob zum Abschied die Hand und eilte zu Mia hinüber auf die andere Seite der Dorfstraße. Mia wartete darauf, dass Hanna ihr sagte, was sie mit Hubertus besprochen hatte. Hanna lief eine Weile schweigend neben Mia her.

„Wir haben uns für morgen zum Spaziergang verabredet."

„Na siehst du, alles halb so schlimm. Er ist doch ein netter Kerl."

Als Hanna am nächsten Nachmittag am vereinbarten Treffpunkt eintraf, wartete Hubertus schon auf sie. Er hatte sich mit dem Melken extra beeilt. Er hatte Hanna immer sehr gerne gemocht, anders als diese dumme Agnes Hegge oder Waltraud Luersen, die sich immer für was Besseres hielten.

Aber Hanna war immer nett zu ihm gewesen und sie hatten sich schon als Kinder gut verstanden. Auch seine Eltern sahen in Hanna ein anständiges Mädchen.

Dass sie nun diesen Engländer doch nicht heiraten würde, erleichterte ihn, denn er hatte insgeheim immer gehofft, dass er Hanna zur Frau nehmen würde.

„Guten Tag, Hubertus", rief Hanna ihm entgegen und winkte.

„Guten Tag, Hanna. Wie geht es dir heute? Du siehst sehr hübsch aus." Hanna errötete leicht bei diesem Kompliment.

„Danke, Hubertus, das ist sehr nett von dir."

Einige Minuten liefen sie schweigend nebeneinander her, keiner wusste, was er sagen sollte. Dann fasste sich Hanna ein Herz.

„Hubertus, ich muss mit dir sprechen." Sie blieben stehen. „Es ist mir sehr unangenehm, aber ich bin in einer schwierigen Lage. Du warst mir immer ein guter Freund, deswegen hoffe ich, dass ich dir vertrauen kann."

„Aber natürlich kannst du das, Hanna. Du kannst mir immer alles sagen."

Hannas Herz klopfte bis zum Hals.

„Du weißt ja, dass ich mit...dem Engländer verlobt war. Leider darf er mich nicht heiraten, weil ich keine standesgemäße Ehefrau für ihn bin."

„Das ist doch wohl unerhört! Du bist die wohlerzogenste junge Dame weit und breit!"_

„Lass mich bitte ausreden, es fällt mir schwer genug wie es ist. Nun, also, William und ich haben uns...geliebt."

„Davon gehe ich aus! -Ooh", der Groschen fiel bei Hubertus, „ich verstehe."

Hanna schaute ihn direkt an. „Du verstehst richtig, denke ich. Ich bekomme ein Kind."

Hubertus schaute sie zunächst mit großen Augen an, dann aber stellte er sich aufrecht hin.

„Dann erweise mir die Ehre und heirate mich, Hanna. Wir werden dein Kind gemeinsam großziehen. Ich werde es lieben wie mein eigenes. Das verspreche ich dir."

„Hubertus, das würdest du für mich tun? Du bist der anständigste Mann, den ich kenne."

„Natürlich tue ich das für dich. Wir sind doch Freunde. Und wer weiß, vielleicht bekommen wir ja auch noch selbst ein paar Kinder. Irgendwann."

Hanna fiel Hubertus um den Hals. „Ich danke Dir."

„Wir sollten besser in den nächsten Tagen viel Zeit miteinander verbringen, damit es im Dorf kein unnötiges Gerede gibt. So viele Leute wussten auch noch gar nichts von dir und dem Engländer, das ist unser Vorteil. Jetzt, wo sie abgezogen sind, kann man das als harmlose Schwärmerei abtun. Jeder im Dorf weiß, dass wir befreundet sind. Daher wird es für viele auch keine Überraschung sein, wenn sie erfahren, dass wir heiraten."

„Ach, Hubertus, du bist meine Rettung. Wie kann ich das nur wieder gutmachen?!"

„Versuche mir deine Zuneigung zu schenken. Und vielleicht wirst du mich eines Tages lieben können."

Hanna wusste nicht, was sie darauf sagen sollte und nahm ihn in die Arme. Hubertus verstand diese Geste als Versprechen. Er wusste, dass Hanna ihren Engländer niemals vergessen würde, aber damit würde er leben können, solange sie nur bei ihm blieb.

Hanna musste ihren Eltern von den neuesten Entwicklungen erzählen, daran führte kein Weg vorbei. Als sie von dem Spaziergang mit Hubertus nach Hause kam, fand sie ihre Eltern in der guten Stube beim Tee.

„Mutti, Vati, ich muss euch etwas sagen. William wird mich nicht heiraten. Er darf mich nicht heiraten, er braucht eine standesgemäße Dame."

Mutter Anna verschluckte sich vor Schreck an ihrem Tee.

„Was sagst du da, Kind? Wie stellst du dir das vor? Du bist schwanger, kein Mann wird dich jetzt mehr haben wollen! Du hast dich selbst in dein Verderben getrieben. Kein Mann kauft die Kuh, wenn er die Milch umsonst haben kann. Dein sauberer William. Natürlich will er dich jetzt nicht mehr!"

„Anna, bitte reiß' dich zusammen! William ist ein anständiger junger Mann, er wird seine Gründe haben. Ich bin sicher, dass er Hanna noch heiraten würde, wenn es ihm möglich wäre." An seine Tochter gewandt, fragte Alois:

„Aber was stellst du dir jetzt vor? Willst du sein Kind unehelich auf die Welt bringen und immer hier auf dem Hof bleiben?"

„Mutti, Vati, ihr müsst euch keine Sorgen machen, das habe ich alles schon geklärt. Hubertus Blandfort wird mich heiraten. Ich habe ihm die Situation erklärt und er bat mich sofort ihn zu heiraten. Er wird das Kind als sein eigenes annehmen. Er ist ein guter Mensch."

Anna brach in Tränen aus und auch Alois stieß erleichtert die Luft aus.

„Dem Herrgott sei Dank."

„Hubertus wird in den nächsten Tagen vorbeikommen und offiziell um meine Hand anhalten. Bis dahin werden wir uns häufiger verabreden und Zeit miteinander verbringen. Alles wird gut."

Drei Wochen später, noch bevor Mia und Ted vor den Altar traten, vermählten sich Hanna und Hubertus in der Dorfkirche. Es wurde anschließend ein großes Hoffest gefeiert. Das Brautpaar sah so glücklich aus, so dass selbst das letzte Getratsche im Dorf verstummte. Und jeder freute sich, dass Hanna im Dorf bleiben würde.

Eine Woche vor ihrer Trauung schrieb Hanna William einen Brief, in dem sie ihm von der Heirat mit Hubertus erzählte, und dass er sie in ihrer Situation, ohne groß Fragen gestellt zu haben, einfach um ihre Hand gebeten hatte. William müsse sich keine Sorgen um ihr Kind machen, es werde ihm gutgehen.

Hanna liefen die Tränen über das Gesicht, als sie diese Zeilen schrieb, aber sie vertraute darauf, dass alles gut werden würde. Sie versprach William ihm so oft es ginge zu schreiben und ihm alles über sein Kind zu berichten.

William hingegen war tief getroffen von diesen Neuigkeiten, die ihn so schnell nach ihrer Trennung erreichten.

Er konnte aber verstehen, dass Hanna Sicherheit brauchte und diesen Weg einschlug.

Am Tag von Hannas Hochzeit zündete William eine Kerze an, für seine geliebte Hanna und ihr gemeinsames Kind, und vergrub sich in Selbstmitleid. Wenigstens würde er weiterhin Post von Hanna erwarten, die Verbindung würde nicht abreißen.

Keine neun Monate später brachte Hanna einen gesunden kleinen Jungen zur Welt. Sie und Hubertus waren stolz und glücklich und nannten das Kind nach Hubertus' Vater, Wilhelm. Doch für Hanna hatte der Name noch eine ganz andere Bedeutung.

Es gab die ersten Fotografien von Mutter und Kind bei der Taufe wenige Wochen später. Nach langer Zeit schrieb Hanna ihrem William wieder einen Brief.

Mein geliebter William,

Du bist Vater geworden! Ich wurde vor vier Wochen von einem prächtigen Sohn entbunden. Uns beiden geht es gut, wir sind wohlauf. Letzte Woche fand die Taufe statt, er heißt Wilhelm, was die deutsche Aussprache für William ist. Der Vater meines Ehemannes heißt Wilhelm, so dass dieser Name auch hier in der Familie bleibt. Doch für mich hat er nur die eine Bedeutung. Wilhelm wächst kräftig und er hat zum ersten Mal gelächelt. So ein Kind ist ein Wunder, verbindet es doch zwei Menschen auf ewig aneinander. Wilhelm ist Dir sehr ähnlich, er hat dunkelblondes Haar und tiefblaue Augen. Ich hoffe, dass sie so bleiben.
Hubertus ist sehr glücklich und er hat Wilhelm voll als seinen Sohn angenommen.
Hast Du schon etwas von Mia und Ted gehört, oder sie sogar gesehen? Mia schrieb mir vor zwei Wochen, dass auch sie guter Hoffnung ist. Ich wünschte, unsere Kinder könnten gemeinsam aufwachsen.
Lieber William, ich hoffe sehr, dass es Dir gut geht. Bitte schreibe mir, wie es Dir ergeht als neuer Earl.
Ich darf es eigentlich nicht tun, aber ich muss Dir sagen, wie furchtbar ich Dich vermisse. Jeden Tag denke ich an Dich.
Anbei schicke ich Dir ein paar Fotografien von Deinem Sohn und mir.

Ich hoffe, sie machen Dir Freude! Ich bin noch nicht ganz zurück in meiner alten Figur, aber noch ein paar Mal ausreiten und den Kuhstall ausmisten, dann wird das schon wieder!
Ich freue mich auf einen Brief von Dir. Bitte erzähle mir von Eurem Garten, er muss sicher bald in schöner Blüte stehen.
In ewiger Liebe,
Deine Hanna.

William selbst hatte ihr vor einem halben Jahr geschrieben, dass er sich auch vermählen würde. Er hatte eine Dame an die Seite gestellt bekommen, die seine Mutter im Kreis ihrer Bridge-Damen aufgetan hatte.

Die junge Dame war nicht besonders hübsch und „emotional wie ein Blumenkübel" (was Hanna zum Lachen brachte), aber seine Mutter war selig über diese Verbindung.

William betrachtete die Fotos, welche Hanna von sich und ihrem Sohn beigelegt hatte. Das war er also, der kleine Mann, der aus einer tiefen Liebe entstanden war. Wie gerne würde er dieses Glück in seine Arme schließen. Es schmerzte ihn sehr, aber zugleich war er so stolz, wie es nur ein frisch gebackener Vater sein konnte.

In diesem Moment betrat seine Mutter die Bibliothek.

William verkündete: „Mummy, ich bin Vater geworden. Hanna wurde von einem Jungen entbunden. Er heißt Wilhelm. Bittesehr, das ist er."

Seine Mutter schaute ihn mit entsetztem Blick an.

„Du wirst dich doch wohl nicht zu diesem Kind bekennen? Woher willst du wissen, ob es deines ist?"

In diesem Moment schaute sie auf das Foto und erkannte ihren eigenen Sohn als Säugling. Es bestand kein Zweifel an der Vaterschaft.

„Dieses Kind ist mein Sohn, und das werde ich offiziell so anerkennen."

„Aber Junge, was wird Augusta davon halten? Sicher werdet Ihr noch eigene Kinder und Erben bekommen."

„Mummy, du kannst sagen, was du willst, dieser Junge ist mein Sohn und das lasse ich mir von niemandem nehmen. Ich werde von dem Erlass Gebrauch machen."

William griff nach seinem Jackett, welches er über die Stuhllehne gehängt hatte.

„Was für einen Erlass? Du meinst doch nicht etwa dieses Märchen, welches erzählt wird? Das ist doch Blödsinn."

William ging zur Tür.

„Wo gehst du hin, William?"

Er drehte sich zu seiner Mutter um, die sich nun an den Ohrensessel geklammert hatte und ihren Sohn mit panischen Augen anschaute.

„Ich fahre zu meinem Anwalt und werde dort testamentarisch die Vaterschaft anerkennen lassen."

Er verließ entschlossenen Schrittes den Raum, noch bevor seine Mutter Luft holen konnte. Er hörte sie im letzten Moment nach ihm rufen, doch er hatte die Haustür bereits erreicht.

Teil II

1946-2000

Was für eine Verschwendung dieses Leben war, dachte sich William, als er auf seiner morgendlichen Runde über die weiten Flächen seines Anwesens lief.

Seine große Liebe Hanna hatte er nicht heiraten dürfen, stattdessen war er mit einer Dame von Stand vermählt worden, mit der er lediglich den Musikgeschmack teilte.

Für ihn stand sein Sohn Wilhelm an erster Stelle. Er erinnerte sich genau an diesen Tag, als er Hannas Brief erhielt, in dem sie ihm von seinem Sohn erzählte.

Seine Mutter war durch den Tod ihres Mannes ohnehin schon völlig aufgelöst gewesen, so dass sie beinahe hysterisch wurde, als er von seinem Anwaltsbesuch zurückkehrte. Sie hatte ihn angeschrien, wie man das bloß seiner zukünftigen Frau erklären solle? Er würde sie alle in den Ruin treiben, wenn er das Erbe in fremde Hände gäbe. So aufgebracht hatte er seine Mutter noch nie erlebt. Er nahm sie in den Arm, versuchte sie zu beruhigen und schickte sie ins Bett, damit sie ihre Nerven schonen konnte.

Als sie nach einigen Tagen wieder in der Lage war, ihr Zimmer zu verlassen, redete sie kaum mit William.

Lady Camilla hatte danach Augusta Reeves-Davis häufiger zum Tee oder Lunch eingeladen, als es ihm lieb war. Aber des lieben Friedens Willen spielte er mit. Er mochte diese Frau nicht besonders, wurde sie doch von Standesdünkel geleitet und beachtete Menschen, die nicht ihrer Klasse entstammten, nur von oben herab oder gar nicht; etwas, dass ihm widerstrebte. Er hingegen schätzte die Gesellschaft von Personen aller Schichten. Besonders die Kriegsjahre und die Zeit auf dem Hof von Hannas Eltern hatten ihm das einfache Leben näher gebracht.

William war seinem Vater sehr ähnlich, auch er war immer mit jedem gut zurecht gekommen.

Ganz anders als seine Mutter Camilla, die selbst eine höhere Tochter gewesen war, und dies die meisten Angestellten und Pächter auch spüren ließ.

Daher war es ganz natürlich, dass sie Williams Braut aus ihrer Sphäre auswählte. William fand es altmodisch, aber bevor er sich auf ein lebenslanges Theater mit seiner Mutter einließ, hatte er sich seinem Schicksal gefügt.

William war es gleichgültig, ob er mit seiner zukünftigen Frau einen Sohn bekommen sollte oder nicht. Er spürte den Puls seiner rebellischen Ader. Für ihn gab es nur das eine Kind. Und damit würden sowohl seine Mutter als auch seine Angetraute leben müssen. Gerade Letztere würde ihm das Leben zur Hölle machen, das wusste er genau.

Auf seine Art war er glücklich, er hatte das Erbe seiner Familie angetreten. Er liebte das Anwesen und die Verpflichtungen, die damit einhergingen. Er liebte sein England und seine Heimat Sussex, und er war dankbar, dass sein Zuhause nahezu vom Krieg verschont geblieben war.

Zwar hatte sich das Militär hier für einige Monate niedergelassen und ein Hospital in den großen Räumen im Erdgeschoss eingerichtet, aber als er am Ende des Krieges zu seinem sterbenden Vater heimgekehrt war, waren sie bereits wieder abgezogen.

Seine Mutter hatte die wenigen gebliebenen Angestellten gut im Griff, so dass bald kaum mehr zu erkennen war, dass diese Räume jemals etwas anderes gewesen waren als Salons für die feine Gesellschaft.

Als William im Frühling des Jahres 1946 Augusta heiratete, hatte er sich schon gut in seine Rolle als neuer Gutsherr eingefunden. Er versuchte die Cottages auf dem Anwesen technisch auf den neuesten Stand zu bringen und Reparaturen durchzuführen, wo es nach Jahren der Vernachlässigung und Rationierung des Baumaterials nötig geworden war. Er war froh, dass die neu angelegten Ackerflächen in den Kriegsjahren kräftig bewirtschaftet worden waren, die Landmädchen hatten ganze Arbeit geleistet.

Die Felder waren zum Teil überwuchert, weil das Vieh rationiert wurde, zum Wohle der Gemeinschaft, aber dafür hatte das Gut seiner Gemeinde mit Gemüse und Kartoffeln in der schweren Zeit dienen können. Lediglich die Pferde waren ihnen geblieben.

William hatte es aber in der kurzen Zeit geschafft, eine kleine Schafherde und auch den Bestand an Rindern wieder aufzustocken. So fand William jeden Tag eine Aufgabe, die ihn von der Gesellschaft seiner Ehefrau fern hielt, die sich ihr gräfliches Dasein mit Wohltätigkeitsveranstaltungen, Einladungen zum Tee und Einmischen in das Dorfleben versüßte.

Lady Camilla stand ihrer Schwiegertochter mit Rat und Tat zur Seite, um sich in ihrer neuen Aufgabe zurechtfinden zu können.

Die verwitwete Countess versuchte Augusta Mut zu machen, denn auch sie wusste, wie es sich als zweite Wahl lebte und man nicht gegen die bürgerliche große Liebe ankam. Das würde sie jedoch ihrer Schwiegertochter gegenüber niemals zugeben.

Es dauerte nicht lange, und Augusta hatte sich in ihre Rolle eingefunden. Als junge Countess war sie im Allgemeinen sehr hoch angesehen und nutzte ihre Stellung, um über die Gemeinde zu regieren.

Dies war ihrem Mann zuwider, weil sie sich in Angelegenheiten einmischte, die sie wirklich nichts angingen. Die Frauen aus dem Ort buhlten um ihre Gunst, und das, obwohl Augusta für sie nur Hohn und Spott übrig hatte. Sie sah diese Frauen doch eher als schlichte Geschöpfe, mit einem Hang sich wichtig zu machen.

William hatte Augusta nie wirklich gemocht, auch wenn sie sich zu Beginn ihrer Ehe scheinbar ein bisschen verliebt gegeben hatte.

Sie hatte sich um ihn bemüht, und versucht ihn von ihren Vorzügen zu überzeugen. Es tat ihm zunächst leid, weil er sich einfach nicht für diese junge Frau erwärmen konnte.

Doch trotz der vermeintlichen Gefühle für ihn, war sie eine hochnäsige Frau.

Aber aus Pflichtbewusstsein seiner Familie gegenüber hatte er sich wenige Zeit nach der Hochzeit auf den Versuch einen Erben zu produzieren, eingelassen. Immer wieder hatte Augusta ihn in ihr Schlafzimmer gelockt als klar war, dass die vorangegangenen Versuche fruchtlos geblieben waren.

Irgendwann hatte William es satt, er kam sich vor wie ein preis-gekrönter Zuchthengst. Von ihrem anfänglichen verliebten Gehabe war nichts mehr zu spüren, vielmehr war es nun Boshaftigkeit gewichen. Selbst direkt nach dem körperlichen Akt ging Augusta wieder zur Tagesordnung und zu den üblichen Lästereien über.

Augusta war eine kalte und berechnende Frau. Je hartnäckiger seine Frau wurde, desto abstoßender fand William sie. Doch es stellte sich heraus, dass sie nicht zeugungsfähig war. So schlimm es für Augusta gewesen sein mochte, umso erleichterter war William, dass aus dieser Zweckehe kein Nachwuchs hervorging.

Zwar hatte er anfangs Mitleid mit ihr und versuchte sie zu trösten, als das niederschmetternde Ergebnis kam. Aber sie ließ es nicht zu und wies ihn schroff ab.

Es war ihr verletzter Stolz, dass ausgerechnet sie, Augusta Reeves-Davis, die nur für das Ansehen in der höheren Gesellschaft lebte, nicht in der Lage war, einem alten Adelsgeschlecht den ersehnten Stammhalter zu schenken.

Anfangs hatte sich Augusta noch bei ihrer Schwiegermutter Lady Camilla über ihre Ehe ausgeweint, doch diese war herzlos und hieß ihre Schwiegertochter sich zusammenzunehmen und ihrem Mann zur Seite zu stehen, wie es sich für eine Countess gehörte.

Die alte Countess zeigte ihrer Nachfolgerin sehr deutlich, was sie von dem ganzen Liebesgewäsch hielt, welches Augusta ihr immer wieder vorpredigte.

„Schließ' die Augen und denk' an England" war Lady Camillas Devise.

Augustas vorrangige Aufgabe war es gewesen, einen Erben auf die Welt zu bringen, und da sie das offensichtlich nicht konnte, war sie für ihre Schwiegermutter nur noch reine Zeitverschwendung.

Sie lebte auf ihrem Altenteil und ließ sich teilweise verleugnen, wenn sie Augusta auf ihr Haus zulaufen sah. Sie konnte dieses Gejammer einfach nicht mehr ertragen.

Inzwischen ärgerte sie sich, dass sie ausgerechnet diese junge Frau auserkoren hatte, ihren Sohn William zu heiraten. Das große Haus könnte schon längst mit Kindergetrappel erfüllt sein.

Stattdessen musste sie jetzt ernsthaft befürchten, dass der ganze Besitz an diesen Trunkenbold Herbert ging.

Auch wenn William immer wieder von seinem deutschen Sohn sprach, der das Erbe antreten sollte, glaubte Lady Camilla nicht wirklich daran.

Doch selbst diese Wahl war ihr inzwischen lieber, als der andere Familienzweig. Und immerhin war dieser deutsche Junge zweifellos Williams eigen Fleisch und Blut, das war unbestritten, und das Gut würde in dieser Linie bleiben.

Sie würde es niemals zugeben, doch Lady Camilla war nach all den Jahren, in denen sie diese gescheiterte Ehe mit ansehen musste, ihrem Sohn gegenüber versöhnlich gestimmt und hatte sich tatsächlich die Bilder von ihrem Enkel zeigen lassen. Auch wenn sie dessen Mutter niemals als Ehefrau akzeptiert hätte, war sie insgeheim froh, dass es den kleinen Wilhelm gab.

William hatte auch seiner Frau gegenüber nie einen Hehl daraus gemacht, dass er bereits einen Sohn und Erben hatte. Er hatte ihr nach den missglückten Versuchen unmissverständlich klar gemacht, dass er von ihr keine Kinder wollte.

Diese Tatsache ließ sie noch garstiger werden, als sie es ohnehin schon war. William hingegen war beruhigt, dass sie genug Beschäftigung hatte und er sich nicht mit ihr auseinandersetzen brauchte, wenn es nicht gerade um die Familie oder Gesellschaften ging, die sie im Haus plante. Er wusste, dass dies alles keine Entschädigung für ihre Kinderlosigkeit war, und dafür allein tat Augusta ihm leid. Keine Frau hatte es verdient, keine Kinder bekommen zu können.

Als ein paar Jahre später die Frau von Williams Cousin Herbert Nachwuchs erwartete, wurde Augusta zu einer ständigen Besucherin und schließlich sogar zur Patin des neugeborenen kleinen Osborne.

Herberts Frau verstarb jedoch im Kindbett, so dass Augusta für diesen Teil der Familie unentbehrlich wurde. Sie kümmerte sich aufopfernd um das Kind und Herbert nutzte sie aus, um immer wieder an Geld zu kommen, welches er in seine Spielereien stecken konnte.

Sie glaubte ihm jedes Wort, wenn er von einer neuen Geschäftsidee sprach und nahm das Geld aus ihrem Vermögen.

Und je älter der kleine Osborne wurde, desto mehr sah er in seiner Patin eine Art Mutterersatz. Herbert war erleichtert, dass sie ihm sie ganze Betreuungsarbeit abnahm und William war froh darüber, dass sie endlich ein Kind hatte, welches sie verwöhnen konnte.

Augusta redete sich eifrig ein, dass ihr Neffe Osborne der rechtmäßige Erbe ihres Mannes war. Sie wollte um jeden Preis vermeiden, dass der illegitime Sohn ihres Mannes und dieses deutschen Flittchens das Erbe von Brookhurst antrat.

Sie war grün vor Eifersucht und schob dieser ausländischen Frau die Schuld zu, weshalb ihre Ehe so unglücklich war. Sie glaubte, dass William sich nur aus Trotz an diese lächerliche Affäre klammerte, nur um sich nicht auf seine Frau einlassen zu müssen.

Weil William diese Hanna nicht vergessen konnte, stieß er sie, seine Frau, von sich.

Augusta hatte verstanden, dass er sie kaum länger als nötig ertrug. Das war inzwischen in Ordnung für sie. Ihre anfänglichen Bemühungen, William für sich zu gewinnen, waren gescheitert und aus ihrer eingebildeten Verliebtheit war Verachtung geworden.

Sie hatte schließlich ihren langersehnten Titel als Countess und sich damit gesellschaftlich etabliert. Ihre Mutter war so stolz.

Sie war doch schließlich eine Frau, die ein Mann nur vergöttern konnte: Aus gutem Hause, wohlhabend, schlanke Taille, blondes Haar, edle Gesichtszüge, nicht dumm, und durch und durch eine Lady.

Einige Male pro Jahr kamen immer wieder Briefe aus Deutschland an, dicke und prall gefüllte Umschläge mit Fotografien und vielen geschriebenen Zeilen.

Das hatte Augusta ziemlich schnell mitbekommen. Sie war nicht dumm, und konnte sich denken, von wem diese besondere Post kam.

Anfangs lagen die Briefe noch in der Halle bei den anderen auf einem Tisch, doch als Augusta ihren Mann eines Tages auf diese auffälligen Sendungen ansprach, tat er sie als belanglos ab, war allerdings sogleich alarmiert ob des Interesses an seinen Privatangelegenheiten und bat Mrs. Bennett die besondere Post umgehend zu ihm zu bringen.

Zwar versuchte William auf diesem Wege seine Post vor Augusta geheimzuhalten, aber ihr Dienstmädchen Laura, welche sie mit in die Ehe gebracht hatte, hatte ihren Herrn häufig beim Öffnen dieser Umschläge beobachtet.

Daher wusste Laura von den Fotografien und hielt Augusta auf dem Laufenden, wenn wieder einmal ein ausländischer Brief von der Haushälterin direkt zu ihrem Herrn getragen wurde. Es war Mrs. Bennett immer anzumerken, wenn sie einen solchen Brief vom Postboten in Empfang nahm, denn sie wurde ganz aufgeregt und eilte sofort zu William, egal, wo auf dem Gut er sich befand.

Glücklicherweise kam der Postbote stets zur selben Zeit, so war es Laura möglich, von der Empore zu beobachten, wenn es wieder einmal soweit war.

Augusta wusste nicht genau, wo William diese Briefe und Fotografien aufbewahrte, aber sie wollte sie unbedingt finden und vernichten.

Dann würde ihr Mann diese deutsche Frau schon vergessen, wenn er sie und ihren Sprössling nicht mehr die ganze Zeit zu Gesicht bekam. Vielleicht würde er sich dann endlich ihr zuwenden, und dann würde sie ihn emotional so tyrannisieren, wie er es mit ihr am Anfang getan hatte. Er sollte sich nach seiner Frau verzehren. Es sollte ihm weh tun. Wahre Rache genoss man kalt.

Wenigstens hatte sich ihre Schwiegermutter vor einigen Jahren auf den Altenteil am südlichen Ende des Anwesens zurückgezogen, um den jungen Leuten ihren Freiraum zu geben.

Sie hätte es nicht verstanden, dass Augusta durch die Sachen ihres Mannes stöberte, denn sie war der Ansicht, dass eine Countess sich nur mit den gesellschaftlichen Verpflichtungen zu befassen hatte und das Wirtschaftliche ganz allein in Männerhände gehörte, ganz zu schweigen von privater Korrespondenz.

Als Countess hatte sie über den Affären ihres Mannes zu stehen und stets ihr Gesicht zu wahren, nur dann würde sie von ihrem Mann auch respektiert.

Augusta fand diese Einstellung altmodisch, obwohl sie selbst ebenso erzogen worden war. Sie würde sich nicht zum Gespött der Leute machen, nur weil sie die allgemein bekannten Heimlichkeiten des Earls tatenlos hinnahm.

Sie würde ihre Position verteidigen und dafür sorgen, dass der rechtmäßige Erbe zu dem kam, was ihm von Geburt an zustand, und nicht so ein Bauerntölpel einer dahergelaufenen Deutschen, die vermutlich für jeden Mann die Beine breit machte.

Eines Tages hatte sich Augusta wieder einmal in die Affäre ihres Mannes hineingesteigert, was meistens dann vorkam, wenn sie gerade keine anderweitigen Beschäftigungen hatte, die sie von ihrem tristen Dasein ablenkten. Augusta hatte endgültig genug.

Sie wies ihr Mädchen Laura an, Williams Schlafzimmer zu durchsuchen, wenn er gerade wieder einmal draußen auf dem Gut unterwegs war.

Sie selbst würde in seinem Arbeitszimmer suchen, musste sich aber vor der Haushälterin hüten. Diese alte Hexe war ihr gegenüber schon immer argwöhnisch gewesen. Deswegen beauftragte sie Laura damit, die Haushälterin im Auge zu behalten, während Augusta die Unterlagen ihres Mannes durchstöbern wollte.

Als sie William an diesem Nachmittag im September wieder auf dem Anwesen unterwegs wusste, schlich sich Augusta heimlich in sein Arbeitszimmer. Sie war sich sicher, dass Mrs. Bennett sie nicht bemerkt hatte, denn sie hörte von hinten aus dem Küchentrakt das Klappern der Töpfe, die Frau war erst einmal eine Weile beschäftigt. So brauchte sie auch Laura nicht als Wachposten aufstellen und von ihrer Arbeit abhalten.

Was Augusta jedoch nicht wusste, war, dass ein paar Mal in der Woche die Nichte von Mrs. Bennett kam, um beim Abwasch oder der Wäsche zu helfen, um sich so ein wenig Geld zu verdienen.

Mrs. Bennett konnte sich indes der Ordnung im Hause widmen.
Sie trat gerade aus dem Dienstbotentrakt hervor, der von der Eingangshalle abging, als sie sah, wie sich die junge Countess verstohlen umblickte und dann in der Tür zum Arbeitszimmer des Earls verschwand. Was hatte sie bloß vor?
Diese Frau führte nichts Gutes im Schilde, das war Mrs. Bennett von Anfang an klar, sie hatte die durchtriebene junge Frau des Earls schon von Anfang an durchschaut. Allein, wie sie William immer in ihrem

Zimmer zu verführen versucht hatte, ihr Blick blieb dabei unberührt und kalt. Er hatte es wahrlich nicht leicht mit so einer herrschsüchtigen Frau an seiner Seite.

Der arme Junge, dachte sich Mrs. Bennett, die William schon als kleinen Jungen gekannt hatte. Wie oft war er zu ihr in die Küche geschlichen und hatte ihr beim Backen oder Einkochen geholfen.

Dabei hatte er ihr von seinen Sorgen erzählt, die er mit niemandem sonst teilen konnte.

Mrs. Bennett hatte ihn sehr gern und war immer seine Zuflucht, wenn er wieder etwas angestellt hatte. Und jetzt war er mit dieser jungen Lady verheiratet worden. Mrs. Bennett hielt nichts von dieser arrangierten Ehe, das waren doch Methoden von Gestern.

Sie wusste auch, dass William ein uneheliches Kind mit einer deutschen Frau hatte. In einem ruhigen Moment vor seiner unfreiwilligen Eheschließung hatte er sich wieder zu ihr in die Küche geschlichen und seiner lieben alten „Natti" die Geschichte von Hanna erzählt.

Er hatte ihr sogar Bilder von der Frau und dem Jungen gezeigt. Mrs. Bennett war zutiefst gerührt, wie dieser junge Earl auf den Fotos die Liebe seines Lebens und seinen Sohn anschaute. Es beeindruckte sie, dass diese Hanna ihm weiterhin Briefe schrieb und William so am Leben ihres gemeinsamen Sohnes teilhaben ließ.

Wenn er wieder Neuigkeiten erfahren hatte, kam er direkt zu der alten Haushälterin und teilte sie mit ihr. Er war ein stolzer Vater!

Insgeheim war auch Mrs. Bennett heilfroh, dass die Ehe mit Augusta Reeves-Davis kinderlos geblieben war, so dass William sich ganz auf seine Aufgabe als Earl konzentrieren konnte.

Auch für sie gab es im Herzen nur einen Erben, und zwar den kleinen Wilhelm, der auf den Fotos seinem leiblichen Vater wie aus dem Gesicht geschnitten war.

Und jetzt stöberte die Countess in den Räumen des Earls herum, das konnte unmöglich etwas Gutes bedeuten, weil auch Mrs. Bennett wusste, dass dort niemand außer ihm Zutritt hatte, erst recht nicht seine Frau.

Sie eilte auf Fußspitzen hinüber zur Tür. Aber da diese fest verschlossen war, konnte Mrs. Bennett nicht durch einen Spalt hineinschauen. Sie wusste sich aber zu helfen.

Sie lief stattdessen ums Haus bis zum ersten Fenster des Zimmers. Mrs. Bennett schaute vorsichtig von der unteren Ecke durch die Glasscheibe und versuchte entgegen des spiegelnden Tageslichts etwas zu erkennen.

Als sie ihren Blick schärfte, entdeckte sie die junge Countess am Schreibtisch, wo sie alle Schubfächer aufriss und darin herumwühlte. Als sie dort offenbar nicht fand, wonach sie suchte, eilte sie hinüber zur Kommode.

In diesem Augenblick hörte Mrs. Bennett Schritte über den Vorplatz kommen. Sie drehte sich um und sah ihren jungen Herrn.

Als dieser sah, wie sie sich vom Fenster des Arbeitszimmers entfernte, blieb er kurz stehen und ging dann zu ihr hinüber.

„Natti, was tun Sie denn hier draußen am Fenster?"

„Verzeihen Sie, Eure Lordschaft, ich wollte nur den…Sauberkeitszustand der Fenster überprüfen."

„Ach, liebe Natti, Sie sind so fleißig, was täte ich nur ohne Sie?"

Er nahm sie kurz in den Arm und drückte sie. Er hatte sie so gern.

In diesem Augenblick fiel sein Blick in den Raum hinter dem Fenster, wo er seine Ehefrau dabei entdeckte, wie sie in der untersten Schublade einer Kommode am anderen Ende des Zimmers herumwühlte.

Sofort stürzte er in das Arbeitszimmer. Augusta erschrak, als die Tür aufgestoßen und im selben Moment die donnernde Stimme ihres Mannes ertönte, der sie bei frischer Tat ertappt hatte, wie sie gerade seine privaten Habseligkeiten durchforstete.

„Was hast du hier verloren, Augusta? Dies ist mein privates Arbeitszimmer und für dich vollkommen tabu!" Er war außer sich, was fiel dieser impertinenten Frau eigentlich ein? „Und was genau gedenkst du in meinen Sachen zu finden?"

Augusta war puterrot angelaufen. Aber sie ließ sich ihren Schock nicht anmerken, sondern erwiderte in einem herausfordernden Ton:

„Ich suche nach den Briefen von deiner Geliebten, die sie dir regelmäßig schickt. Und nach Deinem Testament. Ich will alles finden und verbrennen." Sie funkelte ihn mit finsteren Augen an.

William lachte kalt. „Schön, dass du so ehrlich bist. Aber glaubst du wirklich, dass ich meine privateste Post hier einfach so herumliegen lasse? Für wie dumm hältst du mich? Alles, was mit meinem Sohn zu tun hat, liegt sicher verwahrt bei meinem Anwalt."

Augusta ärgerte sich, dass sie nicht daran gedacht hatte.

„Du wirst schon sehen, William, dass dein Goldjunge nicht einen Penny erben wird, dafür werde ich sorgen. Und wenn es das Letzte ist, was ich tue. Osborne ist und bleibt der rechtmäßige Erbe."

Mit einem letzten kühlen Blick auf ihren Mann verließ Augusta das Arbeitszimmer.

William seufzte, setzte sich in einen Sessel und ließ seinen Kopf in seine Hände fallen. Plötzlich stand Mrs. Bennett neben ihm und fasste ihm an die Schulter.

„Haben Sie es gewusst, Natti? Haben Sie es gewusst, dass sie hier herumschnüffelt?"

„Ja, ich habe sie in das Arbeitszimmer schleichen sehen und ahnte, dass sie etwas im Schilde führte. Also bin ich außen ums Haus gegangen, um durchs Fenster zu sehen, was sie vor hatte. Aber ich wollte sie natürlich auch nicht anschwärzen."

„Ach, liebe Natti, das weiß ich doch. Ich traue ihr nicht. Sie will um jeden Preis verhindern, dass mein Sohn das Familienerbe antritt."

„Ich sage es Ihnen nicht als Ihre Angestellte, sondern als Ihre Freundin und Vertraute, ich hoffe Sie verzeihen mir. Diese Frau ist zu allem im Stande, sichern Sie alles gut ab. Bitte passen Sie auf, Eure Lordschaft."

„Danke, Natti, das weiß ich zu schätzen, als meine Freundin und Vertraute." Mrs. Bennett nickte und ging aus dem Zimmer.

William blieb noch einen Moment sitzen und dachte über diese Spannung in seinem Hause nach. Er war heilfroh, dass diese wichtigen Unterlagen und Briefe bei seinem Anwalt Horatio Montgomery sicher unter Verschluss waren, ihm konnte er bedingungslos vertrauen.

Er war schon der Anwalt seines Vaters gewesen, und dessen Vater war der seines Großvaters.

William hatte ausdrücklich angeordnet, dass niemand außer ihm selbst und seinem Anwalt diese Papiere einsehen dürfte; unter gar keinen Umständen dürften sie seiner Frau oder Mutter in die Hände gelangen.

Horatio Montgomery war die Verschwiegenheit in Person. Als William von Wilhelms Geburt erfahren hatte, setzte er mit Horatio noch am selben Tag seinen letzten Willen und sein Testament zugunsten seines Sohnes auf. Er hatte in der Familienbibel einen Eintrag gefunden, in dem ein Erlass erwähnt wurde, der seinen unehelichen Sohn zum rechtmäßigen Erbe machen konnte. Er musste nur das originale Schriftstück finden.

Als Osborne älter wurde, verstand dieser allmählich die Dinge, wie sie um ihn herum geschahen.

Eines sonnigen Frühsommertages ging William ums Haus auf die große Terrasse, um sich nach der Buchhaltung ein wenig die Beine zu vertreten. Der Rosengarten stand nun in seiner schönsten Pracht und genau die lockte ihn, dort wollte er seinen Kopf ein wenig frei bekommen.

Die Sonne erleuchtete das Grün des Rasens, der wie ein weicher Teppich aussah und sich wie ein Passepartout um das bunte Gemälde der angelegten Beete gelegt hatte.

In den antiken Amphoren, die den Übergang zwischen Terrasse und Rasen flankierten, reckten frühsommerliche Blumen ihre Hälse zum Himmel. Der kleine Buchsgarten unterhalb der Terrasse erblühte mit Katzenminze im kräftigsten Lila und weißen Strauchrosen, in perfekter Symmetrie.

Die Sichtachse vom Salon Richtung Pavillon, der am gegenüberliegenden Ufer des kleinen Sees auf einer kleinen Erhöhung thronte, war gesäumt von strengen Eiben im Kegelformschnitt. In deren Mitte plätscherte ein kleiner ummauerter Teich mit Seerosen und einer wasserspeienden Putte, welcher als einziges Relikt aus der Epoche übrig geblieben war, als der Garten noch streng geordnet war.

Die Staudenvielfalt, die sich rechts und links parallel zur Hauptachse erstreckte, war die Meisterleistung seines Gärtners Mr. Gates. Er verstand sein Handwerk.

William liebte diese Jahreszeit, wenn der Garten in üppiger Blütenpracht voller Hingabe sein Farbspiel zur Schau stellte.

Seine Vorfahren hatten sich schon im 18. Jahrhundert einen der großen Meister der Landschaftsarchitektur ins Haus kommen lassen, der ihnen den weitläufigen Landschaftspark mit dem See und dem Pavillon in die hügelige Landschaft um das Haus herum setzte.

Lediglich das Ha-Ha hinderte die Schafe daran, auf dem vornehmen Rasen am Haus ihre kleinen schwarzen Spuren zu hinterlassen. Dieser kleine gemauerte Versprung in der weiten grünen Fläche fiel vom Haus aus kaum auf, man musste wissen, wo sich diese Kante befand, um sie erahnen zu können. Die bunten Beete und die gemauerten Gartenräume kamen erst fast einhundert Jahre später.

Es war herrlich anzusehen, wie sich jede Generation auf dem Anwesen verewigt hatte und dabei die Spuren der Vergangenheit kaum veränderte.

William wollte gerade um die Ecke gehen, um zur Gartentreppe zu gelangen, als er die Stimme seiner Frau hörte.

„Und wenn Onkel William irgendwann einmal tot ist, dann gehört Brookhurst dir, denn du bist der nächste Erbe."

William wandelte im Geiste schon durch den Rosengarten und war plötzlich wie vor den Kopf geschlagen, als er diese Worte hörte. Wie konnte Augusta es wagen, diesem Jungen falsche Hoffnungen zu machen?

Sie beharrte darauf, Osborne als seinen Erben anzulernen. Ausgerechnet dieses verzogene Kind, welches seiner Patin an Boshaftigkeit und Egoismus in nichts nachstand. Der Junge war keine sechs Jahre alt, begegnete William aber mit einer Überheblichkeit, eine brenzlige Mischung aus den Hoffnungen, geschürt von Augusta, und der Geldgier seines Vaters.

William war sich dessen bewusst, dass es in der Zukunft sicher noch Schwierigkeiten geben würde, besonders wenn er selbst irgendwann das Zeitliche segnete. William schäumte vor Wut, wollte Augusta aber vor dem Jungen nicht zurechtstutzen. Er machte auf dem Absatz kehrt und ging über die Auffahrt zum anderen Teil des Parks. Er musste sich beruhigen, das konnte er am besten mit Weitblick auf das satte Grün von Sussex.

Ein Fahrzeug näherte sich auf der Auffahrt. Als William das Motorengeräusch vernahm, blieb er stehen und ging zum Rand der

Auffahrt zurück. Ein kleiner Vauxhall tuckerte auf ihn zu. William war dieser Wagen völlig unbekannt.

Doch beim Näherkommen sah er eine wild winkende Frau darin sitzen, die er als Mia erkannte. Auf dem Fahrersitz saß Ted.

Welch' eine Überraschung! Wie lange hatten sie sich nicht mehr gesehen. William hatte die beiden zu seiner Trauung mit Augusta eingeladen, und seitdem war William etwa vier Mal von Ted und Mia zum Lunch eingeladen worden. Danach hatten sie sich ein paar Male zufällig in der Stadt in der Nähe getroffen. Die beiden hatten sich kaum verändert.

Inzwischen hatten sie zwei Kinder bekommen, einen Jungen und ein Mädchen.

Als der Wagen neben William stehen geblieben war, blickten zwei kleine Gesichter von der Rückbank aus dem Fenster. Als Mia ausstieg, um William zu begrüßen, war er im ersten Moment wie gelähmt, so sehr erinnerte sie ihn an ihre Cousine Hanna. Diese Ähnlichkeit war ihm vorher nie wirklich aufgefallen. Mia stürmte auf ihn zu und nahm ihn in die Arme.

Sie hatte nichts von ihrem stürmischen Wesen eingebüßt. Ted stieg aus und öffnete den beiden Kindern die Tür.

„Mensch, William, ich freue mich sehr dich endlich wiederzusehen! Wie geht es dir denn? Es ist ja richtig ruhig um dich geworden."

„Liebe Mia, welch' eine wunderbare Überraschung! Es ist so schön Euch zu sehen. Es tut mir aufrichtig leid, aber hier bereitet mir so einiges Probleme."

Er blieb die Details schuldig und begrüßte Ted mit einem Händedruck und klopfte ihm auf die Schulter, bevor er sich den beiden Kindern Theo und Suzanna zuwandte.

„Du musst uns alles erzählen, alter Junge. Mia hatte also doch das richtige Gespür, als sie heute morgen sagte, wir sollen zu dir fahren, du könntest sicher Aufmunterung gebrauchen!"

„Ich würde euch gerne einladen über Nacht zu bleiben, aber Augusta versprüht wieder ihr Gift, das möchte ich euch nicht antun. Aber ich sage Euch was, geht dort hinten zum Ufer des Sees, dort ist ein schönes Plätzchen, und ich besorge uns ein Picknick bei Mrs. Bennett."

„Das ist eine wunderbare Idee! Das macht gar nichts, wir können ohnehin nicht über Nacht bleiben, wir wollen uns morgen die Krönungszeremonie im Fernsehen anschauen, es wird direkt aus Westminster Abbey übertragen, ist das nicht aufregend? Was die Technik heutzutage alles möglich macht. Kommt Kinder, wir gehen schon mal vor!"

Mia ergriff das Händchen von ihrer Vierjährigen und lief den Männern voraus. „Ted, bring bitte den Ball mit", rief sie über die Schulter.

Ted hob die Hand und blieb noch kurz bei William stehen.

„So schlimm ist es also inzwischen? Es war ja bekannt, dass ihr Spannungen habt, aber so schlimm?"

William nickte. „Es ist furchtbar. Augusta ist skrupellos."

Und er berichtete Ted, was er kurz zuvor mit angehört hatte.

Dann schickte er Ted zu seiner Familie und eilte selbst in die Küche, um Mrs. Bennett um ein Picknick zu bitten.

„Aber natürlich mache ich Ihnen ein Picknick fertig, ich bereite Sandwiches, Scones sind frisch aus dem Ofen und für die Kinder habe ich Limonade. Ach, Eure Lordschaft, ich freue mich für Sie, dass sie so netten Besuch haben, das bringt Sie sicher auf andere Gedanken." Mrs. Bennett wusste immer, wenn William etwas belastete.

„Ich lasse Ihnen das Picknick bringen, sobald ich es fertig habe. Die Decken können Sie aber schon mal mitnehmen, die liegen da drüben im Schrank."

William nickte und drückte die alte Dame liebevoll. Dann holte er die Decken und eilte zum verabredeten Platz am See.

Ted spielte mit seinen Kindern Fang-den-Ball und Mia hatte es sich auf der verwitterten Bank im lauschigen Schatten einer alten Ulme bequem gemacht und schaute ihrer Familie beim Toben zu, als William sich zu ihnen gesellte.

„Da bin ich! Das Picknick wird gerade von der Guten Seele des Hauses vorbereitet und dann hierher gebracht."

„Die Gute Seele - das ist wohl kaum deine Frau", platzte es aus Mia heraus.

Ted blickte sie mahnend an. „Maria!"

Aber William lachte laut los, ach, was waren die beiden erfrischend! William merkte, wie sich seine Laune minütlich verbesserte, und als der Laufbursche mit einem Karren vollbeladen mit Körben und Flaschen über den Rasen kam, war er in bester Stimmung.

„Seht mal, die gute Mrs. Bennett hat uns sogar Champagner eingepackt!"

Er griff nach der Flasche und entkorkte sie. Mia hatte in der Zwischenzeit das Picknick ausgebreitet. Alles sah einfach himmlisch aus! William reichte jedem ein Glas Champagner und sie stießen auf ihr Wohl und ihre Freundschaft an.

William brannte eine Frage unter den Nägeln, und nach einer Weile hielt es nicht mehr aus.

„Wie geht es Hanna?" Er wollte es wissen, doch gleichzeitig fürchtete er die Antwort.

„Hanna geht es gut. Wir schreiben uns regelmäßig alle paar Wochen", antwortete Mia. Sie blickte William an, er wartete auf mehr.

„Sie… sie ist mit ihrem dritten Kind schwanger. Also mit Hubertus' zweitem Kind." Sie schwieg einen Moment. „Es geht ihr wirklich gut, ihr Mann ist sehr gut zu ihr…und er hat…er hat Wilhelm ganz als seinen Sohn angenommen. Wir waren an den Weihnachtstagen in Deutschland. Er ist ein herziger kleiner Junge, ungemein clever und auch ein wenig altklug. Das ist immer zu schön mit anzuhören!" Sie nippte an ihrem Champagner. „Aber sie denkt viel an dich. In jedem Brief schreibt sie von dir, du fehlst ihr sehr."

„Es tut mir alles so unendlich leid, ich hätte so gerne mein Wort gehalten und sie geheiratet."

„William, sie versteht es. Wirklich. Sie versteht, dass du Verpflichtungen hast, sie ist dir nicht böse. Hast du mich verstanden?

Alles ist gut! - Bis auf die hinterhältige Hexe, die du dir da angelacht hast…"

„Maria!" Ted warf seiner Frau wieder einen vorwurfsvollen Blick zu.

„Schon gut, Ted! Sie hat ja recht. Augusta ist wirklich eine Hexe. Nur ohne Besen, der ist nicht standesgemäß."

Sie schauten sich alle betreten an. Hatte William das gerade tatsächlich über seine Ehefrau gesagt?

Dann prustete Mia plötzlich los und rollte sich lachend auf der Picknickdecke. Ted schalt seine Frau erst, bevor er mit in das Gelächter einstimmte. Das war so ansteckend, dass auch William diebisch lachen musste.

Was für herrlicher Nachmittag! Als es langsam zu dämmern begann, packten sie die Körbe und Decken auf den Karren und verabschiedeten sich voneinander, mit dem Versprechen, sich bald wieder zu sehen. Dieser Nachmittag hatte William gut getan. Mit seinen Freunden konnte er über alles sprechen, was ihn derzeit belastete. Und er wusste, dass auf der anderen Seite seiner Freunde seine Hanna stand.

Mein lieber William,

Wie geht es Dir?
Mia hat mir geschrieben, dass sie Dich besucht haben. Wie sehr ich sie darum beneide!
Wilhelm ist im Sommer in die Schule gekommen, er macht sich sehr gut, er hat viel Spaß beim Lernen. Besonders Mathematik scheint ihm viel Spaß zu machen, das kann er unmöglich von mir haben! Aber auch das Lesen hat er für sich entdeckt. Wilhelm ist ein aufgewecktes Kind und sehr wissbegierig. Er wird Dir von Woche zu Woche ähnlicher, seine Augen sind haargenau wie Deine. Inzwischen reicht er mir fast bis zur Brusthöhe, er ist so schnell gewachsen!
 ...
Ich habe Dir ein paar Fotos von Wilhelms Einschulung und eines mit seinem Hund Bertie beigefügt, ich hoffe, sie gefallen Dir.
Mir geht es auch gut, ich erwarte mein drittes Kind, dieses Mal habe ich das Gefühl, dass es ein Mädchen werden könnte. Hubertus ist sehr gut zu mir und mir ein gütiger Ehegatte. Und trotzdem sehne ich mich nach Dir, mein Liebster.

In Liebe,
Deine Hanna.

PS. Wilhelm kann schon „Guten Tag", „Bitte und Danke" und „Wie geht es Ihnen" auf Englisch sagen. Ich bin sehr stolz auf ihn!

Die Jahre vergingen und die Ehe zwischen William und Augusta bestand nur noch auf dem Papier.

Lady Camilla war im Alter von 70 Jahren verstorben, und darüber war Augusta heilfroh, denn nun war sie die einzige Countess of Brookhurst. Der alte Besen hatte sie doch sowieso nie leiden können. Und zum Schluss hatte sie ihre Schwiegertochter auch noch gebeten, Williams Sohn als Erben anzuerkennen. Einen Teufel würde sie tun!

Augusta hatte nämlich ihren Osborne inzwischen so sehr geprägt, dass er fest davon überzeugt war, der nächste Earl of Brookhurst zu werden. Er hatte sich zu einem gefühllosen und berechnenden jungen Mann entwickelt.

Sein Studium in Oxford hatte Osborne nach zwei Semestern abbrechen müssen, weil er keine Leistungen ablieferte, vielmehr verbrachte er seine Studententage damit, Parties zu feiern und zu spielen.

Er warf das Geld mit vollen Händen zum Fenster hinaus, welches seine geliebte Tante ihm, erst monatlich und dann bald wöchentlich, zur Verfügung stellte.

Da er nun wieder zu Hause bei seinem Vater war, wartete er nur darauf, dass sein Cousin William endlich den Löffel abgab. Fast täglich streunte Osborne auf dem Gut umher und versuchte Unfrieden zu stiften.

Er sah sich schon als Herr auf Brookhurst Manor und verhielt sich den Angestellten und Pächtern gegenüber auch so. Er schrie sie an, mahnte sie zur Arbeit und sparte nicht mit körperlichen Attacken. Heimlich öffnete er Gatter, so dass die Schafe entlaufen konnten; er beschädigte den Zaun vom Hühnergehege und jede Nacht wurde eines der Hühner vom Fuchs geholt; er holzte wahllos gesunde Bäume ab, nur um den Pächtern und Angestellten später Achtlosigkeit vorwerfen und mit Rauswurf drohen zu können.

Er stellte den jungen Frauen nach und ging nicht gerade zimperlich mit ihnen um, wenn sie sich weigerten, ihm das zu geben, wonach er verlangte.

Osborne wurde zum Schrecken von Brookhurst. Wenn sie ihn kommen sahen, dann verzogen sich die Leute in den Gebäuden, nur um sich nicht seinen Gehässigkeiten aussetzen zu müssen.

Glücklicherweise wussten sie, dass ihr richtiger Herr, der Earl of Brookhurst, auf ihrer Seite stand und sie mit allen Sorgen zu ihm kommen konnten.

Als Mr. Gates, der Gärtner, im Namen der Pächter an seinen Arbeitgeber herantrat und ihm von diesen Vorfällen berichtete, platzte William der Kragen. Er hatte bereits vermutet, dass Osborne hinter der Fahrlässigkeit bei Vieh und Forst stecken könnte, denn mit seinem Auftauchen nach dem Rauswurf von der Universität hatten sich die dubiosen Vorkommnisse gehäuft. William kannte seine Leute gut und wusste um deren Sorgfalt und Loyalität. Er vertraute ihnen und wusste genau, dass sie ihre Pflichten niemals derart vernachlässigen würden.

Später an dem Nachmittag sah er seinen Großcousin über den Vorplatz stolzieren. William eilte mit großen Schritten auf ihn zu.

„Osborne, auf ein Wort!"

„Was gibt es denn so Dringendes, Cousin?" Das letzte Wort presste er durch seine Zähne, seine ganze Abneigung gegen William kam in diesem einen Wort zum Ausdruck.

„Ich möchte, dass du meine Leute auf dem Gut zufrieden lässt, verstanden? Führe dich nicht auf, als würde dir hier alles gehören, denn das tut es nicht. Und wird es auch niemals!"

„Das sehe ich anders. Du wirst es schon sehen." Er machte eine künstliche Pause. „Ach nein, wirst du ja nicht. So ein Pech."

Scharfzüngig mit blitzendem überheblichen Blick bedachte er seinen Verwandten.

„Verschwinde von meinem Anwesen, Osborne. Ich möchte dich hier nicht mehr sehen." Er trat einen Schritt näher auf Osborne zu. „Und wehe, ich höre, dass du hier wieder dein Unwesen treibst und meine

Pächter und Angestellten belästigst, dann werde ich ganz andere Saiten aufziehen. Versprochen!" Herausfordernd schauen konnte William auch, sein eindringlicher Blick verbot jede Antwort auf die zwischen ihnen hängende Drohung. Ganz so mutig war Osborne schließlich doch nicht und er drehte sich auf dem Absatz um in Richtung seines Autos.

Im Weggehen murmelte er „Das wird dir noch leidtun, Cousin."

William wartete, bis Osborne mit seinem Auto hinter dem Hügel der Auffahrt verschwunden war und sichergehen konnte, dass er Brookhurst verlassen hatte.

William ging ins Haus zurück und traf seine Frau gerade in der großen Halle.

„Damit du es weißt, Augusta, deinen lieben Osborne habe ich des Anwesens verwiesen. Ich will ihn hier nicht mehr sehen. Er stiftet Unruhe unter meinen Leuten und deren Familien."

„Er sieht sich eben nur schon mal an, was ihm sowieso eines Tages gehören wird." Augusta wusste genau, wie sie ihren Mann provozieren konnte.

Doch William würde einen Teufel tun und sich darauf einlassen. So schwer es ihm fiel, aber er blieb ruhig. Seine geballte Faust versteckte er in seiner Jackentasche.

Mit einem „Sei dir lieber nicht so sicher, meine Liebe", ging er in seine Bibliothek und ließ Augusta enttäuscht stehen, hatte sie sich doch auf einen neuen Wutausbruch gefreut. Sie genoss es regelrecht, wenn er seinen heißgeliebten Erben verteidigte.

Doch diese ruhige Reaktion war neu für sie. Was hatte er in der Hand, was ihn so sicher machte? Damit konnte sie nicht umgehen.

Aber wie konnte er es wagen, ihr Patenkind vom Hof zu werfen? Es war Osbornes gutes Recht, sich hier aufzuhalten. Schließlich musste er später wissen, welche Aufgaben als Earl auf ihn zukamen. Seine Patentante hielt ihn noch immer für ihren lieben Goldjungen, sie gab ihm alles was er wollte. In ihren Augen konnte Osborne nichts verkehrt machen. Und das wusste dieser schamlos auszunutzen.

Augusta hatte in den nächsten Tagen immer wieder versucht, herauszuhören, ob William das Verbot für Osborne ernst gemeint hatte. Sie streckte ihre Fühler in den kurzen Augenblicken aus, in denen sie sich begegneten, und brachte das Gespräch immer wieder auf ihr Patenkind.

Doch William blieb gnadenlos. Er verbot ihr schließlich, in seiner Gegenwart jemals wieder von Osborne zu sprechen.

„Damit das klar ist: Für mich existiert Osborne nicht."

Weiter zu sticheln würde nichts ändern, so gut kannte Augusta ihren Mann. Das war endgültig.

Inzwischen wussten auch die Leute im Dorf von Osbornes Rauswurf von Brookhurst. Er tigerte durch den Ort, wusste nicht, wie er als nächstes Schaden anrichten sollte.

Er verlor sich immer mehr in der Spielerei und im Alkohol. Unter seinen wenigen Freunden und in seinem Club in London hatte er sich noch immer als der große Erbe von Brookhurst aufgespielt, bis ihn eines Tages jemand Fremdes aus dem Club vor versammelter Gesellschaft bloßstellte und ihm seinen Verweis vom Gut vorhielt. Und auch, dass er wahrscheinlich gar nicht der Erbe sein würde.

Osborne lief rot an und verteidigte sich gegen diese Vorwürfe, er werde sehr wohl der Erbe sein und würde es allen noch beweisen, wenn der Moment gekommen sei.

Seine Freunde wandten sich allmählich von ihm ab, weil sie sein ewiges Geschwätz von der Erbschaft nicht mehr ertragen konnten.

Nur ein, zwei junge Männer blieben ihm treu, sie waren ihm hörig.

Mein lieber William,

Es tut mir leid, dass ich so lange nichts von mir habe hören lassen. Ich habe zwar jeden Tag an Dich gedacht, aber hier war viel zu tun. Meine Schwiegereltern sind in kurzem Abstand nacheinander verstorben. Hubertus ist die Arbeit auf dem Hof fast über den Kopf gewachsen, so dass er einen Lehrjungen angestellt hat. Unser Sohn Johannes ist bereit, den Hof zu gegebener Zeit zu übernehmen, denn Wilhelm hat sein Studium des Bauingenieurwesen an der Universität in Münster begonnen. Ich habe ihn darin bestärkt, denn obwohl er auch Interesse an dem Hof gehabt hätte, so konnte ich ihn davon überzeugen, studieren zu gehen. Es war die richtige Entscheidung, denn es scheint ihm viel Spaß zu machen. Es fällt mir zwar schwer, ihn nicht mehr jeden Tag zu sehen, weil es auch bedeutet, dass ich Dich nicht mehr jeden Tag sehen kann, aber es ist das Beste für ihn.

...

Auch mir geht es gut, trotz meiner Lücke im Herzen.

In ewiger Liebe,
Deine Hanna.

Augusta hatte ihrem Mann den Rauswurf Osbornes nie verziehen. Sie hasste ihn dafür.

Dennoch hielt es sie natürlich nicht davon ab, ihren Patensohn zu sehen. Sie fuhr fast täglich ins Dorf, wo Osborne mit seinem Vater in einem großzügigen Haus lebte.

Das Haus war ein wenig heruntergekommen, denn Geld wurde in diesem Haushalt nur für Lebensmittel und Spielerei ausgegeben.

Selbst die Haushälterin kam eigentlich nur noch aus Mitleid, obwohl sie schon lange nicht mehr richtig bezahlt wurde. Ohne sie wären die beiden Männer schon in ihrer Unordnung zugrunde gegangen und man hätte sie irgendwann verhungert und halb verwest unter den Bergen von Schmutzwäsche gefunden.

Die Leute im Dorf schüttelten den Kopf darüber, aber für sie war es christliche Nächstenliebe. Glücklicherweise war die Haushälterin nicht auf das Geld angewiesen, da ihr Mann ein Einkommen hatte.

Augusta hatte bei Herbert und Osborne die Familie gefunden, die sie mit ihrem Ehemann nie bekommen hatte. Herbert war sehr dankbar für ihre Gesellschaft und auch dafür, dass sie sich Osbornes annahm.

Zwischen Augusta und Herbert hatte sich ein feines Band der Zuneigung gesponnen. Wenigstens hier bekam sie die Aufmerksamkeit, die sie brauchte. Doch verlassen wollte sie William auch nicht, denn dann würde sie ihren Titel, ihr Ansehen und das Geld verlieren, über das sie frei verfügen konnte. Und das durfte auf gar keinen Fall geschehen, was würden die Leute sagen?

Sie konnte sich genau vorstellen, dass wie die achtbaren Mrs. Pottersham und Mrs. Whettley durch die Gemeinde zogen und über sie, die feine Lady Burton, die schlimmsten Gerüchte verbreiteten. Niemand würde sie je wieder respektieren. Das würde sie keinesfalls zulassen.

Dass sich aber bereits das Maul darüber zerrissen wurde, dass sie ständig bei dem Cousin ihres Mannes war, wusste sie nicht. Es wurde ihr -zurecht- eine Affäre angedichtet, die angesichts des Alkoholkonsums von Herbert nicht nachvollzogen werden konnte, wo die Countess doch so einen feinen Mann zu Hause hatte.

Aber auch die Jahre in den Gemeindekomitees waren nicht zu ihren Gunsten. Die Art der Countess mit den Mitmenschen zwar stets tadellos höflich umzugehen, stand im Kontrast zu ihrem spitzzüngigen Wesen.

Nicht zuletzt erfuhren die Dorfdamen von ihrer Hinterhältigkeit, sobald sie Brookhurst Manor nach einer der zahlreichen Einladungen verlassen hatten. Denn ihre Quelle war Mrs. Bennett.

Die Haushälterin kannte jeden im Dorf und wusste daher immer zu berichten, was die Lady hinter den Rücken der Frauen von sich gab, wenn sie ihren abfahrenden Gästen den Rücken zukehrte.

Mrs. Bennett stand dann meistens am Korridor zum Dienstbotentrakt, um zu lauschen, was die Countess über ihre Freundinnen halblaut vor sich hin murmelte. Es war zwar nicht die feine Englische Art, aber es war eine persönliche Genugtuung dafür, dass Lady Augusta ihren William so schikanierte. Sollten doch die Damen aus dem Dorf wissen, mit wem sie es eigentlich zu hatten, und dass die Countess nicht so liebreizend war, wie sie sich in der Öffentlichkeit zeigte.

Je älter Augusta wurde, desto weniger gab sie auf das Gerede der Leute. Sie machte keinen Hehl mehr aus der Abneigung gegenüber ihres Mannes. Sie bemühte sich auch nicht mehr um die Gunst der Frauen, auf deren Gesellschaft sie eigentlich gar keinen Wert legte. Sie erfüllte ihre Pflichten gegenüber der Gemeinde, aber sparte nicht an Gehässigkeiten.

Mein geliebter William,

Viel Zeit ist seit dem letzten Brief vergangen, und heute möchte ich Dir von einigen sehr freudigen Ereignissen berichten. Unser Sohn Wilhelm hat seinen Universitätsabschluss gemacht und sofort eine Anstellung bei einer Baufirma gefunden. Zwar wohnt er nicht wieder in meiner Nähe, aber er kommt uns oft besuchen. Er sieht sehr gut aus und erinnert mich sehr an Dich.

Wilhelm hat sich außerdem mit Elisabeth verheiratet, die beiden haben sich im Studium kennengelernt. Sie ist eine ganz reizende und aufgeschlossene junge Frau, wir haben sie alle sehr gern. Die Hochzeit war ein großes Fest, welche in ihrem Wohnort stattgefunden hat. Inzwischen haben sie dort ein Haus gekauft und es renoviert. Ein hübsches Haus mit einem schönen kleinen Garten.

Wilhelms erstes richtiges Möbelstück war übrigens ein lederner Chesterfieldsessel, den er sich von seinem ersten Gehalt gekauft hat!

Unser erstes Enkelkind ließ nach der Trauung nicht lange auf sich warten. Wir haben nun eine Enkeltochter namens Louisa Wilhelmine. Sie ist so ein hübsches kleines Mädchen und hat meine Augenfarbe. Sie ist kräftig gewachsen, seitdem ich sie das letzte Mal gesehen habe. Wenn sie so weiter macht, hat sie ihre alte Großmutter im Nullkommanix eingeholt! Ich freue mich schon jetzt darauf, wenn ich wieder mit ihr spielen darf. Sie ist so herzig!

...

Die Fotos sind von der Hochzeit, dem Haus und natürlich von Louischen. Eines von mir liegt auch bei.

Auf ewig Dein,
Hanna

Drei Jahre nach Osbornes Rauswurf starb Augusta an einem Krebsleiden. Osborne und sein Vater Herbert hatten Augusta am Sterbebett besucht. Herbert schluchzte schwer, und auch Osborne war es, als würde er seine Mutter verlieren.

Am meisten hatte ihn aber getroffen, dass seine zuverlässige Geldquelle versiegen würde.

„Mach' dir keine Sorgen, mein Junge", flüsterte Augusta ihrem Patensohn zu, „ich habe für dich gesorgt. Dir vermache ich meine Wertsachen und mein kleines Vermögen."

Viel war nicht mehr geblieben, das meiste hatte Osborne bereits verjubelt. Osbornes Stimmung besserte sich augenblicklich.

„Sei ein guter Junge und versprich mir, dass du um Brookhurst kämpfen wirst. Es ist deins."

„Das verspreche ich, Tante." Er beugte sich über sie und küsste ihre Stirn.

„Mein geliebter Herbert, bitte achte gut auf dich und deinen Sohn. Ihr wart mir die Familie, die ich selber nie haben konnte. Bitte vergesst mich nicht. Ich liebe euch."

Herbert drückte die Hand der Sterbenden und gab ihr einen letzten Kuss. Dann schloss Augusta ihre Augen auf ewig.

William hatte im Moment des Abschieds in der Tür zu ihrem Zimmer gestanden und alles mit angehört. Soviel Gefühl hatte er seiner Frau gar nicht zugetraut. Er betrat den Raum und schaute auf sie hinab wie sie friedlich in ihrem Bett lag, und hatte sich würdevoll von ihr verabschiedet.

Fünf Tage später wurde sie auf dem Friedhof im Dorf beigesetzt. Sie hatte verfügt, dass sie abseits der Familiengruft der Burtons of Brookhurst ihre letzte Ruhe finden sollte.

Das ganze Dorf war zu ihrem Abschied erschienen, doch wirkliche Trauer empfanden die wenigsten.

William vermochte nicht laut darüber zu sprechen, aber auch er war erleichtert, dass er seine garstige Ehefrau nicht mehr ertragen musste. Die Stimmung unter den Angestellten war viel entspannter, nirgendwo lauerte mehr die Schikane und das Mistrauen in Gestalt der Countess.

Sie hatte keinem der eingesessenen Angestellten über den Weg getraut, ebenso wenig wie diese mit Problemen an sie herangetreten waren.

Was am Anfang der Ehe noch selbstverständlich erschien, änderte sich bereits einige Monate später, als Lady Augusta die Sorgen der Bediensteten im Vergleich zu ihren eigenen als nichtig abtat. Sollten sie doch selber sehen, wie sie sie in den Griff bekamen. Konstruktive Vorschläge für die hauswirtschaftlichen Belange kamen nicht.

Mrs. Bennett beschloss dann, mit diesen Angelegenheiten direkt zum Earl zu gehen. Er hatte vollstes Verständnis für diese Entscheidung, wusste er doch um die Eitelkeit und Arroganz seiner Angetrauten.

Mit ihrem Tod war es, als wäre eine finstere Wolke vom Haus gepustet worden, es war plötzlich heller und freundlicher.

Doch am fernen Horizont tat sich eine dunkle Wolkendecke auf, die langsam aber stetig näher kam. Und sie trug Osbornes Namen.

Nach Augustas Tod war Osborne im Kampf um das Erbe auf sich allein gestellt Er wollte Brookhurst unbedingt, denn dann hätte er ausgesorgt. Das Haus und die Ländereien würde er verkaufen und in der Stadtwohnung in London leben.

Ja, so stellte er es sich vor. Was bedeutete schon die Familie, die eigentlich keine war? Selbst sein Großvater und Vater hatten sich mit dem alten Earl schon zerstritten. Umso mehr wollte Osborne der neue Earl werden, allein aus Rache und Genugtuung. Der andere Familienzweig musste abgebrochen werden.

Cousin William erfreute sich aber bester Gesundheit und schien fast schon selig, dass Augusta nicht mehr da war. Das ärgerte Osborne umso mehr, und er verfluchte William dafür. Nun musste er aber die Zeit abwarten, bis William endlich das Zeitliche segnete.

So wie es im Moment aussah, würde es noch eine Ewigkeit dauern. Aber Osborne war ja schließlich nicht dumm. Er ließ seinen Verwandten in Ruhe, hielt sich vom Anwesen zurück und versuchte nicht seine Misslaune zu schüren. Sollte William doch ruhig die ganze Arbeit vom Gut machen, dann würde er wenigstens noch mehr Geld verdienen und Brookhurst beim Verkauf einen noch höheren Wert erzielen.

Außerdem konnte sich Osborne gar nicht vorstellen, dass dieser deutsche Bastard von William überhaupt in der Lage sein sollte, dieses Anwesen zu führen. Wenn er schlau wäre, würde der Deutsche auf das Erbe eines Fremden verzichten; immerhin bestand auch noch diese Hoffnung, und spätestens dann würde Osborne zu seinem Recht kommen. Er konnte also relativ entspannt in die Zukunft blicken; seine Erbchancen stiegen, je mehr er darüber nachdachte.

Je älter Osborne wurde, desto sicherer war er sich, dass er der Erbe werden würde, ob William es passte oder nicht.

Er war jetzt fast 47 Jahre alt, und William war schon Mitte 70, es würde vermutlich nicht mehr allzu lange dauern bis zu dem großen Moment.

So langsam wurde Osborne aber ungeduldig, denn seine finanziellen Mittel waren nahezu erschöpft. Sein Vater war auch vor ein paar Jahren verstorben. Die Beerdigung und die Schulden seines Vaters hatte ein tiefes Loch in Osbornes Finanzen gerissen.

Er hatte immer wieder versucht, manchmal auch mit ein wenig Glück, durchs Pokern seine Kasse ein bisschen aufzubessern, doch meistens war er gescheitert.

Im Moment blieb ihm nur das Haus und ein bisschen Geld auf der Bank. Auf keinen Fall durfte er das Haus verspielen, denn dann wäre er obdachlos, lieber würde er hungern.

Eine Sache interessierte ihn aber doch schon eine ganze Weile, nämlich, ob Cousin William immer noch diese Briefe von der Mutter seines Sohnes bekam. Augusta hatte ihm früher einmal davon erzählt, aber sie hatte vergeblich nach ihnen gesucht.

Vielleicht war der Briefkontakt ja in der Zwischenzeit abgebrochen und William hatte seinen Sohn vergessen. Die Hoffnung starb schließlich zuletzt.

Doch je öfter er darüber nachdachte, desto dringender wollte er es wissen. Er musste versuchen an diese Briefe zu kommen. Er überlegte. Mr. Tolliver, den Postboten des Dorfes, oben jeden Tag am Tor von Brookhurst abzufangen, wäre zu zeitaufwendig und auch viel zu auffällig. Er musste früher an die Briefe gelangen.

Der Postbeamte Mr. Bryant hatte doch einen Sohn, der ihm in der Poststube beim Sortieren half. Vielleicht würde dieser für eine Gegenleistung die Briefe an ihn weitergeben. Osborne war entschlossen, ein Versuch war es wert.

Er wartete kurz vor Postschluss auf der anderen Straßenseite auf den Jungen. Als dieser nach einer Weile einen Ball dribbelnd auf die Straße trat, rief Osborne ihn zu sich.

„Hey Du, Junge! Komm doch mal her."

Der Junge schaute sich um und stellte fest, dass tatsächlich er gemeint war.

„Mr. Burton, was kann ich für Sie tun?

„Wie ist dein Name?"

„Georgie" antwortete der Junge.

„Gut, pass auf, Georgie. Möchtest du dir ein paar Pfund verdienen? Ich brauche nämlich deine Hilfe."

Georgie blickte Osborne erwartungsvoll an und wartete auf das, was er von ihm verlangte. Georgie hatte seine Mutter hin und wieder von dem jungen Burton sprechen hören, und dass er ein ganz falscher Fünfziger wäre.

„Vielleicht weißt du, dass der Earl manchmal Briefe aus Deutschland bekommt?"

Georgie überlegte kurz, aber erinnerte sich dann an einen Kommentar seines Vaters, dass schon wieder so ein dicker Briefumschlag für den Earl aus Deutschland angekommen sei.

Georgie nickte dann.

„Sehr gut. Ich möchte, dass du mir den nächsten Brief gibst, wenn wieder einer ankommen sollte, verstanden? Du darfst es aber niemandem verraten."

Osborne kramte in seiner Hosentasche herum und drückte Georgie zwei Pfund in die Hand.

„Und wenn du mir einen Brief gebracht hast, dann bekommst du nochmal zwei. Alles klar? Und nun verschwinde."

Georgie nickte abermals und ging. Das war ja leicht verdientes Geld, dachte er sich, und da er die Briefe selbst sortierte, war es nicht so schwierig, diese einzukassieren. Die fielen in dem Stapel an Briefen ja auch auf, mit der fremden Marke.

Ohne noch ein weiteres Mal darüber nachzudenken, dribbelte seinen Ball Richtung Dorfanger, wo seine Freunde auf ihn warteten.

Es dauerte etwa zwei Monate, bis Georgie eines späten Sommer-nachmittags mit einem deutschen Briefumschlag bei Osborne vor der Tür stand. Osborne hatte schon die Hoffnung aufgegeben, dass überhaupt noch Briefe kommen würden, er dachte, sie würden häufiger auftauchen.

Er drückte Georgie wortlos die versprochenen zwei Pfund in die Hand und drückte die Haustür wieder zu.

Er riss den Umschlag auf und hielt ein paar dicke Seiten Briefpapier und drei Fotografien in den Händen. Sie zeigten einen Mann, etwa so alt wie er selbst vor einem Firmengebäude, das nächste Bild zeigte denselben Mann mit einer Frau und zwei Kindern, und das dritte Bild zeigte nochmal den Mann mit seiner etwa elfjährigen Tochter. Das war er also, der berühmte Erbe von William. Er sah seinem Cousin wirklich sehr ähnlich. Wie rührend, dachte Osborne kalt.

Er überflog den in einem einfachem Englisch gemischt mit Deutsch verfassten Brief. Am Liebsten hätte er damit seinen Wohnzimmerkamin eingeheizt, aber er hielt sich zurück, wer weiß, vielleicht würde er ihm irgendwann noch einmal von Nutzen sein.

Während er den Brief wieder zusammenpackte, braute sich hinter seiner Stirn eine Idee zusammen, eine Idee, die all seine Probleme lösen würde. Er ging zum Telefon und wählte eine Londoner Nummer.

William erwartete schon seit Monaten einen Brief von Hanna. Sie schrieb ihm fast regelmäßig alle sechs Monate, um ihm alles Aktuelle von Wilhelm zu berichten.

Doch der nächste Brief ließ einfach auf sich warten. Hoffentlich ging es ihr gut, sie war schließlich auch schon um die 70 Jahre alt.

Jeden Tag für mehrere Wochen hielt William nach Mr. Tolliver Ausschau. Doch da William von Tag zu Tag nervöser wurde, lief er zur gewohnten Zeit auf dem Hof herum oder die Auffahrt hoch und runter, um dem Postboten die Briefe so schnell wie möglich abzunehmen.

Er konnte unmöglich im Haus herumsitzen und warten, bis Mrs. Shipley die Post hereinbrachte. Mrs. Shipley war die Nichte von Mrs. Bennett, doch diese war vor zehn Jahren in den wohlverdienten Ruhestand getreten, Gott hab sie selig. Sie hatte ihrer Nichte Sara vertrauensvoll den Haushalt beim Earl übergeben.

Auch an diesem Tag tigerte William über den Kies, als er Mr. Tolliver mit seinem roten Fahrrad die Auffahrt herunter radeln sah.

Wann würde der arme Kerl endlich ein Auto zur Verfügung gestellt bekommen? Er musste doch eine halbe Ewigkeit unterwegs sein, um für die wenigen Häuser hier in der Gegend die Post auszutragen.

Mr. Tolliver klingelte als er den Earl auf dem Hof entdeckte.

„Guten Morgen, Eure Lordschaft! Heute ist endlich wieder ein Brief aus Deutschland für Sie dabei. Bittesehr!"

Er übergab William einen kleinen Stapel Post, tippte an seinen Mützenschirm und radelte den langen Weg bis zur Straße wieder zurück. Das musste man ihm lassen, dachte William, körperlich fit war Mr. Tolliver wie kein anderer!

William ging zum Haus zurück, blätterte flüchtig durch die Briefumschläge mit Rechnungen und anderen formellen

Angelegenheiten, bis der Umschlag aus Deutschland obenauf lag.

Er war viel dünner als sonst. Er wartete nicht, bis er den Brieföffner von seinem Schreibtisch genommen hatte, sondern riss die Kante mit dem Finger auf. Hastig faltete er das eine Blatt Papier auseinander. Es fühlte sich fremd an. Überhaupt war alles anders.

Mein lieber William,

Leider habe ich traurige Nachrichten für Dich, denn ich muss Dir mitteilen, dass unser Sohn Wilhelm mit seiner ganzen Familie bei einem Autounfall ums Leben gekommen ist. Es tut mir sehr leid. Ich bin sehr traurig, aber mir geht es gut und ich hoffe, der Brief findet Dich bei bester Gesundheit.

In Liebe,
Hanna.

William war wie gelähmt. Das konnte nicht sein, was er da gerade gelesen hatte. Das durfte nicht sein! Er ließ sich auf den nächsten Stuhl fallen und las den Brief nochmal und nochmal. Das war ganz und gar unmöglich!

Wilhelm und seine ganze Familie tot? Das erschien ihm so unwirklich.

Sein Schock hielt ihn für etliche Minuten auf dem Stuhl gefesselt, als er in seinem Kopf dieses Horrorszenario wieder und wieder durchspielte.

Dann schaute er sich den Brief noch einmal genauer an. Das Papier war ein anderes als sonst. Gut, das war ja durchaus möglich.

Aber die Art und Weise der Satzformulierung entsprach ganz und gar nicht Hannas Stil, es war viel zu förmlich und zu kurz. Sie waren seit jeher mehrere Seiten lang gewesen und sie erzählte von allen, und besonders natürlich von Wilhelm.

Und dafür dass Hanna ihren Sohn abgöttisch liebte, war von der Trauer in dem Brief nicht viel zu spüren. Zwar standen dort die klassische liebevolle Anrede und der Abschiedsgruß, aber insgesamt wirkte der Brief sehr kühl. William griff nach dem Umschlag. Abgestempelt in Berlin. Wie kann das sein? Was hatte Hanna in Berlin zu tun? Er machte sich Sorgen.

Dann fiel ihm Mia ein. Sie würde doch sicherlich wissen, ob etwas geschehen war. Er griff nach dem Telefonhörer auf dem Schreibtisch und wählte Mias und Teds Nummer.

„Ja, bitte?"

„Ted, mein Lieber, hier ist William."

„Will, alter Junge, wie geht es dir? Ich wollte dich auch schon anrufen."

„Du Ted, sag mal, hat Mia immer noch regelmäßigen Kontakt zu Hanna?"

„Ja, hat sie. Ich glaube am vergangenen Sonntag hat sie noch mit ihr gesprochen. Wieso? Ich dachte, Hanna schreibt dir regelmäßig."

„Das tut sie, aber der letzte Brief hatte einige Monate Verspätung und besteht nur aus wenigen Sätzen, in denen steht, dass mein Sohn mit seiner Familie ums Leben gekommen ist."

„Wie bitte? Das wäre ja entsetzlich. Aber davon hätte ich gehört. Warte mal, ich hole Mia an den Apparat, sie ist gerade draußen im Garten." Ted wartete nicht auf Williams Antwort, sondern legte den Hörer beiseite und eilte los, um seine Frau an den Apparat zu holen.

Zwei Minuten später raschelte es und Mias Stimme erklang am anderen Ende der Leitung.

„Hallo William, wie geht es dir? Ted sagte, dass du mich sprechen wolltest."

„Ja hallo, Mia. Du, ich habe einen Brief von Hanna bekommen, einen sehr kurzen und für sie ungewöhnlich förmlichen Brief, in dem sie mir schreibt, dass Wilhelm mit seiner ganzen Familie bei einem Unfall ums Leben gekommen sei. Abgestempelt in Berlin. Stimmt das? Hast du mit ihr gesprochen? Hat sie was gesagt?" Williams Verstand überschlug sich mit Fragen.

„Was bitte? William, davon weiß ich nichts. Aber ich habe am letzten Sonntag noch mit Hanna gesprochen, aber davon hat sie nichts gesagt, sie war wie immer und ganz normal am Telefon. Und mit Berlin hat sie auch gar nichts zu tun. Und ich bin sicher, dass sie mir von solchen tragischen Ereignissen erzählt hätte, denn schließlich ist Wilhelm mein Patensohn."

„Bist du ganz sicher?"

„Ganz sicher, lieber William. Das muss eine Fehlinformation sein. Wenn du möchtest, dann rufe ich Hanna am Abend an und melde mich dann sofort bei dir."

„Mia, das wäre fabelhaft, wenn du das tun würdest. Ich mache mir solche Sorgen." Die beiden verabschiedeten und verabredeten sich für ein Gespräch am Abend.

William versuchte sich den ganzen Tag mit seiner Arbeit abzulenken. Doch immer wieder wichen die Gedanken zu diesem merkwürdigen Brief ab. Er war so untypisch für Hanna. Er kannte sie so gut und freute sich immer auf ihre lebhaften Erzählungen und neueste Bilder von Wilhelm. Auch jetzt, wo sie beide alt geworden waren, waren Hannas Briefe so fröhlich wie die, die sie als junge Frau geschrieben hatte.

Um kurz nach sechs am Abend schrillte das Telefon durchs Haus. William nahm das Gespräch in der Eingangshalle entgegen. Es war Mia.

„So, William, ich habe soeben mit Hanna gesprochen. Sie war sehr überrascht von meiner Frage, wie es Wilhelm und seiner Familie ginge. Und als ich ihr dann sagte, dass du einen Brief von ihr bekommen hättest, abgestempelt in Berlin, der behauptete, dass Wilhelm verunglückt sei, war sie schockiert. Hanna hatte dir zwar vor fünf oder sechs Monaten einen langen Brief mit drei Fotos geschickt, aber keinesfalls einen solchen Brief. Sie sagte, es könne sich nur um einen schlechten Scherz handeln."

„Aber wer macht denn sowas?" Noch während er diesen Satz aussprach, fiel William nur eine einzige Person ein, die ein Interesse daran haben könnte, wenn Wilhelm sein Erbe nicht anträte.

„Ich denke, und das vermutet Ted auch, du wirst gar nicht so weit außerhalb deines familiären Umfelds suchen müssen." Mia bestätigte, was William vermutete.

Er bedankte sich für ihre Hilfe und genehmigte sich vor Erleichterung erstmal einen Gin Tonic.

Was für ein Tag, mit was für einer Angst er ihn durchgestanden hatte. Gleich zwei Erbfolgen sollten ausgelöscht werden. Oh, wie er Osborne verfluchte. Denn genau diesen vermutete William hinter diesem Brief.

Es war lange Zeit still um ihn gewesen, auch wenn er im Geiste immer präsent war, in Williams Gedanken und vor allem in seinen Befürchtungen. Seine Bedrohung waberte allgegenwärtig über Williams Leben. Osborne versprühte Gift, wohin er auch ging.

Aber wie hatte er es angestellt den Brief zu schicken? Und wo war Hannas richtiger Brief abgeblieben?

Zweifellos hatte Augusta ihrem Goldjungen gegenüber den Schriftverkehr mit Hanna erwähnt. Und nach all den Jahren, jetzt wo Williams letzten Jahre vermutlich schon angebrochen waren, wurde Osborne ungeduldig und bemerkenswert kreativ. Er wollte sichergehen, dass das Erbe ihm zufällt.

Aber er hatte offenbar nicht mit Williams Trumpf im Ärmel namens Mia gerechnet!

Hannas Brief musste ja hier bei der Post angekommen sein, mutmaßte William, denn Osborne hatte für die Fälschung Hannas Handschrift und Adresse benötigt.

Vielleicht hatte Osborne Mr. Tolliver am Anfang der Zufahrt abgefangen. Aber das wäre ein Aufwand, den nicht mal der arbeitsfaule Osborne tagtäglich auf sich nehmen würde. Vermutlich hat er den Brief direkt beim Postamt in die Hände bekommen. Aber selbst dazu hätte er sich jeden Morgen vor die Tür stellen müssen. Er muss einen Helfer gehabt haben, der ihm den Brief von Hanna zugespielt hat.

Plötzlich hatte William eine Idee. Tricksen konnte er auch. Er würde Hanna in seinem nächsten Brief bitten, ihre Post über Mia an ihn zu schicken, ein Brief mit englischem Stempel würde nicht so sehr auffallen, wie der dicke Umschlag und die Briefmarke aus Deutschland. William würde dafür sorgen, dass sich Osborne in Sicherheit wog. Sollte er ruhig glauben, dass sein Plan funktioniert hatte.

Geliebte Hanna,

was für eine bodenlose Gemeinheit war doch dieser gefälschte Brief meines ach-so lieben Vetters Osborne. Er trachtet Wilhelm nach dem Erbe und scheint so langsam die Geduld zu verlieren. Ich bin mir noch nicht sicher, wer ihm dabei geholfen hat, aber ich bezweifle nicht, dass Osborne entsprechende Kontakte pflegt, die in der Lage sind, solche kriminellen Machenschaften zu organisieren. Es ist unser Glück, dass weder Osborne noch seine Patentante von dem Erlass wissen. Noch habe ich ihn nicht gefunden, aber ich bin sicher, dass er zur rechten Zeit auftauchen und die Situation ein für alle Mal klären wird.

Wie gerne würde ich unseren Sohn und seine Familie kennenlernen. Und vor allem Dich wiedersehen, meine liebe Hanna.

Ich bin schon lange kein Jungbrunnen mehr, aber ich kann mich nicht beklagen, Brookhurst und meine Liebe für Dich halten mich fit. Wir werden uns eines Tages wiedersehen, dessen bin ich mir sicher.

Bitte schicke Deine Briefe fortan über Mias Adresse. Sie wird sie an mich weiterleiten, es ist sicherer so.

In ewiger Liebe,
Dein William.

(Lord William Burton, 14. Earl of Brookhurst)

Um diese Scharade für Osborne fortzuführen, beschloss William am nächsten Morgen zu seinem Anwalt nach Haslemere zu fahren, oder zumindest so tun, und dafür zu sorgen, dass es Osborne zugetragen wurde.

Es war im Allgemeinen bekannt, dass Osborne am Vormittag seinen täglichen Spaziergang unternahm, dabei am Laden beim Dorfanger vorbeilief. Diese Tatsache spielte William in die Hände.

Mrs. Shipley weihte er in seinen Plan ein, denn sie musste für dringende Einkäufe in den Laden und sollte die Vermittlerin von tragischen Neuigkeiten spielen.

Die Haushälterin wartete zum richtigen Zeitpunkt mit ihrem Fahrrad an einer Ecke, von wo aus sie den Dorfanger überblicken konnte. Es konnte sich nur noch um Minuten handeln, bis Osborne in Sicht kommen sollte.

William saß in seinem Landrover und wartete ein gutes Stück hinter ihr. Dann plötzlich sah er, dass seine Haushälterin ihr Rad in Bewegung setzte.

Kurz danach startete er seinen Motor, legte eine Trauermiene auf und fuhr langsam und grüßend an Mrs. Shipley vorbei, die kurz danach mit Osborne vor dem Dorfladen zusammentraf.

Osborne hatte den Wagen als den seines Cousins erkannt und im gleichen Augenblick wie Mrs. Shipley den Fahrer gesehen.

Osborne drehte sich nach seinem Cousin um. Im selben Moment grüßte Mrs. Shipley den Verwandten ihres Herrn und blieb vor ihm stehen.

Osborne nutzte die Gelegenheit, sich zu erkundigen. „Was ist denn mit dem lieben William los? Er sah gerade so bedrückt aus." Osborne konnte sich sein hämisches Grinsen nur schwer verkneifen, doch hatte seine Gesichtszüge gegenüber der Haushälterin schnell wieder unter Kontrolle.

Jetzt war es an Mrs. Shipley, den Köder glaubwürdig auszuwerfen. Sie legte ein bekümmertes Gesicht auf.

„Ach, Mr. Burton. Seine Lordschaft hat gestern eine traurige Nachricht erhalten. Er ist auf dem Weg zu seinem Anwalt." Sie seufzte tief und ausgiebig.

„Ach nein, wie entsetzlich. Das tut mir aber leid für ihn", gab Osborne in einem künstlichen bedauernden Ton von sich.

„In der Tat, Mr. Burton, in der Tat." Beide wünschten sich einen guten Tag und gingen ihrer Wege.

Osborne entfernte sich, verschwand um die Ecke und grinste schadenfroh. Sein ausgefuchster Plan hatte funktioniert.

Er würde tatsächlich der 15. Earl von Burton werden! Ein Hoch auf die helfenden Hände in London. Er beschloss diese Tatsache umgehend mit einer Flasche Whisky zu feiern und kürzte seinen Weg nach Hause über den Friedhof ab.

Er grüßte den Reverend euphorisch und wünschte ihm einen schönen Tag, als dieser aus der Kirche trat und im Vorbau etwas an die Pinnwand heften wollte. Er war verdutzt ob dieser unerwarteten heiteren Begrüßung und stotterte ein „Ebenso, Mr. Burton!" hinterher.

Osborne stieg auf der anderen Seite des Friedhofs die wenigen Stufen bis zum Gehweg an seiner Straße hinab, überquerte die Straße und lief eiligen Schrittes ins Haus.

Hier angekommen, konnte er seinen Jubelschrei nicht länger unterdrücken. Er goss sich ein ordentliches Glas des rotgoldenen Getränks in eines der festlichen Kristallgläser und prostete sich im Spiegel über dem Kaminsims zu.

„Auf den 15. Earl of Brookhurst!" Sein kaltes Lachen erfüllte den ebenso kalten Raum. Er hatte auf ganzer Linie gesiegt, seine Tante wäre stolz auf ihn.

William fuhr indes einmal ums Dorf und über die hintere Zufahrt auf der anderen Seite von Brookhurst wieder zurück zum Haus. Er hoffte, dass der Plan aufgegangen war.

Mrs. Shipley war noch nicht zurück vom Einkauf, aber er wartete geduldig in der Küche und machte sich in der Zwischenzeit einen Tee, das Wasser stand in dem alten Kessel stets heiß auf dem Herd.

Er nahm seine dampfende Tasse und setzte sich an den großen Gesindetisch, wo er schon als Kind immer am Liebsten gegessen hatte. Auch heute aß er noch gerne in der Küche, er war froh, dass es seine neue Haushälterin nicht störte.

William dachte an seine Mutter, und musste schmunzeln. Sie hatte stets darauf geachtet, dass sich die Herrschaft strikt in den vorderen Räumen aufhielt. Frühstücken in der Gesindeküche, so wie William es jeden Tag tat, seit er alleine lebte, wäre für seine Mutter undenkbar gewesen.

Mit Augusta hatte er immer im Morgenzimmer gefrühstückt, sie hatte viel Wert auf diese, für ihn antiquierte Hausetikette gelegt.

Um des lieben Friedens Willen hatte er sich darauf eingelassen, auch wenn sie sich meist ihrer Post und Tagesplanung und er sich seiner Zeitung gewidmet hatte.

William war ein untypischer Earl, der nicht hoheitsvoll über seine Untergebenen regierte, sondern mitten unter ihnen war. Er sah sich vielmehr als Landwirt. Er wusste, dass er dieses Anwesen nicht ohne die Hilfe seines fähigen Personals würde führen können. Und diese großartigen loyalen Menschen, die für ihn arbeiteten, behandelten ihn ebenfalls wie einen normalen Mann.

Die feudalen Zeiten, in denen die Klassengesellschaft noch vorschrieb, wer mit wem welchen Umgang zu pflegen hatte, waren auf Brookhurst mit seiner Frau und seiner Mutter beerdigt worden.

Augusta hatte versucht sich daran festzuklammern, weil sie nichts anderes gekannt hatte, aber mit Williams Antritt als Earl war sogleich eine andere Ära angebrochen. Und damit mussten die Ladies in diesem Haus seinerzeit erst umgehen lernen.

Diese alte Küche war das Herz des Hauses. Auch wenn schon lange nicht mehr mit dem emsigen Treiben der Bediensteten erfüllt, ihre Geister waren hier noch zu spüren. Überall gab es Spuren der

Vergangenheit, anders als in den oberen Räumen, in denen die antiken Möbel zwar genutzt, aber meist sorgsam gepflegt wurden.

Die Küche war in einem verwaschenen Hellblau gestrichen, in der Mitte stand ein riesiger Arbeitsblock, rechts an der Wand waren der große alte und verlässliche Herd, auf dem schon hunderte Festessen zubereitet worden waren, und das Abwaschbecken mit seinem Geschirrtrockenständer.

Gegenüberliegend stand der große hellholzige Küchenschrank, mit dem Geschirr und allen möglichen Memorabilia aus den vergangenen Jahrzehnten.

Das Tageslicht fiel durch die großen Oberlichtfenster in den Raum, die sich rechts und links vom dicken Rauchfang über dem Herd befanden.

Gleich bei der Eingangstür zur Küche befand sich der Gesindetisch, der aus dem Raum für die Bediensteten herüber gebracht worden war, als das Personal drastisch reduziert wurde.

Eine der langen Sitzbänke war alten Wheelback-Stühlen vom Dachboden gewichen, eine andere stand an der Wand. Auf dem Tisch standen immer frische Blumen, die der Gärtner jede Woche ins Haus brachte.

An der Wand über dem Tisch hing ein vergilbtes Bild mit dem jungen Porträt der Queen. Am anderen Ende der Küche waren noch zwei weitere Türen, die rechte war die Tür zur Speisekammer, und die linke führte in die ‚Pantry', die Anrichte des Butlers, die wiederum mit dem eleganten Speisezimmer des Earls verbunden war. Die Küche war gemütlich und immer warm, trotz ihrer immensen Raumhöhe.

William saß nun an dem großen Tisch, nippte an seinem heißen Tee und lauschte der dudelnden Musik aus dem Radio. Mrs. Shipley hörte den selben Sender wie ihre Tante. Vielleicht war das alte Radio mit den Jahren aber auch schon so speckig geworden, dass man den Sender nicht mehr verstellen konnte.

Williams Gedanken schweiften ab zu Hanna, dann zu Wilhelm, zu dem fatalen Brief und dann zu Osborne. Wie konnte dieser Kerl es nur wagen. Aber die Rechnung hatte er ohne William gemacht.

Kurz darauf klapperte die Hintertür und Mrs. Shipley keuchte mit ihren zwei Taschen in die Küche.

„Du lieber Himmel, Mrs. Shipley, warten Sie!" William griff nach den Taschen und wuchtete sie auf den Arbeitsblock.

„Danke, Eure Lordschaft", pustete sie.

„Setzen Sie sich, ich gebe Ihnen einen Tee", sagte William und holte eine Tasse und holte den Krug Milch aus dem Kühlschrank.

Mrs. Shipley fühlte sich sichtlich unwohl dabei, dass Ihr Arbeitgeber und Earl ihr einen Tee bereitete, aber er war zu schnell, um noch eingreifen zu können. Sie setzte sich an den Tisch und nahm dankbar den Tee entgegen.

Sie wusste auch genau, worauf der Earl wartete. Sie trank einen Schluck und berichtete ihm dann, was sich im Dorf ereignet hatte.

„Mr. Burton hat sofort Ihren zutiefst bekümmerten Gesichtsausdruck gesehen und mich gefragt, was denn mit Ihnen los sei. Ich musste mir mein Grinsen sehr verkneifen, dann dachte ich an den Tod meiner Mutter, dann ging es. Ich erzählte ihm davon, dass Sie gestern eine traurige Nachricht erhalten hätten und auf dem Weg in die Stadt wären. Wir wünschten uns einen schönen Tag und er ging davon." Sie nahm einen weiteren Schluck und fuhr fort.

„Als ich aus dem Laden kam, begegnete mir der Reverend. Der wiederum erzählte mir, dass Mr. Burton ihm auf dem Friedhof entgegen kam, das muss kurz nach unserer Begegnung gewesen sein, und er war außerordentlich gut gelaunt und grüßte Reverend Tinsley fast schon herzlich, was diesen natürlich verwunderte, denn sowas kennt man von Mr. Burton ja gar nicht."

„Mrs. Shipley, Sie sind ein Schatz. Und eine herausragende Schauspielerin, wenn ich das noch dazu sagen darf. Ich danke Ihnen! Jetzt fühlt er sich sicher, genau so soll es sein!"

William stand gedankenverloren am Fenster seiner Bibliothek. Das passierte ihm in letzter Zeit häufiger. Er sann über sein Leben nach und wie es wohl verlaufen wäre, hätte er Hanna heiraten dürfen.

Dieser ganze unnötige Ärger mit Augusta und Osborne hatte ihn soviel Kraft gekostet. Sogar seine Mutter war ihrem unehelichen Enkel gegenüber am Ende milde gestimmt. Sie hatte vermutlich auch eingesehen, dass Augusta zwar einen lupenreinen Stammbaum hatte, aber als Ehefrau in jeder Hinsicht vollends versagt hatte.

William musste sich eingestehen, dass auch er nicht ganz unschuldig daran gewesen war, er hatte es ihr nicht leicht gemacht. Aber das wollte er auch gar nicht. Er wollte nie mit ihr verheiratet sein. Es würde niemals eine Frau die Stelle in seinem Herzen einnehmen, die Hanna sein ganzes Leben lang voll und ganz erfüllte.

Doch auch Hanna war verheiratet, sogar recht glücklich, wie er all ihren Briefen entnehmen konnte. Es war ihm wichtig sie glücklich zu wissen, auch wenn sein eigenes Glück hatte hinten anstehen müssen.

Jetzt näherte sich sein Leben dem Ende zu, und er blickte zurück auf die Jahre, in denen er Brookhurst übernommen hatte. Er hatte das in den Kriegszeiten heruntergewirtschaftete Gut wieder zu einem florierenden Unternehmen gemacht, er hatte Arbeitsplätze erhalten und geschaffen, die Gebäude renovieren lassen und die Viehzucht wieder aufgenommen. William war stolz auf das, was er dazu beigetragen hatte, um Brookhurst für die nächste Generation zu erhalten.

Ihm war es wichtig, dass Brookhurst nicht nur ein Zuhause war, sondern es sollte auch weiterhin ein Ankerpunkt für die Gemeinde sein.

Die Bäume hatten bereits ihr Herbstkleid übergeworfen und schmückten die lange Auffahrt von der Straße bis zum Haus in rotgoldenen Farben.

Die Landschaftsarchitekten wussten früher schon, wie sie die Natur effektvoll einzusetzen hatten, staunte William in Gedanken, als er seine

Konzentration auf das Farbspektakel vor seinem Fenster richtete.

In diesem Moment nahm er auf dem Weg eine Bewegung war. Jemand kam zu Besuch. Noch konnten seine Augen nicht genau erkennen, wen er zu erwarten hatte. Doch je näher die unbekannte Person kam, desto deutlicher wurden die Eigenarten im Gang und in der Haltung.

William war fassungslos, wie konnte dieser Kerl es wagen, hier unaufgefordert aufzutauchen?

Er eilte in die Halle, warf sich seine Jacke über und ging mit mächtigen Schritten auf den Hof.

Osborne ließ sich nach einigen Monaten, nachdem er den Brief manipuliert hatte, wieder auf Brookhurst blicken. Er näherte sich nur vorsichtig und rechnete damit, dass William ihn alsbald entdecken und vom Gut werfen würde.

Kaum hatte er die letzte Biegung vor dem Haus erreicht, trat William ihm auf dem Hof entgegen. Er merkte sofort, dass Osborne angetrunken war.

„Was tust du hier? Du bist auf Brookhurst nicht willkommen.“

„Ach, Cousin, ich wollte nur mal sehen, wie es dir geht, man hat dich lange nicht mehr im Dorf gesehen.“

„Du meinst, du hast mich lange nicht mehr im Dorf gesehen. Du willst wohl nachschauen, wie weit mein Dahinscheiden fortgeschritten ist, damit du dir Brookhurst unter den Nagel reißen kannst.“

„Aber, aber, wer wird denn gleich so etwas Böses denken“, meinte Osborne mit gespielter Empörung, „ich habe mich um dich gesorgt.“

„Rede doch keinen Unsinn, den du selber nicht glaubst. Wenn ich den Löffel abgebe, wirst du es erfahren, darauf kannst du dich getrost verlassen.“ Diesen Satz hatte William mit Bedacht formuliert, denn er wollte, dass Osborne sich weiter in Sicherheit ob des Erbes wog.

„Das wird ein düsterer Tag für die Gemeinde, lieber Cousin.“

„Bis es soweit ist, möchte ich dich nicht mehr sehen. Der Verweis gilt noch immer.“

William wartete, bis Osborne sich bequemte umzukehren.

„Wie du meinst, Cousin. Gehabe dich wohl!" Mit einer tiefen theatralischen Verbeugung verabschiedete sich Osborne und ging auf demselben Weg zurück, den er gekommen war.

Dieser habgierige Verwandte war der einzige Stachel in Williams Fleisch.

Der Herbst brachte diverse Veranstaltungen in der Umgebung mit sich, wo der Earl sich regelmäßig blicken lassen musste, einige davon waren nach dem Tod seiner Frau an ihm hängengeblieben, wie der Kunsthandwerksmarkt oder die Wohltätigkeits-Talentshow.

Viel mehr freute er sich jedoch auf den Farmers' Market und ganz besonders auf den Herbstball bei den Bainbridges in Hollowfield House, der alljährlich am dritten Oktoberwochenende stattfand. Die Bainbridges waren im weitesten Sinne seine Nachbarn, denn das Anwesen von Hollowfield grenzte im Wald an seines. Der Ball war eine Tradition, die der jetzige Lord von seinen Großeltern übernommen hatte.

Auf dem Ball wurden jedes Jahr Spenden für einen guten Zweck gesammelt, in diesem Jahr sollte der Erlös an den Reitverein für Behinderte gehen.

Sogar Williams Schwester Maggie kam jedes Jahr extra für diesen Ball aus Gloucestershire angereist, auch wenn William sie sonst fast das ganze Jahr nicht zu Gesicht bekam. Seit er verwitwet war, verbrachte er seine Feiertage bei ihr und ihrem Mann Peter. Die beiden führten ein unkonventionelles Leben, er war Schriftsteller für philantropisch-philosophische Schriften und hatte bis vor einigen Jahren eine Professur in Oxford bekleidet, und Maggie war eine vielseitige Künstlerin.

Beide gaben mit Vorliebe Parties, auf denen meistens über das Leben philosophiert wurde. Zu den ersten Parties war William auch angereist, zunächst aus Interesse und später aus Höflichkeit.

Aber er hatte ganz schnell festgestellt, dass diese Diskussionen und Infragestellungen nicht seiner Lebensweise entsprachen.

Er war glücklich mit seinem traditionsbewussten und klassischem Landlebensstil und konnte den intellektuellen Bohemians nichts abgewinnen. Stattdessen zog er sich in den Salon zurück, trank in Ruhe seinen Gin Tonic und schaute dem Spektakel zwischen Buchclub und rituellem Ausdruckstanz amüsiert zu.

Die späteren Einladungen seiner Schwester lehnte er dankend mit einer Ausrede ab, und sie hatte irgendwann aufgehört zu fragen.

Aber den Ball der Bainbridges hatte sich Maggie noch nie entgehen lassen. Schon als Kind war sie verzaubert gewesen von diesem Ball und konnte es kaum erwarten, selbst dort eingeladen zu werden.

Ihre Vorliebe sich hübsch zu machen stand im Gegensatz zu ihrem eigentlichen Lebensstil. Sie war zwar stets eine Lady gewesen, die gute und strenge Erziehung durch ihre Mutter hatte Spuren hinterlassen. Doch Maggie war schon immer die Kreative in der Familie, sie hatte alles gemalt oder gezeichnet, was ihr interessant genug erschienen war.

Als jüngstes Kind, noch dazu als Mädchen, hatte sie mehr Freiheiten als ihre Brüder. Ihrer Mutter war nur wichtig gewesen, dass sie sich gut situiert verheiraten würde. Und was sprach schon gegen einen Professor von der Oxford University?

Aber in den Jahren, seit Maggie mit Peter verheiratet war, hatte sich ihr Lebensstil ihrer Gesellschaft angepasst und sie waren sehr freigeistig geworden. Peter legte keinen Wert auf diese traditionelle Veranstaltung in Sussex, wohingegen Maggie jedes Jahr kurzzeitig ihre Liebe dazu wiederentdeckte.

Am Tag vor dem großen Ball reiste Maggie mit ihrem klapprigen alten, aber treuen Volvo an. William freute sich auf seine Schwester, sie hatten noch immer eine besondere Verbindung zueinander.

Er stand schon in der Tür, als sich ihr Auto näherte. Sie strahlte schon, bevor sie das Haus erreicht hatte.

Maggies Wesen hatte sich seit ihrer Jugend kaum verändert, sie war immer noch so fröhlich und ungezwungen wie früher.

„Willipooh!! So schön, dich zu sehen!"

„Magpie, herzlich willkommen zurück auf Brookhurst!"

Die Geschwister begrüßten sich so liebevoll neckend wie sie es früher schon getan hatten und gingen in den Salon für den Tee, den Mrs. Shipley dort bereits serviert hatte.

„In diesem alten Kasten verändert sich überhaupt nichts, oder?"

„Oh doch, liebste Schwester, wir haben vor drei Monaten im blauen Zimmer einen Stuhl vom linken vor das rechte Fenster gestellt, ich fand es außerordentlich erfrischend."

William reichte Maggie den Tee, wie sie ihn am Liebsten trank, dazu einen der köstlichen Ingwerkekse nach dem alten Rezept von Mrs. Bennett. Er hatte sie bei Mrs. Shipley extra in Auftrag gegeben, weil er wusste, wie sehr seine Schwester diese Kekse mochte.

„Willowpillow, erzähle mir alle Scheußlichkeiten aus der Heimat!"

William fasste die Neuigkeiten vom Gut und aus dem Dorf zusammen, die sich im vergangenen Jahr ereignet hatten.

Danach machten sie einen Rundgang über Brookhurst und schwelgten auch dieses Mal wieder in Erinnerungen an die alten Zeiten.

Am nächsten Abend fuhren sie nach dem Dinner in Maggies Auto nach Hollowfield. Dessen Zufahrt war nicht so lang wie die von Brookhurst, doch sie war durch Fackeln festlich beleuchtet.

Kürbisse lagen dekorativ am Rand verteilt. Am viktorianischen Haus, mit seinen vielen Giebeln und Erkern, hingen Lampions vor jedem Fenster, leuchtend-buntes Laub war von den umliegenden Bäumen gesammelt und auf dem Platz vor dem prachtvollen Hauseingang ausgestreut worden. Es wirkte wie ein rot-gelber Flickenteppich, der sich im Haus langsam verstreute. Die Bainbridges waren jedes Jahr sehr kreativ in der Gestaltung ihrer Räumlichkeiten.

William und Maggie betraten das Haus in festlicher Ballgarderobe und warteten darauf, bis sie an der Reihe waren, um vom Butler, der als Zeremonienmeister fungierte, angekündigt zu werden. Das war auch eine alte Sitte, die Lord Bainbridge von seinen Vorfahren übernommen hatte.

„Lord William Burton, 14. Earl of Brookhurst und Lady Margaret Burton-Underwood", hallte die zeremonielle Stimme durch den Saal.

Die anderen Gäste drehten sich einen Augenblick zu ihnen um.

Die Burtons of Brookhurst waren sehr angesehen, und vor allem geschätzt bei den Menschen in der Umgebung.

Lord und Lady Bainbridge standen bereit, die beiden Nachbarn zu begrüßen. Es wurden Höflichkeiten ausgetauscht und das Versprechen, sich später in Ruhe zu unterhalten.

Ein Kellner reichte ihnen Champagner und sie schauten sich in dem Saal um, wo sich schon einige bekannte Gesichter tummelten. Maggie entdeckte eine alte Schulfreundin und William mischte sich unter die Gäste.

„Lord Burton!" William drehte sich um und sah Minty Bainbridge vor sich. Sie war Lord Bainbridge's Tochter.

„Minty, wie schön dich zu sehen! Wie geht es dir, was macht das Studium?"

„Ach, Lord Burton, es schleppt sich so dahin. Ich hatte es mir spannender vorgestellt. Dafür machen wir uns eine lustige Zeit, nicht wahr, Lou?"
Minty wandte sich an die junge Frau, die etwas hinter ihr stand.

„Lord Burton, darf ich Ihnen meine Mitbewohnerin und beste Freundin Louisa Blandfort vorstellen?"

William begrüßte die Freundin von Minty. Leider hatte er ihren Namen bei der vorherrschenden Lautstärke nur halb verstanden.

Sie erinnerte ihn an jemanden, kam aber nicht darauf, an wen.

„Wie geht es Ihnen, Louisa? Sind Sie zum ersten Mal hier auf dem Ball?"

Die junge Frau tauschte mit dem Earl ein bisschen Smalltalk aus, bis er sie fragte, woher sie käme. Anhand ihres Akzentes musste sie aus dieser Gegend sein, er staunte aber darüber, als sie erwähnte, sie käme aus einer kleinen Stadt in Mitteldeutschland. Ihr Englisch war makellos.

William erfuhr, dass sie Architekturgeschichte in Bath studierte und es für sie nichts Aufregenderes gab, als alte Häuser zu durchstöbern. Die beiden unterhielten sich angeregt über das Thema.

Je länger William mit ihr sprach, desto vertrauter wurde sie ihm.

Erst später beim Tanz, während er die beiden Mädchen beim fröhlichen Treiben auf der Tanzfläche beobachtete, wusste er plötzlich, wen er vor sich gehabt hatte. Die Ähnlichkeit, das heitere Wesen, das offene Lachen, all dem war er schon einmal begegnet.

Es war schon nach Mitternacht, als William seine Schwester einsammelte, um nach Hause zu fahren. Sie ließen sich ihre Mäntel geben und traten vor die Tür.

Dort stand Mintys Freundin Louisa und sprach mit einem jungen Mann. William ging zu ihr, um sich von ihr zu verabschieden.

Erst wollte er sie am nächsten Nachmittag zum Tee nach Brookhurst einladen, befand aber, dass es sicherlich unangemessen wäre, angesichts des Altersunterschieds.

So sehr er über diese junge Frau mehr erfahren wollte, wollte er doch keinesfalls den Anschein erwecken, er würde sich aus sexueller Hinsicht für sie interessieren, wenn er sie zu sich einlud.

Daher nahm er Abstand von dieser Idee. Der Earl schaute der jungen Frau in die Augen und verabschiedete sich von seiner einzigen Enkeltochter.

Am darauffolgenden Abend saß William bei seichtem Licht und Kerzenschein in der Bibliothek, seinem Lieblingsraum, und dachte an seine Enkelin. Er war erfüllt von großväterlicher Liebe, auch wenn diese Frau keine Ahnung hatte, wen sie vor sich gehabt hatte.

Für sie war er nur ein älterer Herr, der sich die Zeit genommen hatte, um sich mit ihr zu unterhalten. Louisa hatte den Eindruck erweckt, dass sie sich bei den Bainbridges wohlgefühlte.

Er war verzaubert davon, dass sie ihrer Großmutter Hanna so ähnlich war. William vermochte es sich selber gegenüber nicht zuzugeben, aber Louisa war, auch ohne sich über ihre Herkunft bewusst zu sein, ausgesprochen wohlerzogen und ‚ladylike‘, auf natürliche Art und Weise. Sie hatte sich gut in ihr Umfeld eingefügt und schien auch dem einen oder anderem jungen Mann gefallen zu haben.

Von Lady Bainbridge hatte William unlängst auf dem Ball erfahren, dass Louisa im Freundeskreis von Minty zwar höflich geduldet, aber als einfache Deutsche ohne adelige Herkunft gesellschaftlich nicht voll anerkannt wurde, was Lady Bainbridge sehr bedauerlich fand, denn sie mochte Louisa sehr gern.

William lächelte in sich hinein. Wenn diese Leute nur wüssten, dass diese „einfache Deutsche" in Wirklichkeit eines Tages die Erbin eines großen Anwesens in West Sussex sein würde.

William hatte unauffällig Lady Bainbridge noch weitere Informationen über Louisa entlockt, sie hatte keinerlei Verdacht geschöpft.

Er fühlte, dass ein Teil seines Herzens, der all die Jahre für etwas Unbekanntes geschlagen hatte, jetzt erfüllt war mit jemandem, der ihn direkt mit seiner Vergangenheit und großen Liebe verband, und dieser Verbindung ein Gesicht gab, dem er innerlich seine ganze Zuneigung zuteil werden lassen konnte.

Mehr denn je wollte er diesen verdammten Erlass finden, der in der Familienbibel von seinem Vorfahren festgehalten worden war. Doch er wusste nicht, wie und wo er noch suchen sollte. In all den Jahren hatte er die Bibliothek mehrfach auf den Kopf gestellt und sämtliche Wände untersucht. Eine geheime Kammer hat er als Schuljunge in der Wand der Pantry gefunden, doch auch dort war nichts weiter zu finden als eine Treppe zum Obergeschoss.

Die Familienchronik hatten seine Vorfahren vor über 500 Jahren angelegt. Seitdem wurde sie von Generation zu Generation weitergeführt. Alle wichtigen Ereignisse wurden hier handschriftlich eingetragen.

Doch bisher hatte niemand anderes jemals wieder diesen Erlass erwähnt. Entweder, es wusste niemand davon, oder aber es hatte nie einen Anlass gegeben, dieses Schriftwerk zu erwähnen.

Schon als William sich als junger Mann für seine Familiengeschichte interessiert hatte, war er über diese bestimmte Anmerkung gestolpert. Nirgendwo war ein Hinweis darauf hinterlegt, wo sich das Dokument befinden sollte, oder ob es überhaupt noch existierte, geschweige denn Gültigkeit hatte.

Ihm blieb nur die Hoffnung, die er Hanna vor etlichen Monaten gegenüber im Brief geäußert hatte - sie würde schon zur richtigen Zeit auftauchen.

William blätterte in alten Alben und auch gefühlt zum hundertsten Mal in der Chronik. Der letzte Eintrag darin war der Tag der Heirat mit Augusta, in der Handschrift seiner Mutter. William nahm einen Schluck von seinem Whisky, stellte das Glas auf den kleinen Tisch neben dem Sessel ab und stemmte sich hoch. Er setzte sich an den kleinen Schreibtisch und schrieb mit seinem Tintenfüller feinsäuberlich die nächsten wichtigen Ereignisse in die Chronik:

14. Februar 1946 Geburt des einzigen und anerkannten Sohnes 'Wilhelm Hubertus Maria Ferdinand' von Lord William Mortimer Herbert James Burton, 14. Earl of Brookhurst und seiner wahren Liebe Johanna Verhage verh. Blandfort

17. November 1969 Lady Camilla Burton, 13. Countess of Brookhurst neé Drummond im Alter von 74 Jahren gestorben. Sie ist in Brookhurst Lodge friedlich entschlafen.

21. Mai 1970 Lady Augusta Burton 14. Countess of Brookhurst neé Reeves-Davis, stirbt mit 45 Jahren an Krebs.

1. Juli 1973 Geburt von ‚Louisa Wilhelmine‘, als erste Tochter ihres Vaters ‚Wilhelm Hubertus Maria Ferdinand‘ und erstes Enkelkind und Erbin ihres Großvaters Lord William Mortimer Herbert James Burton 14. Earl of Brookhurst und seiner wahren Liebe Johanna Verhage verh. Blandfort.

26. April 1976 Geburt von ‚Johannes Bernhard‘ als zweites Kind von ‚Wilhelm Hubertus Maria Ferdinand‘ und zweites Enkelkind seines Großvaters Lord William Mortimer Herbert James Burton 14. Earl of Brookhurst und und seiner wahren Liebe Johanna Verhage verh. Blandfort.

Er wusste, dass es theatralisch klang, dennoch wollte William für seine Nachwelt festhalten, was geschehen und wie wichtig ihm dieser Teil seines Lebens war.

Als er diese Eintragungen beendet hatte, lehnte sich er in seinem Stuhl zurück. William fühlte sich erleichtert, dass er all diese wichtigen Ereignisse, die zweifellos seine Familie betrafen, für immer in der Chronik festgehalten hatte. Mit den Erwähnungen seines Sohnes und seiner beiden Enkel, die zwar alle noch nichts von ihm wussten, gab er sich selber das Gefühl, dass er sie vor seiner Familie, ob vergangen oder noch kommend, offiziell anerkannte und zu Familienmitgliedern machte. Eine neue Zeit war mit ihm angebrochen. Fortan galten neue Gesetzmäßigkeiten für die Burtons of Brookhurst.

Eines Sommerabends im nächsten Jahr saß William im Salon und beschloss, dass er noch einen Schlummertrunk zu sich nehmen wollte. Ein laues Lüftchen wehte durch die offenen Fenster und die Grillen hatten ihr Abendkonzert angestimmt. Ein Fuchs keifte irgendwo im Park und eine Eule krächzte in den alten Bäumen. Es war schon spät geworden.

Er ging hinüber zur kleinen Hausbar zwischen den Fenstern, die Richtung Garten blickten, füllte sein Glas auf und blickte in den darüber hängenden Spiegel mit dem barocken Prunkrahmen. Sein Blick wanderte automatisch in den Raum hinter ihm.

Er erschrak. Sein Glas glitt ihm aus der Hand und zerbarst auf dem Fußboden in tausende Splitter. Hinter ihm stand Hanna. Er hielt die Luft an und drehte sich rasch um. Doch Hanna war verschwunden. Er suchte den dämmrigen Raum ab, aber sie war nicht mehr zu sehen.

Es war eindeutig Hanna. So wie er sie zuletzt gesehen hatte, so schön und strahlend.

William raufte sich durch die Haare. Er hatte doch nur zwei kleine Whiskys getrunken, wie konnte er so halluzinieren?

Eine Gänsehaut überrollte seinen Körper vom rechten Arm bis zum linken Fuß. Er fühlte sich beobachtet, in seinen Ohren rauschte es.

Was war hier los? Er war viel zu alt, um an Spuk zu glauben, auch wenn er den Anblick vom Geist der alten Nanny im Dachgeschoss nie in seinem Leben vergessen würde.

Unvermittelt rief er in den Raum hinein. „Hanna. Hanna! Wo bist du?"

Ein zarter kühler Windhauch streifte sein Gesicht, berührte seine Lippen. William schloss für einige Momente die Augen.

Diese paar Sekunden waren unendlich, er empfand keine Angst, es fühlte sich ungewohnt vertraut an. So plötzlich wie es gekommen war, verschwand der Hauch und das Rauschen verstummte. Alles war wieder warm und still.

Am nächsten Morgen, William hatte gerade sein Frühstück in der Küche beendet und war in die Stiefelkammer gegangen, um sich für den morgendlichen Rundgang auf Brookhurst zu rüsten, als das Telefon in der Halle schrillte. Mit einem Stiefel am Fuß humpelte er zum Apparat.

„Brookhurst Manor."

„Guten Morgen Will, hier ist Mia. Wie geht es dir?"

„Guten Morgen Mia, was für eine Überraschung, ich freue mich über deinen Anruf. Wie geht es euch?"

„William, ich habe leider schlechte Nachrichten."

William stockte der Atem, aber er fand schnell seine Worte wieder.

„Es ist Hanna, nicht wahr? Gestern Abend?"

Mias Erstaunen konnte William durch den Hörer spüren. Sie schluchzte.

„Ja, Hanna ist gestern Abend von uns gegangen. Sie hatte eine schlimme Lungenentzündung."

Er hörte sie die Nase schnäuzen und sich sammeln.

„Aber woher kannst du das wissen, Will?"

„Mia, mir ist gestern Abend etwas Verrücktes passiert, es war so gegen 22 Uhr. Ich stand in der Bibliothek, schaute in den Spiegel und plötzlich stand Hanna hinter mir. Nur für einen kurzen Moment habe ich sie gesehen, doch ich spürte ihre Anwesenheit. Es war völlig... Wenn ich jetzt so drüber nachdenke... Nein, so ein Unsinn!" Er versuchte sich selbst mit seinen Worten zu beschwichtigen.

„Will, Hanna ist gestern Abend um etwa 22 Uhr gestorben. Ihr letztes Wort war ‚William'."

William glaubte nicht, was er da hörte. Hatte seine Hanna im letzten Augenblick ihres irdischen Daseins an ihn gedacht? Ihm traten die Tränen in die Augen. Hanna.

Mia fuhr fort. „Niemand der Anwesenden konnte etwas damit anfangen, sie alle dachten, sie habe ‚Wilhelm' gemurmelt. Ihr jüngerer Bruder Ferdi, du erinnerst dich vielleicht, er war auch bei ihr. Er wusste natürlich, von wem sie sprach. Er war es auch, der mich angerufen hat."

William räusperte sich.

„Mia, ich danke dir, dass du mir Bescheid gegeben hast. Bitte grüße Ted von mir. Kommt doch demnächst zum Lunch. Ich rufe Euch nochmal an. Bye bye."

Nach dem Telefonat zog es William schnell nach draußen. Er zog sich seinen zweiten Stiefel an, stürmte vor die Tür, eilte über die Wiese zur Bank am See, und trauerte um Hanna.

Es war, als hätte eine fremde Macht dem Earl of Brookhurst das Lebenselixier ausgesaugt. Von einem auf den anderen Tag war William um Jahre gealtert. Er fühlte sich kraftlos, müde und lebenssatt. Welchen Sinn sollte sein Leben noch haben, wenn es Hanna nicht mehr gab?

Auch wenn ihm bewusst war, dass er Hanna in diesem Leben vermutlich nie wiedergesehen hätte, so gab es William ein gutes Gefühl zu wissen, dass Hanna in dieser Welt lebte und atmete.

Seine Seele fühlte sich verloren, jetzt war er allein. Es gab niemanden mehr, der ihn liebte.

Er wanderte tagelang ziellos durch Haus und Garten, teilweise mehrere Stunden lang.

Im Haus hörte er die Toten wandern, die ihre Hände nach ihm ausstreckten, ihn aber nicht fassen konnten.

„Bald", murmelte er in die Stille der Räume, die nur vom Ticken der alten Uhren erfüllt waren, „bald".

An einem Morgen im späten August rief William seinen Anwalt Mr. Montgomery an und bat um einen Termin noch am selben Tag.

Danach vereinbarte er mit seinem Verwalter Mr. Percy, dass er ihn in die Stadt fahren sollte.

Eine halbe Stunde später saßen die beiden Männer im Landrover. Der Frühnebel hatte sich gelichtet und gab der Spätsommersonne den Weg frei, sich zu entfalten, es lag schon ein Hauch von Herbst in der Luft. Die Farben der Blumen in den Gärten wurden satter und kräftiger, die zarten zogen sich langsam zurück.

William saß stumm auf dem Beifahrersitz und schaute in die Landschaft. Er fühlte sich heute etwas energiegeladener als in den Tagen zuvor. Er hatte ein wichtiges Ziel vor sich.

Der Termin bei Mr. Montgomery dauerte nur wenige Minuten.

„Monty, ich möchte noch einmal sichergehen, dass erbtechnisch alles seinen von mir gewünschten Weg gehen wird. Bitte fügen Sie diese Briefe meinem Testament bei, es ist wichtig. Benötigen Sie noch Informationen?"

„Wie ich es sehe, Lord Burton, ist alles einwandfrei geklärt und wird Ihren Wünschen nach entsprochen." Mr. Montgomery schaute den Earl an.

„Wenn Sie mir eine Bemerkung gestatten, Mylord, Sie sehen nicht gut aus."

William erhob sich von seinem Stuhl.

„Ach Unsinn. Gut, dann kann ich beruhigt gehen."

Bevor er nach dem Türknauf griff, blieb er noch einmal vor Mr. Montgomery stehen.

„Ich danke Ihnen, Monty, für alles, was Sie für meine Familie und für mich getan haben. Das werde ich Ihnen niemals vergessen." Er reichte seinem Anwalt die rechte Hand legte seine linke Hand auf die des Anwalts.

Mr. Montgomery schluckte schwer, nickte und drückte fest die Hände des Lords. Sagen konnte er nichts.

William verabschiedete sich aus der Kanzlei und ging langsam zurück zum Wagen.

Mr. Percy blätterte in einem Landwirtschaftsmagazin, welches er hinter den Sitz legte, als er den Lord ankommen sah.

Er startete den Motor und steuerte den Geländewagen Richtung Ortsausgang.

William bat ihn, über die schmalen Landwege zu fahren, er wollte zu dem höchsten Aussichtspunkt in der Nähe.

Es versprach ein herrlicher Tag zu werden, und er wollte seine Heimat bei dem schönsten Licht überblicken. Der Weg wurde holperiger je näher sie dem Ziel kamen. Mr. Percy hielt den Wagen an.

Kaum war das Motorengeräusch verklungen, erschrak William. Er starrte geradeaus auf eine Stelle, er konnte kaum glauben, was er dort sah.

„Hanna!" Ohne den Blick von ihr zu lassen, stieg er aus dem Auto.

„Hanna, ich komme!" Er stolperte auf die Stelle zu, wo nur er allein Hanna stehen sah.

Sie lächelte und streckte ihre Hand nach ihm aus.

„Da bist du ja, mein Liebster." William griff danach und hielt sie ganz fest. Nie wieder würde er seine geliebte Hanna loslassen.

Gemeinsam gingen sie auf dieses wunderschöne Licht am Horizont zu, endlich glücklich vereint.

Mr. Percy wusste gar nicht wie ihm geschah. Als er den Motor ausgestellt hatte, hörte er den Earl immer wieder einen Namen rufen, war es „Hanna"?

Noch ehe er etwas sagen konnte, war seine Lordschaft ausgestiegen und lief auf eine Stelle zu.

Mr. Percy strengte sich an, irgendwo etwas oder jemanden zu entdecken, aber er sah nichts.

Lord Burton schien jedoch wie gebannt und streckte seine Hand nach etwas aus. Dann brach er plötzlich auf der Stelle zusammen.

Mr. Percy schnallte sich eilig ab und stürzte aus dem Auto. Er warf sich neben den leblosen Körper vom Earl und tastete nach dessen Puls. Nichts. Er versuchte es nochmal, wieder spürte er nichts. Er legte den Kopf auf die Brust, um nach dem Herzschlag zu lauschen, aber der war für immer verstummt. Mr. Percy betrachtete das Gesicht des toten Earls, er sah friedlich aus, nein, glücklich! Er wirkte fast schon jung.

„Machen Sie's gut, alter Knabe. Gott segne Sie."

Mr. Percy legte den Earl gerade hin und faltete dessen Hände auf der Brust zusammen. Dann ging er zurück zum Auto, nahm das Mobiltelefon und wählte die Nummer vom Rettungsdienst.

Während er wartete, kniete er sich neben seinen Herrn und rief in Montgomery's Kanzlei an.

„Mr. Montgomery, hier spricht Mr. Percy, ich bin der Verwalter vom Earl of Brookhurst. Ich hatte ihn vorhin zu Ihnen gefahren." Mr. Montgomery bestätigte das.

„Der Earl ist soeben gestorben. Ich sollte ihn zu dem höchsten Aussichtspunkt fahren. Das tat ich. Kaum waren wir da, rief er den Namen ‚Hanna'. Er stieg aus und brach dann plötzlich zusammen. Ich habe versucht, ihm zu helfen, aber er war schon tot."

Mr. Montgomery behielt seinen geschäftlichen Ton.

„Vielen Dank, Mr. Percy. Dann weiß ich, was ich zu tun habe. ‚Hanna', sagten Sie?"

„Ja, Hanna."

„Das freut mich für seine Lordschaft. Möge er in Frieden ruhen."

Die Nachricht über den plötzlichen Tod des Earls of Brookhurst hatte sich in der Gegend wie ein Lauffeuer verbreitet.

Das ganze Dorf war sehr betroffen über diesen Verlust. Lord Burton war ein Herr wie kein anderer gewesen. Der Friedhof war überfüllt mit Trauergästen.

Auch Osborne ließ sich natürlich blicken. Erhobenen Hauptes stellte er sich ganz vorne zwischen die anderen Trauernden, denn er war schließlich der einzige noch lebende Verwandte des Earls.

Seine Miene konnte er nur schwer unter Kontrolle halten, am Liebsten hätte er gejubelt und mit Champagner um sich gespritzt.

Endlich war er der Earl und konnte das gediegene Leben führen, welches ihm seiner Meinung nach zustand.

Nach der Beisetzung hatte Mrs. Shipley nach Brookhurst in den Salon zum Tee geladen, die meisten Dorfbewohner kamen, um in Gesellschaft Lord Burton zu gedenken und darüber zu reden, was für ein famoser Mensch von ihnen gegangen war.

Sogar Osborne fand, dass er als neuer Earl durchaus das Recht hatte, der Einladung nach Brookhurst zu folgen. Außerdem hoffte er dort auf Mr. Montgomery zu treffen, der ihm sicherlich mehr zum Erbe sagen konnte.

Die anderen Gäste allerdings empfanden es als Unverschämtheit, dass sich dieser dreiste Burton auf Brookhurst blicken ließ.

Die meisten waren tatsächlich verunsichert, ob er nun wirklich der neue Earl werden würde, denn dieser sagenumwobene Sohn, von dem so viele Jahre gesprochen wurde, war nirgendwo zu sehen.

Osborne traf Mr. Montgomery auf der Terrasse vor dem Salon. Er wollte sich ihm bekannt machen.

„Mr. Montgomery, nehme ich an?"

Mr. Montgomery wandte sich um, als er seinen Namen hörte und sah diesen Fremden erwartungsvoll an, der sich ihm selbst vorstellte.

„Osborne Burton, guten Tag."

„Guten Tag, Mr. Burton."

„Ich dachte, ich sollte mich Ihnen schon mal vorstellen, da wir in nächster Zeit sicher häufiger miteinander zu tun haben werden. Sagen Sie, können Sie schon sagen, wann das Testament meines geschätzten Cousins verlesen werden soll?"

„Da Sie zur Familie gehören, darf ich Ihnen sagen, dass es bereits in Vorbereitung ist. Es wird in den nächsten zwei Wochen stattfinden."

„Tatsächlich? Wie kommt es, dass es erst so spät verlesen wird?"

„Es gilt einiges Organisatorische vorzubereiten, das bedarf seiner Zeit, besonders, wenn es sich um solch ein umfangreiches Erbe handelt."

„Ich verstehe. Nehmen Sie sich die Zeit, die Sie brauchen, mein Guter. Auf ein paar Tage mehr oder weniger kommt es nicht an."

Osborne schlürfte vornehm an seinem Tee und spreizte dabei übertrieben seinen kleinen Finger ab.

„Ein wirklich tragischer Verlust. Er war ein so netter Mann, unser William." Damit drehte sich Osborne um und ließ den Anwalt mit einem Nicken stehen.

Mr. Montgomery schüttelte den Kopf. Das war also dieser berüchtigte Vetter, der es auf Williams Erbe abgesehen hatte. Was für ein unangenehmer Kerl.

Dieser Mann durfte Brookhurst unter keinen Umständen zwischen die Finger bekommen, und er, Horatio Montgomery, würde alles in seiner Macht stehende tun, damit genau das nicht geschah.

Teil III

Es war ein herrlicher englischer Sommer!

Das Studium lag hinter ihnen, Minty hatte wieder ihre Freundin Louisa eingeladen, die ganzen Sommermonate bei ihren Eltern auf dem Land in Sussex zu verbringen. Es sollte Parties und Picknicks geben, bevor der Ernst des Lebens sie einholen würde.

Beide Mädchen hatten nach dem Universitätsabschluss sofort begonnen, Bewerbungen zu verschicken. Sie wollten unbedingt nach London und sich dort wieder eine gemeinsame Wohnung suchen. Aber bis es soweit war, wollten sie den Sommer auf Hollowfield verbringen.

Der Sommer auf Hollowfield glich einem Film, fand Louisa, beinahe surreal perfekt. Es war nicht zu warm, denn der Wind von der Küste her brachte die erfrischende Brise, die in den Straßen der Städte fehlte. Im Sonnenlicht tanzten die Insekten und das Grün der Landschaft war mit einem gelblichen Filter belegt.

Im Haus war es angenehm kühl, selbst wenn die großen Fenstertüren zur Terrasse den ganzen Tag weit offen standen.

Es wurde pausenlos frische Limonade serviert, der Pool hinter dem Haus war der liebste Zufluchtsort.

In luftiger Kleidung spielten sie Croquet und Minigolf, machten Picknicks am schönsten Fleck des Parks, unternahmen mit dem Oldtimer von Lord Bainbridge Ausflüge zum Meer hinunter und verbrachten den ganzen Tag am Strand.

An den Wochenenden waren oft Mintys Freunde zu Besuch für eine ausgelassene Wochenend-Party. Zu Beginn, als Louisa die Freunde kennengelernt hatte, war sie sehr schüchtern, weil diese jungen Männer und Frauen sehr einnehmend waren.

Obwohl Louisas Englisch ausgezeichnet und akzentfrei war, fehlte ihr die Leichtigkeit und die Spontaneität Dinge so auszudrücken, wie sie es in ihrer Muttersprache vermochte.

Inzwischen sah es anders aus. Durch Minty war Louisa selbstbewusster geworden, so dass ihre Persönlichkeit und auch ihr Humor zum Vorschein kamen. Gerade letzterer stand dem englischen Humor in nichts nach.

Louisa galt als beste Freundin von Minty als dazugehörig und wurde nunmehr seit ein paar Jahren voll akzeptiert. Allerdings blieb sie die Mittellose, weil sie weder aus reichem noch aus altem Hause kam. Mintys Freunde kamen allesamt aus der oberen Schicht, und teilweise waren sie Sprösslinge von Landbesitzern, wohlhabenden Bankern und Industriellen. Das süße Leben der Sommerfrische auf dem Land war ihnen in die Wiege gelegt worden.

Wie Minty und Louisa würden auch sie ab dem Herbst sich einen Job suchen oder im elterlichen Betrieb arbeiten.

Nun näherte sich der Sommer dem Ende zu, es war bereits Ende August, und für Louisa bedeutete es, sich so langsam nicht nur von Hollowfield, aber auch von England verabschieden zu müssen. Louisas Zeit hier war abgelaufen, sofern sich nicht doch noch bald eine Anstellung in London ergeben sollte.

Nun warteten ihre Eltern auf sie und freuten sich darauf, ihre Tochter bald wieder in ihrer Nähe zu haben.

Die letzten beiden Tage ihres gemeinsamen Sommers wollten die beiden Freundinnen noch einmal in aller Ruhe verbringen.

Am vorletzten Abend vor Louisas Abreise planten sie ein üppiges Abschiedspicknick mit der ganzen Bainbridge-Familie, mit Mintys Eltern und ihren Geschwistern. Es sollte der perfekte Sommerabschluss werden.

Die jüngere Hattie war für dieses Wochenende aus London angereist. Und auch Henry, der älteste Sohn der Bainbridges kam ebenso nach Hollowfield. Er war im Sommer an den Wochenenden meistens nach Hause gekommen, weil er sich immer auf das Wiedersehen mit Louisa freute. Er mochte sie sehr, sie hatte eine natürliche Anmut und war nicht eingebildet, wie viele andere Bekannte vom ihm.

Aber er würde einen Teufel tun und seine Gefühle für sie offenbaren, das konnte unmöglich gutgehen. Außerdem würde sie vermutlich eh zurück nach Deutschland ziehen müssen. Insgeheim verfluchte er die Organisationen, bei denen sich Louisa beworben hatte, weil diese sie nicht vom Fleck weg einstellten.

Von ihrem auserwählten Picknickplatz hatten sie Blick auf das Meer in einigen Kilometern Entfernung, es war eine paradiesische Idylle. Niemand Fremdes kam an diesem Teil des Gartens vorbei, der Reit- und Wanderweg verlief eine halbe Meile weiter westlich.

Um dorthin zu gelangen, mussten sie an der Sonnenuhr vorbei durch den Rosengarten laufen. Ein Torbogen am anderen Ende eröffnete den Weg durch eine riesige Wildblumenwiese, auf der es eifrig und munter summte.

Der Rasenweg mündete in eine Grünfläche, von der aus sich die Weiten der Sussex Downs bis zum Meer erstreckten. Der Platz unter einer alten Buche gab ihnen ein wenig Schutz von oben.

Dieser friedliche Ort war über den Sommer der Lieblingsplatz der beiden Freundinnen geworden. Für diesen Abend brachten sie Kerzen und Fackeln mit, Kissen und Tischchen, Musik und Schirme. Sie bauten den Picknickplatz am Nachmittag auf, legten die zahlreichen Decken und Kissen aus, stellten kleine Tischchen daneben, Sonnenschirme wurden aufgespannt, feine Musselintücher hängten sie in den Baum und gaben damit dem Picknickplatz einen luftigen Rahmen.

Am Abend zogen die jungen Leute den alten Bollerwagen durch den Garten. Das Gefährt ächzte unter dem ganzen Gewicht der Köstlichkeiten, dabei lachten und jolten sie, weil der alte Wagen sich anhörte wie ein störrischer Esel.

Lord und Lady Bainbridge brachten *Pimm's* und Champagner. Alle saßen sie auf den Decken und ließen den Sommer noch einmal Revue passieren, kein Highlight und keine Peinlichkeit wurden ausgelassen.

Schöner konnte der Abend nicht werden, die Leichtigkeit des englischen Sommers fand hier ihren Höhepunkt.

Louisa liebte die Familie ihrer Freundin, sie fühlte sich wie ein Teil von ihr. Sie waren alle so herzlich und gaben Unterstützung, wo sie nur konnten. Lord Bainbridge war gut vernetzt und Louisa hoffte, dass er ihr vielleicht bei der Jobsuche helfen konnte.

Minty hatte ein Jobangebot in einer Kunstgalerie in London als Assistentin bekommen und würde Mitte September dort anfangen.

Auch Henry sollte sich ab dem Herbst langsam in die Leitung des Guts einarbeiten. Louisa wünschte, sie hätte schon ebenso eine klare Aussichten wie die Bainbridges. Ob eine ihrer Bewerbungen in London wohl angenommen würde?

Viele ihrer Freunde zog es nach dem Studium nach London.
Wie wunderbar wäre es, wenn sie und Minty ihre Wohngemeinschaft in der Stadt fortsetzen könnten. Sie hatten in Bath soviel Spaß zusammen gehabt - Parties, Dinner Parties, Filmabende, Ausflüge nach Somerset und in die Cotswolds.

Louisa hatte ihren Eltern zuliebe auch Bewerbungen nach Deutschland geschickt, obwohl ihr Herz etwas anderes sagte. Sie hatte bei einem Praktikum in den Semesterferien gelernt, dass die Arbeit in der Heimat, besonders in den Behörden, äußerst leidenschaftslos war. Wie würde sie sich dort jemals wohlfühlen können?

Aus ihren Erfahrungen, die sie während ihrer Studienjahre in England machen durfte, wusste sie, dass die englischen Fachleute weniger „trocken" waren. Im Gegenteil, sie liebten ihre Fachgebiete und nahmen sich selber nicht zu ernst. Es machte Spaß, von ihnen zu lernen. Louisa wollte ihren Beitrag dazu leisten, die Geschichte eines Landes in seinen Bauwerken erhalten zu sehen.

Luncheon am nächsten Tag war die letzte gemeinsame Mahlzeit, die auf Hollowfield an diesem Wochenende eingenommen wurde, denn am Abend waren Lord und Lady Bainbridge auswärts zum Dinner eingeladen.

Sie sprachen noch einmal über den vorigen Abend und tauschten die genauen Pläne für die nächsten Tage aus. Lord Bainbridge wusste zudem noch eine Neuigkeit zu berichten, die er mit seiner Familie und dem Gast teilen wollte.

„Übrigens hat mir Mr. Howard heute morgen erzählt, dass Lord Burton gestern plötzlich gestorben ist."

Alle am Tisch waren betroffen, als sie diese Nachricht hörten, denn sie mochten den alten Earl so gerne. Da Louisa zunächst etwas verwirrt schaute, erinnerte Minty sie daran, dass er der ältere Herr gewesen war, mit dem sie letzten Herbst auf dem Ball so lange geredet hatte.

Louisa merkte, wie ihr ein Kloß im Hals steckenblieb. Sie fand ihn so freundlich und zuvorkommend, sie hatte ihn direkt gemocht.

„Sein Verwalter war wohl bei ihm, als es passierte", fuhr Lord Bainbridge fort. „Es muss sehr merkwürdig gewesen sein, heißt es. Lord Burton wollte zum Aussichtspunkt, und als sie dort ankamen, sah er eine Person da stehen und rief er deren Namen. Dann stieg er aus dem Auto aus und fiel tot um."

„Welchen Namen?" Hattie war neugierig, sie witterte eine spannende Geschichte.

„Wenn ich es richtig verstanden habe, muss es der Name einer Frau gewesen sein, Hanna oder Honey, oder so. Aber das Interessante dabei ist, dass niemand dort war! Mr. Percy hatte niemanden dort stehen sehen!"

„Oh, eine kleine Gruselgeschichte!", Minty war begeistert.

„Der arme Burton hatte ein tragisches Leben, Gott hab ihn selig. Er war im Krieg und hat am Ende seine große Liebe kennengelernt, die er nicht heiraten durfte, weil sie nicht standesgemäß war. Zudem eine Deutsche! Das war zu der Zeit undenkbar. Dabei war er wohl mit dieser Frau verlobt, und sie erwartete ein Kind von ihm. Er lernte seinen Sohn mit dieser Frau nie kennen. Stattdessen musste er die Frau heiraten, die seine Mutter ihm ausgesucht hatte."

„Woher weißt du das alles, Daddy?" Hattie liebte solche Geschichten.

„Das hat mir mein Vater früher einmal erzählt. Der Earl hatte nie einen Hehl daraus gemacht, dass er einen leiblichen, wenn auch unehelichen Sohn hatte. Aber niemand weiß, wer oder wo dieser Sohn ist. Angeblich soll er der Erbe sein. Ich hoffe nur, dass sie ihn finden werden, denn sonst krallt sich der habgierige Cousin das Erbe. Aber das sind nur Gerüchte, die schon seit Jahrzehnten erzählt werden. Gebt da nicht soviel drauf, Kinder."

„Osborne Burton ist der Cousin, nicht wahr? Das ist doch dieser komische Kerl aus Brookhurst Village", meinte Henry, „mein Cricketfreund Erik hat von ihm erzählt. Er soll auch noch ein Trinker und Spieler sein."

„Und ob! Und der wird Brookhurst auf Gedeih und Verderb verjubeln, sobald er es in die Finger bekommt. Dabei ist das Gut wirtschaftlich im Topzustand!"

„Hat der arme Lord Burton denn mit seiner Frau keine Kinder bekommen?", wollte Louisa wissen.

„Leider nicht. Und ich bezweifle, dass er das bedauert hat, sie war eine doppelzüngige Schlange", warf Lady Bainbridge ein.

„Es ranken sich ein paar Geheimnisse um Brookhurst, und ich bin gespannt, wie es dort weitergeht. Aber der alte Knabe wird wohl vorgesorgt haben. So, ihr Lieben, ich muss los." Lord Bainbridge erhob sich und löste damit die Tafel auf.

Louisa und Minty blieben noch einen Moment sitzen.

„Der arme Lord Burton", Minty hatte ihn immer sehr gern gemocht. Louisa nickte und war ebenfalls traurig, denn auch wenn sie ihn nicht wirklich kannte, hatte sie ihn doch in allerbester Erinnerung.

Sie waren fasziniert von dieser geheimnisvollen Geschichte, die sich auf ihrem Nachbargut abspielte. Minty versprach, ihre Freundin auf dem Laufenden zu halten, wenn sie etwas Neues erfahren sollte.

Der Morgen von Louisas Abreise kam, und nach einem Toast auf die Hand brachten alle Louisa zu ihrem vollbepackten Wagen. Alle Bainbridges hatten sie sehr lieb gewonnen und betrachteten sie fast schon als Teil der Familie. Sie hatten gemeinsam einen unvergesslichen Sommer erlebt.

Sie umarmten sich zum Abschied und rangen Louisa das Versprechen ab, fleißig zu schreiben, sie auf Hollowfield oft zu besuchen, sollte ihr der Sinn nach englischer Landluft stehen. Und auf jeden Fall sollte sie zum diesjährigen Herbstball wiederkommen. Und falls sie für London eine Zusage bekäme, wären die Wochenenden in Sussex ein Muss, keine Widerrede!

Schweren Herzens bedankte sich Louisa bei ihren Freunden, stieg ins Auto und fuhr mit einem letzten Hupen los.

Auf der Zufahrt waberten leichte Nebelschwaden; ein klares Zeichen, dass bald die schönste Jahreszeit in England losgehen würde. Die Sonne ging in einem warmen Gold langsam auf. Kleine Mückenschwärme wirbelten in dem Licht und in der Ferne konnte Louisa das Bainbridge-Damwild ausmachen.

In diesem Moment liefen ihr Tränen übers Gesicht, ein Abschiedsschmerz überkam sie. Wann würde sie wieder hier sein können? Sie hielt am Ende der Zufahrt noch einmal an und schaute in den Rückspiegel. Hollowfield House war nicht mehr zu sehen. Sie atmete tief durch und fuhr einer ungewissen Zukunft entgegen.

Das Wiedersehen mit ihren Eltern war herzlich, sie hatten Louisa sehr gefehlt. Sie saßen am Abend ihrer Ankunft noch lange im Garten zusammen und erzählten vom Sommer. Ihre Eltern wollten alles genau wissen.

Zuletzt war Louisa zur Beerdigung ihrer Großmutter Anfang des Sommers zu Hause gewesen, noch bevor das letzte Semester zu Ende war.

Wilhelm und Elisabeth mochten Minty sehr gerne, auch wenn sie sie bisher nur dreimal getroffen hatten, als sie ihre Tochter an der Universität in Bath besucht hatten. Minty war ein lebhaftes und aufgeschlossenes Mädchen und sie merkten, dass ihrer Louisa die Freundschaft gut tat.

Einige Tage zu Hause strichen ins Land, der September hatte begonnen. In dieser Zeit waren drei Absagen von Deutschen Arbeitgebern gekommen, was Louisa nur wenig überraschte.

Frustriert über ihre Perspektivlosigkeit stöberte sie lustlos durch die immer gleichen Stellenanzeigen, ging viel spazieren und schrieb Minty einen langen Brief.

Eines trüben Vormittags Anfang September klingelte das Telefon und Louisas Vater Wilhelm nahm den Hörer ab. Am anderen Ende der Leitung tönte ihm eine ausländische Stimme entgegen, die er als Englisch interpretierte. Sofort dachte er an die ganzen Schauergeschichten von ausländischen Telefonverbrechern, die in den Nachrichten immer wieder Thema waren, und legte wieder auf.

Ein paar Sekunden später läutete es erneut, und abermals nahm er den Hörer ab, hörte ein kurzes Englisches „Good" und drückte das Gespräch wieder weg. Louisa hatte mitbekommen, dass ihr Vater Schwierigkeiten mit dem Telefon hatte und ging neugierig zu ihm.

„Wenn es jetzt noch einmal klingelt, dann gehst du ran, Kind, und sagst den Gestalten am anderen Ende in deinem wohlklingenden Englisch, dass sie uns in Ruhe lassen sollen."

Wie zu erwarten, dauerte es nicht lange und das Telefon läutete erneut. Louisa nahm ab, fragte auf Englisch, wer dort sprach und lauschte, was derjenige am anderen Ende zu sagen hatte.

„Good morning, Madam. I'm terribly sorry to disturb", sprach eine männliche Stimme im unvergleichlichen Oxford-Englisch, dass allein dieser Klang Louisa dazu veranlasste, sich gerade aufzurichten. Das konnte unmöglich eine kriminelle Machenschaft sein.

„This is Horatio Montgomery of ,Montgomery Solicitors and Associates', London."

„Am I assuming correctly that I'm speaking to the line of Mr. Wilhelm Blandfort?"

Louisa sammelte sich rasch. „Indeed you are, Sir."

„Jolly good. I'm calling in a private matter which I will have to deliver personally to Mr. Blandfort, if you don't mind."

„I'm very sorry but my father doesn't speak English at all. So you will have to talk to me instead."

„Oh yes, I see, of course. Then you must be his daughter, Louisa?"

„I am, Sir."

„Delighted. It is a matter of delicacy which I can only convey in person. Would tomorrow afternoon at 3 p.m. be convenient for me to call upon you at home?"

„Certainly, Sir. I'm sorry, may I ask - is anything the matter, did my father do anything wrong?"

„No, Madam. No need to worry, everything is fine. Until tomorrow then, Goodbye!"

„Bye bye."

Louisas erste Vermutung war, als sie „London" hörte, dass es jemand von einer der Organisationen sein könnte, wohin sie ihre Bewerbungen geschickt hatte. Allerdings zerschlug sich jegliche Hoffnung bei der

Erwähnung des Namens ihres Vaters. Was wollte ein Anwalt aus London von ihm?

Wilhelm kam in den Flur und wollte umgehend wissen, welche kriminellen Machenschaften da am Werk waren. Louisa antwortete, dass sie keine vermutete, denn der Herr Montgomery würde am nächsten Nachmittag um 15 Uhr hier bei ihnen vorsprechen.

Ihr Vater war außer sich! Wie konnte sie nur so dumm sein, und diesem Kriminellen auch noch ihre Adresse geben? Er würde sie alle ausrauben!

Dabei fiel Louisa ein, dass sie die Adresse beim Telefonat gar nicht preisgegeben hatte. Und im Telefonbuch stand sie auch nicht, das wusste sie genau.

Zum Glück hatten ihre Eltern einen Internetzugang, so dass sie sich sofort an den Computer setzte, um diese Kanzlei im Internet herauszusuchen.

Sie staunte nicht schlecht, als sie herausfand, dass es eine alteingesessene und namenhafte Kanzlei war. Sie wurde 1943 gegründet und hatte Zweigstellen in London, Haslemere und Oxford. Horatio Montgomery hatte die Kanzlei vor zwanzig Jahren von seinem Vater übernommen und vergrößert. Nun könnte diese Seite eine vorübergehende Fälschung sein, um die Täuschung aufrecht zu erhalten.

Aber durch einen Geistesblitz dachte sie an Mintys Vater. Kurzerhand rief Louisa in Sussex an. Sie kam gleich zur Sache und fragte Lord Bainbridge, ob er von der Kanzlei ,Montgomery Solicitors and Associates' schon einmal gehört hatte. Seine Lordschaft verneinte, wollte sich aber umgehend bei einem seiner Clubmitglieder erkundigen, der alle namenhaften Notare Londons kannte.

Nach fünfzehn Minuten klingelte das Telefon und Lord Bainbridge teilte Louisa mit, was er herausgefunden hatte. Sein Freund Charles Mockton kannte die Kanzlei tatsächlich, sie sei sehr angesehen und renommiert, mit Hauptsitz in Temple. Um noch mehr herauszufinden, hatte Charles dort angerufen und gefragt, ob Horatio am nächsten

Nachmittag im Büro sei. Dessen Sekretärin bedauerte es, doch er sei am nächsten Tag zu einem Termin im Ausland.

Louisa bedankte sich bei Lord Bainbridge und war schon vor dem Auflegen ganz aufgeregt. Sie rannte ins Wohnzimmer, wo ihr Vater in der Zeitung blätterte. Sie berichtete ihm von den Ergebnissen ihrer Telefonate mit Lord Bainbridge. Dennoch konnte sich Wilhelm nicht erklären, weshalb ein Londoner Anwalt mit ihm sprechen wollte.

Die Zeit bis zum nächsten Nachmittag verstrich nur langsam. Um Punkt 15 Uhr läutete es an der Tür. Louisa öffnete, ihre Eltern standen erwartungsvoll hinter ihr im Flur.

Vor ihnen stand ein Herr, wie er englischer nicht hätte sein können. Er war etwa Mitte fünfzig Jahre alt, recht groß und stattlich. Er trug einen eleganten, maßgeschneiderten schwarzen Nadelstreifenanzug mit einer roten Krawatte um den Hals, darüber einen Trenchcoat, auf dem Kopf eine Melone, einen Regenschirm in der rechten und eine alte braune Aktentasche in der linken Hand. Sein Gesichtsausdruck unter den grau-melierten Haaren war vornehm und distanziert. Aber auf seinen schmalen Lippen lag ein kleines Lächeln, und seine grauen Augen strahlten Wärme aus.

Das war also Horatio Montgomery aus London.

„Good afternoon, Mr., Mrs. and Miss Blandfort, I presume? My name is Horatio Montgomery of Montgomery Solicitors and Associates." Er begrüßte die Familie höflich.

Wilhelm stotterte nervös „Good afternoon Mr. Montgomery" in seinem besten Englisch. Damit war sein Vokabular erschöpft, und Louisa trat von der Seite an Mr. Montgomery heran und übernahm das Gespräch. Sie begrüßte ihn im Namen ihrer Eltern, bat ihn einzutreten und führte die kleine Gruppe ins Wohnzimmer. Dort wartete bereits der Tee. Mr. Montgomery nahm auf der vorderen Kante des alten Ohrensessels Platz. Louisa bot ihm eine Tasse Tee an, welche der Anwalt dankend annahm.

Louisa war froh, dass ihre Eltern auch den englischen Tee tranken. Im

Geiste versuchte sie sich gerade vorzustellen, wie dieser Raum wohl auf diesen vornehmen Engländer wirkte.

Das Wohnzimmer war zweifellos behaglich. Durch einige Antiquitäten und die zeitlosen Sofas war es klassisch, aber auch sehr gemütlich.

Der alte Chesterfield-Ohrensessel war der Lieblingsplatz ihres Vaters. Der Sessel war am Leder in all den Jahren schon stumpf gerieben und ein kleiner Riss befand sich vorne an der Sitzfläche.

Hier saß Wilhelm gerne und las oder sinnierte über die Weltgeschichte.

Mr. Montgomery goß Milch in seinen Tee und stellte die Tasse neben sich auf dem kleinen Tischchen ab. Er setzte sich eine Lesebrille auf die Nase und räusperte sich, die ganze Familie starrte ihn erwartungsvoll an.

Mr. Montgomery bat Louisa zu übersetzen, was sie umgehend tat:

„Herr Blandfort, Sie werden sich vermutlich fragen, was ein Anwalt und Notar aus London von Ihnen möchte."

Wilhelm nickte, aber sagte nichts.

„Ich bin der Anwalt und Nachlassverwalter von Lord William Burton, dem 14. Earl of Brookhurst." Mr. Montgomery hatte auf eine Reaktion seitens Wilhelms gehofft, aber dieser schaute ihn stumm an, während seine Augen dabei ganz rund wurden.

Zeitgleich erschrak Louisa. Sie erinnerte sich an etwas. Etwas, dass sie auf Hollowfield gehört hatte. Sie erinnerte sich an den Namen, an diesen netten älteren Herrn vom Ball im vergangenen Jahr. Und sie erinnerte sich daran, was mit dem Namen in Verbindung stand.

Mr. Montgomery richtete nun seine Aufmerksamkeit auf Louisa, hatte er ihre Reaktion doch mitbekommen, und fragte sie, ob sie den Namen schon einmal gehört habe.

„Ja, vor kurzem noch in Hollowfield House in Sussex, dort leben die Eltern meiner Freundin Arythminta, Lord und Lady Bainbridge."

Wenn Mr. Montgomery überrascht gewesen sein sollte ob dieser Verbindung, so zeigte er es nicht und fuhr mit seinem Anliegen fort. Louisa übersetzte:

„Nun, wie es scheint, hat sich die Geschichte bereits herumgesprochen." Er rückte seine Lesebrille zurecht. „Ich werde sie Ihnen lückenlos und wahrheitsgemäß wiedergeben."

Mr. Montgomery schob seine Papiere gerade, die er auf dem Sofatisch ausgebreitet hatte.

„Zunächst aber komme ich zum offiziellen Teil, weshalb ich bei Ihnen bin, Herr Blandfort."

Wilhelm richtete sich auf, seine Augen wurden immer größer. Er wirkte wie ein Schuljunge, der auf sein Zeugnis wartete.

„Herr Blandfort, Sie sind der einzige leibliche Sohn und damit Erbe von Lord William Burton, 14. Earl of Brookhurst. Das macht Sie fortan zu Lord Burton, 15. Earl of Brookhurst."

Louisa riss die Augen auf, beeilte sich zu übersetzen, ohne dass sie die Feierlichkeit dieser Nachricht einbüßte.

Wilhelm und Elisabeth waren starr vor Schock. Was hatte Louisa ihnen da gerade gesagt? Wilhelm stand plötzlich auf und ihm entfuhr ein „Was!?", welches auch Mr. Montgomery verstand. Dieser blieb seelenruhig sitzen und schaute zu Louisa.

„Bitte lassen Sie mich diese Situation in allen Einzelheiten darlegen."

Louisa beschwichtigte ihren Vater und er nahm wieder neben seiner Frau Platz, die sich alles nur anhörte und ihrem Mann beruhigend das Knie tätschelte.

Alle Augen schauten gebannt auf den Engländer. Dann begann er, und Louisa übernahm wieder die Dolmetscheraufgabe.

„Es ist eine lange Geschichte, die ihren Anfang am Ende des 2. Weltkrieges nahm. Ich möchte dazu anmerken, das unsere Kanzlei seit Anbeginn mit dieser Ihren Geschichte vertraut gemacht wurde. Damals war es noch mein Vater, der von Lord Burton ins Vertrauen gezogen wurde. Lord Burton und mein Vater kannten sich aus Oxford.

Dieses Vertrauen ist nach dem Dahinscheiden meines Vaters an mich übergegangen, Gott segne ihn."

Mr. Montgomery nippte an seinem Tee und stellte die Tasse zurück.

„Vielleicht hat Ihnen ihre Mutter etwas von der Zeit am Ende des Krieges erzählt?"

Wilhelm überlegte kurz, und nickte. „Sie sprach von Briten, die ihren elterlichen Hof über mehrere Wochen belagert hatten. Sie alle hatten sich angeblich so gut verstanden."

Noch bevor Louisa zu Ende übersetzt hatte, begann Mr. Montgomery bestätigend zu nicken.

„Und sie hat englische Gepflogenheiten gepflegt?"

„Ja, mir ist die ‚tea time' besonders in Erinnerung geblieben. Darauf hat sie bis zu ihrem Tod großen Wert gelegt."

„Nun, Ihre Mutter hat während dieser besagten Belagerung einen jungen Offizier namens William Burton kennen- und lieben gelernt."

„Beide waren einander sehr zugetan und hatten sich nach einiger Zeit verlobt. Die Hochzeit sollte wenige Wochen nach Beendigung des Krieges in dem Dorf Ihrer Mutter stattfinden. Während dieser Verlobungszeit jedoch wurde Ihre Mutter von Lord Burton schwanger, mit Ihnen, Herr Blandfort."

Er ließ diese Worte einen Moment wirken, bis er weitererzählte.

„Leider erkrankte der alte Earl kurz vor der Hochzeit schwer und William Burton musste das Lager vorzeitig verlassen. Er plante, für die Hochzeit zurückzukommen. Doch als er zu Hause in England ankam, machten seine Eltern ihm Druck, dass er standesgemäß zu heiraten hatte, weil er Brookhurst sonst verlieren würde. Lord Burton war sehr traditions- und pflichtbewusst, daher blieb ihm keine andere Wahl.

Ihre Mutter Hanna schrieb Ihrem Vater unterdessen, dass sie ein Kind von ihm erwartete. Er war sehr glücklich über diese Nachricht! Jedoch musste er Ihrer Mutter einen Brief schreiben, der wohl schwerste Brief, den er je verfasst hatte, und ihr sagen, dass er sie leider nicht heiraten durfte. Er hat sie seiner ewigen Liebe und Treue versichert."

Mr. Montgomery pausierte erneut und nahm einen Schluck von seinem Tee. „Ihre Mutter hingegen verheiratete sich mit Ihrem Ziehvater Hubertus Blandfort. Kurz nachdem Sie auf die Welt kamen, Herr Blandfort, wurde Lord Burton mit einer standesgemäßen Dame verheiratet, die die Countess für ihn aus ihren Kreisen ausgesucht hatte. Diese Ehe war nicht glücklich und es gingen keine Erben daraus hervor. Und als Sie geboren wurden, schickte Ihre Mutter ihm Bilder von Ihnen als Baby und Ihren Namen. Wilhelm. William. Es konnte kein Vater stolzer auf seinen Sohn sein, als Lord Burton es auf Sie war. Er sah sich als den glücklichsten Vater der Welt, auch wenn er Sie nie kennenlernen konnte."

Mr. Montgomery wurde kurz von Emotionen übermannt und musste kurz schlucken und hatte sich dann wieder im Griff.

„Sobald er von Ihrer Geburt erfahren hatte, fuhr er zu meinem Vater in die Kanzlei nach Haslemere, unserer Zweigstelle, und ernannte Sie ganz offiziell zu seinem Sohn und Erben. Er sah es als Zeichen Gottes an, dass seine Ehefrau keine Kinder bekommen konnte. Ihre Mutter und Lord Burton hatten bis zu ihrem Tod Briefkontakt. Er wusste alles über Sie, Herr Blandfort. Ihre Mutter hatte ihn stets über die Neuigkeiten in Ihrem Leben auf dem Laufenden gehalten. Lady Augusta plante hingegen, ihren Patensohn Osborne Burton, der Sohn von Lord Williams Cousin Herbert, als rechtmäßigen Erben einzusetzen. Dieser wäre im Falle seines Ablebens der nächste Erbe von Lord Burton gewesen, aber aus einem eher- wie soll ich sagen- aus einem eher fragwürdigen Zweig der Familie. Genau das wollten Williams Eltern immer verhindern. Lord Burton machte nie einen Hehl daraus, dass er einen leiblichen Sohn hat, der einmal sein Erbe werden sollte. Und wenn Sie mir die Bemerkung erlauben - Sie sind ihm wie aus dem Gesicht geschnitten."

Louisa nutzte die Pause, um Tee nachzuschenken.

Wilhelm schwieg. Das war doch nicht möglich!

Als ob Mr. Montgomery seine Gedanken hätte lesen können, zog er aus einer Mappe eine Fotografie von William Burton heraus. Jeder

Blinde hätte diese verblüffende Ähnlichkeit erkannt. Auf dem Bild war ein älterer Herr zu sehen, mit blauen Augen, die den Blandforts sehr bekannt vorkamen. Der ältere Herr stand vor einem alten Haus, man konnte links neben ihm ein großes, weißgerahmtes Holzfenster erkennen. Er trug eine rote Hose, ein Leinenjackett in Tweedoptik, dazu ein blau-weiß gestreiftes Hemd und ein Seidentuch um den Hals. Auf dem Kopf thronte ein Panamahut mit rotblauem Band. Er lächelte und seine Augen funkelten lebhaft und ein wenig verschmitzt.

Louisa erkannte diesen Mann wieder und musste unwillkürlich bei der Erinnerung an ihn lächeln.

Was Wilhelm bis zu diesem Moment nicht glauben wollte, wurde nun zur bitteren Gewissheit. Sein Vater, also der Mann, der er bisher dafür gehalten hatte, war nicht sein leiblicher Vater gewesen. Er war der leibliche Vater seiner Geschwister. Seiner Halbgeschwister!

Seine Mutter hatte ihm die ganzen Jahre seine eigentliche englische Herkunft verschwiegen. Nun wunderte er sich auch nicht mehr, dass sie immer so sehr darauf bestanden hatte, in der Schule Englisch zu lernen, doch viel war ja scheinbar nicht hängen geblieben. Sie förderte stets sein Interesse an England und einige englische Gepflogenheiten.

Wenn er so darüber nachdachte, schien es ihm fast, als hätte sie ihn auf eine Begegnung mit seinem leiblichen Vater und auf das Erbe vorbereiten wollen. Und sie hatte ihr Leben lang in Kontakt mit diesem Lord gestanden.

Aber was war mit seinem Vater, hatte er davon gewusst? Wusste er, dass er nicht sein leiblicher Sohn war? Wenn es so war, hatte er es Wilhelm niemals spüren lassen. Und soweit Wilhelm sich erinnern konnte, hatten seine Eltern eine harmonische und glückliche Ehe geführt.

Er nahm die Fotografie des Lords in die Hand. Dieser Mann war zweifelsohne sein Vater. Das Loch, welches vor ein paar Minuten mit dieser Neuigkeit in seine Seele gerissen wurde, begann sich bereits langsam zu schließen.

Alle ungeklärten Rätsel in seinem Leben hatten in diesem Augenblick eine Antwort bekommen. Warum sah er anders aus als seine Brüder? Warum hatte seine Mutter ihn immer zur Seite genommen und ihm andere Dinge erklärt als seinen Geschwistern?

Er schaute diesem Fremden auf dem Foto in die lachenden Augen und spürte sogleich eine Verbundenheit. Und - er wunderte sich selbst ein wenig darüber- die Wut, die er bis vor einer Minute noch auf seine Mutter verspürte, begann sich zu verflüchtigen. Er vergab seiner Mutter ihre Verschwiegenheit. Sie hatte wohl vermutet, dass irgendwann der Tag kommen sollte, an dem Wilhelm seinem richtigen Vater begegnen sollte. Dass diese Begegnung auf einer Fotografie statt im echten Leben, und gleichzeitig mit der Verlesung des Testaments einhergehen sollte, hätte seine Mutter vermutlich nicht erwartet.

Im selben Moment, da er ihn gefunden hatte, wurde er ihm schon wieder genommen. Das einzige, was er nun von diesem Mann besaß, war diese Fotografie und die Gewissheit, dass er seine Mutter über alles geliebt hatte. Ach ja, und diesen Earl-Titel hatte er auch noch bekommen.

Wilhelm blickte nun zu Mr. Montgomery, der ihn, ebenso wie seine Frau und Tochter, bei seinem Gefühlschaos beobachtet hatte.

„Das heißt, ich bin jetzt ein Lord?" Louisa machte sich nicht die Mühe, diese Worte zu übersetzen.

„Ja, Vati. Du bist jetzt ein Earl. Und Mutti eine Countess!"

„Was ist das für ein Rang?"

„Etwa so wie ein Graf", erklärte ihm Louisa.

Plötzlich war das ganze Wohnzimmer mit Wilhelms schallendem Gelächter erfüllt. Die anderen schauten sich irritiert an. Wilhelm rannten Lachtränen über die Wangen.

„Ein Earl! Ich bin ein Earl! Haha. Guten Tag, Herr Earl. How do you do, Mylord?!" Wilhelm zog dabei Grimassen und schüttelte sich vor Lachen!

Elisabeth und Louisa grinsten sich an.

Mr. Montgomery räusperte sich und zog seine rechte Augenbraue akrobatisch in die Höhe. „Excuse me, I ought to proceed with his Lordship's last will and testament."

„Vati, Mr. Montgomery würde jetzt gerne weitermachen."

Wilhelm beruhigte sich wieder, wischte sich mit einem karierten Stofftaschentuch ein paar Lachtränen aus dem Gesicht.

Mr. Montgomery bat Louisa wieder zu dolmetschen und begann in seiner feierlichen Stimme:

„‚Der letzte Wille und das Testament von Lord William Burton, 14. Earl of Brookhurst, verfasst am 25. Mai 1946, und zuletzt aktualisiert in Anwesenheit meiner Person am 22. August diesen Jahres: ‚Hiermit vermache ich meinen gesamten weltlichen Besitz, so wie meinen Titel meinem einzigen Sohn und damit von mir bestimmten rechtmäßigen Erben Wilhelm Hubertus Maria Ferdinand Blandfort, dessen Frau Elisabeth, Tochter Louisa Wilhelmine und Sohn Johannes Bernhard gleichermaßen erbtitelberechtigt sind. Vor dem Gesetz gilt Louisa Wilhelmine, meine Enkeltochter, als direkte Nachfahrin und ist damit, sollte mein Sohn das sachliche Erbe ausschlagen oder nicht antreten können, voll erbberechtigt und darf damit das Anwesen und alle irdischen Besitztümer, die damit einhergehen, übernehmen.

Sollten wider Erwarten beide meiner erbberechtigten Nachfahren das Erbe ausschlagen oder nicht antreten können, so geht mein gesamter Besitz an die Stiftung ‚Nationales Erbe', als Anerkennung für ihre Arbeit, das Kulturgut Englands zu erhalten. Der Titel bleibt jedoch in der Familie und ist an den Erstgeborenen vererbbar. Damit einhergehend ist die britische Staatsbürgerschaft, die rechtmäßig ab dem Tage der Testamentsvollstreckung gültig werden soll. Sowohl für meinen Sohn Wilhelm als auch für meine Enkeltochter habe ich im Falle meines Ablebens jeweils einen Brief beigefügt, die bei der Verlesung meines Testaments auszuhändigen sind.'"

Mr. Montgomery pausierte mit einem Schluck Tee. „Seine Lordschaft hat mich gebeten, die Einzelheiten zum Vermögen erst vorzutragen, wenn entschieden wurde, wer das Erbe antreten wird."

Mr. Montgomery beendete die Lesung. „Kurz vor seinem Tod an diesem Tag kam er noch einmal zu mir in die Kanzlei und fragte mich, ob alles geklärt sei und gab mir diese Briefe. Dann verabschiedete er sich. Das war das letzte Mal, dass ich ihn sah. Wenig später war er tot."

Daraufhin überreichte Mr. Montgomery beinahe schon ehrfürchtig Wilhelm und Louisa jeweils einen versiegelten Briefumschlag aus dickem edlen Papier.

„Sie können die Briefe in Ruhe lesen und sich alles durch den Kopf gehen lassen. Morgen Vormittag, bevor ich nach London abreise, werde ich Sie noch einmal aufsuchen und Ihre Entscheidung anhören."

Er packte seine Unterlagen zusammen und erhob sich.

„Myladies, Mylord, ich wünsche Ihnen einen schönen Abend." Dann nickte er der Familie zu und ging.

Wilhelm und Louisa schauten ihm stumm hinterher. Beide waren fassungslos über das, was sie an diesem Nachmittag erfahren hatten. Es herrschte für einen Moment betretenes Schweigen.

Nur die kleine Kerze auf dem Teetisch knisterte in die Stille hinein.

Wilhelm fand als erster seine Worte wieder.

„Wie, ein englischer Lord, der kein Wort Englisch spricht, wo gibt's denn sowas?!"

Mutter und Tochter brachen in lautes Gelächter aus und scherzten nun mit ihren Titeln „Mylady, Oh, Mylord" und knicksten voreinander wie bei einer Theatervorstellung. Dann hielt Louisa plötzlich inne.

„Wir haben geerbt. Wir haben geerbt! Wir haben ein Landgut in England geerbt! Noch dazu in Sussex! Ist das zu fassen? Vati, du bist halber Brite! Und ich habe englisches Blut in meinen Adern, als hätte ich es immer geahnt. Ich muss unbedingt Minty anrufen."

Louisa wollte sich gerade das Telefon holen, als ihr Vater sie festhielt.

„Kind, warte, nicht so hastig! Noch habe ich das Erbe nicht angenommen."

„Vati, selbst wenn du den Besitz ablehnst, bist du nun ein Englischer Lord und wirst es bleiben, solange du lebst. Das ist das Erbe deiner

Familie, deiner blutsverwandten Familie. Oma hat es so gewollt, erinnerst du dich?"

„Aber wie stellst du dir das vor - ich soll ein Gut in England leiten, in meinem Alter? Ist ja beinahe so wie bei Prince Charles, der jetzt noch König werden soll, wenn andere fast in Rente gehen. Nein, nein, das mache ich nicht."

„Bist du dir sicher?"

„Da brauche ich gar nicht lange überlegen, ich möchte hier nicht weg. Und ich möchte es deiner Mutter auch nicht antun."

„Mein Lieber, dir ist aber hoffentlich klar, dass du mit deiner Entscheidung deiner Tochter einen Freifahrtschein gibst?"

Wilhelm schaute seine Tochter lange an.

„Ja, dessen bin ich mir bewusst."

„Vielleicht solltet ihr erstmal die Briefe lesen, bevor wir weiterreden."

Damit war das Gespräch vorerst beendet.

Louisa nahm sich ihren Brief und stieg in ihr Zimmer hinauf, Wilhelm setzte sich in seinen Ohrensessel, in dem noch kurz zuvor der Notar gesessen und das Leben seiner Familie von einem Moment auf den nächsten auf den Kopf gestellt hatte.

Er zögerte eine Weile, in der er den Briefumschlag in seinen Händen drehte. Es war feines und schweres Büttenpapier. Die Handschrift, die seinen Namen verewigt hatte, war geschwungen und elegant, aber hatte dennoch eine männliche Note. ‚Herrschaftlich' beschrieb es wohl am besten.

Auf der Rückseite wurde der Umschlag mit einem großen roten Wachssiegel verschlossen. Darauf war ein Familienwappen zu erkennen. Wilhelm vermutete einen Hirschen und eine Rose im zweigeteilten Schild, mit einer kleinen Krone darüber. Dann atmete er tief durch und brach das Siegel auf. Wilhelm war überrascht, dass der Text auf Deutsch geschrieben war.

Mein geliebter Sohn Wilhelm,

wenn Du diesen Brief erhältst, bedeutet das, dass mich der Herrgott schon zu sich geholt hat.

Leider konnte ich Dich und Deine Familie nie kennenlernen. Aber sei sicher, dass ich jeden Tag an Dich gedacht habe. Deine liebe Mutter hat mir viel und oft geschrieben, und mir viele Fotos aus Deinem Leben geschickt.

Deine Fotos sind stets bei mir. Lass Dir sagen, dass ich Deine Mutter über ihren Tod hinaus über alles geliebt habe. Und ich hoffe, dass ich nun im Tod wieder mit ihr vereint sein werde.

Ich bin sehr stolz auf Dich und auf das, was Du in Deinem Leben aufgebaut hast. Du hast eine wunderbare Frau gefunden und zwei fabelhafte Kinder großgezogen.

Es gab eine Intrige gegen Dich als meinen Erben. Glücklicherweise konnten alle Missverständnisse aus dem Weg geräumt und der Wahrheit ans Licht verholfen werden. Da ich nun weiß, dass es Euch gut geht, macht mein Lebensabend wieder Sinn, und ich weiß, für wen ich den Weg bereite.

Niemand anderes als Du und Deine Familie sollt die rechtmäßigen Erben unseres alten Familiensitzes Brookhurst sein. Ich weiß, dass das viel verlangt ist, gerade weil Du selbst schon zum reiferen Alter zählst, aber dennoch möchte ich Dich bitten, tief in Dich hineinzuhorchen, mein Sohn.

Wenn Deine Entscheidung am Ende die sein wird, die ich erwarte, so gebe Dein Erbe an Deine Tochter Louisa weiter. Sie ist ein gutes Mädchen, und sie hat Visionen. Sie wird Brookhurst ins 21. Jahrhundert führen. Du weißt es nicht, und sie vielleicht inzwischen schon, aber ich habe sie einmal kennengelernt. Wir haben uns auf einem Ball bei den Nachbarn getroffen. Sie sieht aus wie ihre Großmutter. Ich bin sicher, dass Louisa das Erbe annehmen wird. Ihr seid die Zukunft von Brookhurst.

Mr. Montgomery leistet gute Arbeit und Ihr könnt ihm voll und ganz vertrauen. Er ist mit allen Bewandtnissen unserer Familie vertraut. Er wird Euch stets ein guter Ratgeber sein.

Mein Sohn, ich bin glücklich, dass ich Dich habe, jetzt hat meine liebe Seele Ruh' und ich kann mich zum rechten Zeitpunkt friedlich in die Obhut des Allmächtigen begeben, wann auch immer das sein mag.

Möge der Herr Dich und Deine Familie schützen und segnen.

In ewiger Liebe und Verbundenheit,

Dein Vater
Lord William Burton, 14. Earl of Brookhurst.

Zur gleichen Zeit saß Louisa auf ihrem Zimmer im Sessel am Fenster. Auch sie schaute sich den Briefumschlag und das Wappen genauer an. Eindrucksvoll, dachte sie.

Dann knickte sie das Siegel in der Mitte durch und holte zwei Blätter dickes, handbeschriebenes Papier heraus und begann zu lesen.

Meine liebe Enkeltochter Louisa,

leider konnte ich Deinen Vater nie persönlich kennenlernen. Bis zum Herbstball auf Hollowfield hatte ich das von Dir auch gedacht. Dort sind wir uns begegnet. Zuerst wusste ich nicht, wie ich Dich einordnen sollte, Dein Gesicht war mir sehr bekannt. Als ich Dir beim Tanzen zusah, da wusste ich plötzlich, wer Du sein musstest.

Durch Hanna habe ich erfahren, dass Du bereits einige Jahre in England gewesen bist, noch dazu gar nicht so weit weg von mir. Es macht mich sehr stolz, dass in Dir ganz offensichtlich Englisches Blut fließt und Du Deiner Herkunft sehr zugetan bist, wenngleich sie Dir bis zu diesem Zeitpunkt nicht bewusst war; dass Du mit der Kultur und Lebensart bestens vertraut bist; dass Du Dich in Deinem Studium ihr ebenfalls verschrieben hast.

Du hast sehr viel Ähnlichkeit mit Deiner Urgroßmutter, meiner Mutter. Verstehe mich nicht falsch, sie war eine bemerkenswerte Frau und wusste immer genau, was sie wollte.

Auch Deine Oma Hanna sehe ich in Dir. Sie schickte mir ein paar Bilder von Dir. Beiden dieser großartigen Damen war Traditionspflege und Pflichtbewusstsein sehr wichtig; schön, dass es Dir mit in die Wiege gelegt wurde.

Daher richte ich meinen Appell an Dich, geliebte einzige Enkeltochter, falls Dein Vater mein Erbe nicht antreten sollte (wovon ich aus verständlichen Gründen ausgehe), so tritt Du bitte in meine Fußstapfen und erhalte, was schon so viele Jahrhunderte in unserer Familie ist. Und wenn die Zeit reif ist, dann gib Du es an Dein erstgeborenes Kind weiter.

Da ich Dich ein wenig kennengelernt habe, fällt mir diese Bitte nicht schwer; ich würde es nicht in Erwägung ziehen, wenn Du eine andere Richtung eingeschlagen hättest, oder einen anderen Lebensstil führen würdest. Du liebst England, Du kennst es. Du weißt um seine Geschichte und Du liebst unsere alten Gebäude und Traditionen. Du wirst gute Ideen haben, um Brookhurst für die nächsten Generationen erhalten zu können. Sei unbesorgt, Dir wird ausreichend finanzielle Unterstützung zur Verfügung stehen, ums zumindest einen Anfang wagen zu können. Achte Dein Erbe und die Geschichte Deiner Familie. Das Motto unserer Familie lautet „Zeig, was in Dir steckt", und soweit ich es beurteilen kann, bist Du auf dem besten Wege.

Dich ein wenig kennenlernen zu dürfen, war mein größtes Glück in den letzten Jahren. Dich kennenzulernen, hat mir Deinen Vater und Deine liebe Großmutter näher gebracht, Du hast meiner Vergangenheit ein Gesicht gegeben. Ich bin sehr stolz und glücklich, Dich als meine Enkeltochter zu haben.

Gott segne und schütze Dich.
Dein Großvater
Lord William Burton, 14. Earl of Brookhurst

Louisa blieb noch eine Weile in ihrem Sessel sitzen und wischte sich ihre Tränen mit der Hand weg. Dieser liebenswerte Lord war ihr richtiger Großvater gewesen. Opa Hubertus hatte sie kaum gekannt. Warum hatte sie nicht erkannt, wie ähnlich Lord Burton ihrem Vater sah? Aber niemals hätte sie diese Verbindung auch nur vermutet.

Sie war nun eine Lady, die Enkelin eines Earls. Ihr Herz wusste nicht, was es zuerst tun sollte - sich freuen über diese Entwicklung, oder aber trauern, weil sie ihren richtigen Großvater nicht näher kennenlernen konnte?

Zugleich aber war sie selig darüber, dass sie ihn wenigstens einmal getroffen hatte, auch wenn sie keine Ahnung hatte, dass dieser ältere Herr ihr Opa gewesen war. Sie entschied, sich zu freuen.

Ihre eigene Entscheidung, was das Erbe betraf, war schon gefallen. Noch bevor sie den Brief ihres Großvaters öffnete. Nämlich schon dann, als Mr. Montgomery das Testament vorgelesen hatte.

Später versammelte sich Louisa mit ihren Eltern wieder im Wohnzimmer. Sie sprachen lange über das Geschehene. Louisa ahnte, dass sich die Meinung ihres Vater nicht geändert hatte.

Wilhelm sah sich einfach nicht in der Lage, sein Leben jetzt noch so grundlegend zu ändern, Earl hin oder her.

Er ging auf die sechzig zu, er hatte seinen Lebensmittelpunkt hier, seine Arbeit, die ihm Spaß machte, seine Familie, also die er bis vor zwei Stunden noch dafür gehalten hatte, seine Freunde und seine Clubs.

Allerdings versuchte Wilhelm seiner Tochter zuerst ihre Entscheidung auszureden, obwohl er sie verstehen konnte, schließlich blickte sie zur Zeit in eine ungewisse Zukunft. Er kannte Louisa gut, und er wusste, wieviel ihr Geschichte und der Erhalt von Traditionen bedeutete. Aber Wilhelm konnte sich dennoch nicht vorstellen, dass sie ganz alleine so ein riesiges Gut leiten sollte.

Seine Tochter hatte alte Landhäuser schon als kleines Mädchen geliebt, und sie liebte England. Diese beiden Gründe hatten sie überhaupt erst zum Studium auf die Insel gelockt. Als hätte Louisa immer gewusst, dass dort ihre Wurzeln waren.

Insgeheim beneidete Wilhelm sie um diese Furchtlosigkeit und diesen Mut, sich in ein neues Abenteuer zu stürzen. Er selbst war einfach viel zu alt, um sich in eine neue Materie einzuarbeiten, geschweige denn richtig Englisch zu lernen, mit dem er so ein Anwesen am Laufen halten könnte.

Wilhelms Herz sagte ihm, er sollte seine Tochter festhalten, nicht loslassen! Aber sein Verstand riet ihm schließlich das Gegenteil. Er sollte nicht so egoistisch sein, England wäre nicht aus der Welt, und außerdem würde er sich als Earl dort hin und wieder mal blicken lassen müssen.

Louisa hingegen war fest entschlossen. Da sie überhaupt nicht wusste, welchen Job sie bekommen würde, sofern überhaupt, war diese Gelegenheit für sie ein Sechser im Lotto. Sie wäre in England, in der Nähe ihrer Freunde, sie würde sich um ein Gut kümmern und seine Geschichte erforschen und bewahren, alles im Sinne der Familie, die sie nun dazu gewonnen hatte. Und der sie sich auf magische Weise schon zugehörig fühlte.

Louisa war schon ganz aufgeregt und redete ununterbrochen von diesen Neuigkeiten. Sie sprach von dem Haus, welches sicher „superspannend" sein musste, und davon, dass sie von nun an in England leben könnte, ohne sich um einen der schwer zu bekommenen Jobs bemühen zu müssen, denn sie hätte ja einen, der wie für sie gemacht wäre. Und es schien Louisa auch nicht abzuschrecken, dass dieser Job für den Rest ihres Lebens galt, egal, wie alt sie werden würde. Sie sah sich schon jetzt als Hausherrin.

„Kind! Kind!" Wilhelm unterbrach ihren Redeschwall und atmete einmal tief durch. „Es ist nun Zeit, dass ich es euch als meine fast vollständig anwesende Familie offiziell verkünde. Ich habe nach reiflicher Überlegung beschlossen, das Erbe nicht anzutreten, aber auch, dass ich dir nicht im Wege stehen werde. Du hast meine Unterstützung in deiner Entscheidung. Denn wie ich deiner euphorischen Ausführung entnehmen kann, ist diese längst gefallen. Es ist nun an dir, den richtigen Lebensweg einzuschlagen. Und jetzt, mein Kind, mach' was draus! Mache deine Großeltern und deinen alten Vater stolz!"

Louisa konnte ihr Glück kaum fassen. Nicht nur hatte sich ihr Vater gegen das Erbe entschieden und ihr damit den Weg geebnet, sie hatte dazu auch noch seinen Segen.

Am nächsten Vormittag wurde die Ankunft von Mr. Montgomery ungeduldig erwartet. Um kurz nach elf Uhr stand er, stattlich wie zuvor, vor der Tür und nickte „Mylady" Elisabeth zu, die ihn in das Wohnzimmer führte. Wilhelm und Louisa hatten ihn an der Wohnzimmertür willkommen geheißen, und Mr. Montgomery seinerseits begrüßte sie formvollendet „Mylord, Mylady", bevor er sich wieder in dem Ohrensessel niederließ und seine Tasse Tee in Empfang nahm. Louisa erklärte sich wieder bereit, zu übersetzen.

„Darf ich fragen, wie Ihre Entscheidung ausgefallen ist, Sir?"

Wilhelm wiederholte, was er gestern Abend schon zu seiner Frau und Tochter gesagt hatte, nämlich, dass er sich gegen das Erbe entschieden hatte.

Mr. Montgomery nickte, dann richtete er seine volle Aufmerksamkeit auf die junge Frau, auf die selbst er, im Namen seines Freundes und Klienten, alle Hoffnung setzte. Diese junge Frau, die so patent die Kommunikation übersetzte, die ihm willensstark erschien und mit klarem Blick nach vorne in ihre eigene Zukunft schaute. An dieser jungen Frau hing die Zukunft von Brookhurst.

Louisa entgegnete dem Blick des Anwalts mit ernster Miene, die alles offen ließ. Sie war sehr aufgeregt. Dieser winzig kleine Moment würde ihr ganzes Leben verändern. Dann atmete sie tief durch und verkündete, so gut es ihre wackelige Stimme erlaubte, feierlich, was sie gestern Abend im Bett pausenlos einstudiert hatte:

„Da mein Vater Wilhelm Blandfort sich offiziell gegen das materielle Erbe seines leiblichen Vaters Lord William Burton, 14. Earl of Brookhurst entschieden hat, sehe ich es als meine von Gott gegebene Pflicht an, dieses Erbe nach dem Wunsch von Lord Burton in dessen

Sinne weiterzuführen. Nach reiflicher Überlegung nehme ich das Erbe an."

Man konnte sehen, wie Mr. Montgomery ein Stein vom Herzen fiel. Im Namen seines Freundes freute er sich, das Erbe in guten Händen zu wissen. Er hatte schon die Befürchtung gehegt, dass er mit dem ewigen Prozess der Erbverwaltung und Übergabe an die Wohltätigkeitsorganisation beschäftigt sein würde, ein zäher verwaltungstechnischer Akt.

„Ich darf Ihnen gratulieren, Lady Louisa. Sie sind ab sofort die Eigentümerin des stattlichen Anwesens Brookhurst Manor in Sussex mit 420ha Land, mehrerer Aktienfonds, einer Stadtwohnung in London Kensington, zahlreicher Immobilien in der Umgebung sowie eines kleinen Jagdsitzes in Schottland."

Louisa und ihren Eltern fielen beinahe die Augen aus, als Mr. Montgomery die Teile des Erbes aufzählte.

„Wie Ihnen von gestern vielleicht noch in Erinnerung geblieben sein dürfte, haben Sie und natürlich auch Ihre Eltern und Ihr Bruder mit dem Titel die Britische Staatsbürgerschaft erlangt."

Der Anwalt kramte in seiner Akte herum.

„Und für den Fall, dass Sie das Erbe antreten sollten, hat Ihr Herr Großvater Lord Burton Ihnen einen weiteren Brief geschrieben." Diesen überreichte er ihr.

Dieses Mal wartete Louisa nicht, bis sie auf ihrem Zimmer war, sie öffnete den Umschlag sofort und begann zu lesen (was sie danach umgehend ihren Eltern übersetzte):

Liebe Enkeltochter,

wenn Du diesen Brief liest, bedeutet das, dass sich Dein Vater offensichtlich gegen, und Du Dich für das Erbe entschieden hast. Das macht mich sehr froh, denn ich weiß, dass unser Gut bei Dir in den besten Händen sein wird. Du wirst Brookhurst ins 21. Jahrhundert führen und es in meinem Sinne erhalten, dessen bin ich mir sicher. Du wirst Traditionen bewahren und neu interpretieren. Du wirst Brookhurst Manor in einem relativ guten Zustand finden, mit den einen oder anderen Schwachpunkten, aber es ist trocken und dicht! Dir wird viel Geschichte begegnen. Ich habe vieles aufbewahrt, damit mein Sohn und Du erfahren könnt, woher Ihr kommt und wer die Burtons waren. Über das Anwesen wirst Du geschichtliche Abhandlungen in fast jedem Jahrhundert in der Bibliothek finden, die Vorfahren fanden es wohl besonders erwähnenswert.

Es kann übrigens sein, dass Dir der eine oder andere Ahne begegnet, habe keine Angst, sie sind harmlos. Auch die Nanny im Dachgeschoss tut nichts!

Dir wird aber nicht nur Sonnenschein begegnen. Es gibt Neider und Personen, die es Dir schwer machen werden. Lass' Dich nicht unterkriegen und kämpfe für das, an das DU glaubst! Meinen Segen hast Du. Finde heraus, wer Deine wahren Freunde sind.

Alles auf Brookhurst braucht Hilfe. Sorge Dich um die Pächter und Angestellten, sie sind auf unserer Seite. Hüte Dich vor meinem Cousin Osborne; beäuge jeden, der sich Dir als ‚Familie' vorstellt, kritisch. Sie können Dir zwar nichts wegnehmen, Du bist meine Erbin -hieb- und stichfest, aber sie werden es versuchen. Gib' auf Dich Acht!

Liebe Louisa, ich wünsche Dir von Herzen alles Gute, viel Erfolg und ganz viel Spaß in Deinem Leben auf Brookhurst, dem schönsten Ort der Welt!

Dein Großvater
Lord William Burton, 14. Earl of Brookhurst.

Louisa dämmerte so langsam, was auf sie zukommen sollte. Mit ein bisschen „Haus erforschen und schön machen" war es nicht getan; sie hatte Leute, die für sie arbeiteten und auf sie angewiesen waren. Sie musste dafür sorgen, dass die Landwirtschaft in Gang blieb, dass Brookhurst guten Umsatz machte, damit sie es halten und erhalten konnte.

Mr. Montgomery räusperte sich und holte Louisa mit der Pass-Angelegenheit zurück aus ihren Gedanken. Er würde in der Britischen Botschaft einen vorübergehenden Pass für sie beantragen, mit dem sie sich in Großbritannien ausweisen könnte, bis der richtige in einigen Wochen fertiggestellt sei.

„Bis zu Ihrer Ankunft auf Brookhurst werde ich alles Nötige veranlasst und vorbereitet haben. Die Hauswirtschafterin Mrs. Shipley wird dann im Haus sein und Sie begrüßen. Die Angestellten und alle Pächter werde ich darüber informieren, dass Sie Brookhurst übernehmen und sich alsbald bei ihnen vorstellen werden. Der Verwalter Mr. Percy wird Ihnen auch in den ersten Tagen einen Besuch abstatten. Haben Sie sich schon überlegt, wann Sie gedenken, Ihre Residenz aufzunehmen?"

Das war gerade eine Flut an Informationen, die Louisa erstmal sacken lassen musste. Dann überlegte sie, schaute dabei ihre Eltern an, die sich bis dahin schweigend den Dialog zwischen ihrer Tochter und dem Anwalt angehört hatten. Louisa würde ihnen später alles erklären.

„Falls der vorübergehende Pass in zehn Tagen fertig sein sollte, dann werde ich sobald wie möglich aufbrechen. Bis dahin habe ich Zeit, mich selbst auf die Reise vorzubereiten. Und mich hier zu verabschieden."

„Very well, Ma'am. Hier ist die genaue Anschrift von Brookhurst, aber Sie kennen sich ja aus. Sie werden das Zufahrtstor etwas eingewachsen finden, aber an der Lodge steht gut lesbar ein Schild mit der Aufschrift ‚Brookhurst Manor'. Fahren Sie einfach die Auffahrt entlang und Sie werden direkt zum Haus kommen, Sie können es gar nicht verfehlen."

„Vielen Dank, Mr. Montgomery. Für alles!"

Dessen sonst distanzierte Miene wurde weicher.

„Sie können mich jederzeit anrufen, aus welchem Grund auch immer. Sie haben nun eine schwere und verantwortungsvolle Aufgabe vor sich, und dabei können Sie auf mich zählen. Ich war ihrem Großvater sehr verbunden und ich möchte behaupten, dass wir so etwas wie Freunde waren. Sie können mir genauso vertrauen, wie er mir vertraute. Ich bin für Sie da."

Mr. Montgomery neigte kurz seinen Kopf vor Louisa, straffte danach seine Schultern und verabschiedete sich. Louisa brachte ihn zur Tür.

„Wenn Sie auf Brookhurst angekommen sind, dann melden Sie sich bitte bei mir. Goodbye, Lady Louisa." Noch bevor sie die Hand zum Gruß heben konnte, war er schon um die Ecke verschwunden.

Louisa brannte darauf, Minty anzurufen und ihr alles zu erzählen. Das musste aber bis zum Abend warten, weil es dann preislich günstiger war.

Um Punkt 19 Uhr wählte Louisa die Nummer von Hollowfield. Sie wusste, dass Minty noch dort war und vermutlich wie ein Tiger im Käfig darauf wartete, dass sie endlich in die kleine Wohnung in London Bloomsbury einziehen konnte. Doch leider musste sie sich jetzt eine andere Mitbewohnerin suchen.

„Hollowfield House", meldete sich die Stimme von Lady Bainbridge.

„Guten Abend, Cynthia, hier spricht Louisa."

„Louisa, was für eine schöne Überraschung, wie geht es dir? Was macht die Jobsuche?"

„Vielen Dank, mir geht es sehr gut. Die Jobsuche ist beendet, ich habe eine Aufgabe gefunden."

„Ich hoffe doch sehr in London?"

„Nicht in London, aber in England."

„Das freut mich sehr zu hören! Du weißt, du kannst jederzeit zu uns kommen, wenn dir nach Landluft ist!"

„Vielen Dank, Cynthia, das weiß ich sehr zu schätzen. Ist Minty in der Nähe?"

„Ich rufe sie. Mach's gut, Liebes. Bis bald!"

Man hörte Lady Bainbridge laufen, eine Tür öffnen und mit jemandem sprechen. Kurz darauf raschelte es im Hörer und Mintys Stimme erklang. Offenbar hatte sie gerade etwas im Mund. Mampfend begrüßte sie ihre Freundin, was Louisa zum Lachen brachte, das war typisch Minty. Sie konnte keinem Keks widerstehen und naschte für ihr Leben gern, war aber trotzdem gertenschlank. Das Leben konnte so ungerecht sein! Louisa selbst war zwar nicht dick, aber sie hatte wesentlich mehr Rundungen.

„Loulou, wie schön von dir zu hören! Was gibt's Neues? Weißt du schon, ob du nach London kommen kannst?"

„Hallo Minty! Ja, es gibt Neuigkeiten, und deswegen rufe ich an. Leider musst du dir eine andere Mitbewohnerin suchen, denn ich komme nicht nach London. Es hat sich auch noch niemand gemeldet. Aber bevor du deswegen ausflippst, ich komme auf jeden Fall nach England zurück, und zwar in der nächsten Woche schon. Bist Du allein?"

„Ja, Mums ist wieder rausgegangen. - Das ist ja immerhin etwas. Wahrscheinlich haben sie dir ein Job irgendwo in den Yorkshire Moors angeboten, da fährt dann noch nicht mal ein Zug hin, ganz zu Schweigen von Straßen! Ich sehe schon, dort werde ich dich niemals finden können." Minty seufzte.

Louisa lachte, Minty konnte so herrlich übertreiben!

„Du spinnst doch! Keine Angst, ich komme nach Sussex."

Louisa konnte hören, wie Minty sich in ihrem Sessel aufrichtete. „Du kommst nach Sussex?"

„Ja, und jetzt erzähle ich dir eine Geschichte, die du mir vermutlich nicht glauben wirst."

Und Louisa erzählte von Anfang an, was sich in den letzten Tagen hier bei ihren Eltern zugetragen hatte.

Als sie damit endete, dass sie nun lediglich auf ihren britischen Pass wartete, um sobald wie möglich ‚ihre Residenz aufzunehmen‘, wie Mr. Montgomery sich ausgedrückt hatte, hörte sie am anderen Ende der Leitung erstmal gar nichts. Nicht einmal die Atmung ihrer Freundin.

„Minty? Bist Du noch dran?!"

Dann hörte sie nur ein „Du nimmst mich doch auf den Arm".

„Nein, das tue ich nicht, wirklich nicht. Erinnerst du dich daran, als dein Vater von dem mysteriösen deutschen Erben von Lord Burton erzählte? Das ist mein Vater! Damit hätte ich selbst im Leben nicht gerechnet, es hätte ja jeder sein können. Aber im Nachhinein betrachtet, macht alles plötzlich Sinn. Besonders das enge Verhältnis zu meiner Oma und zu England. Sie hat alles getan, was in ihrer Macht stand, damit Vati und mir das Land zusagte, auch wenn sie selbst möglicherweise nie dort gewesen war."

„Damit ich das alles richtig kapiere, Sweetpie, DU bist jetzt die Erbin von Brookhurst, weil DEIN Vater, der neue Earl, abgelehnt hat? Dann ist ja deine Mutter jetzt die Countess. Und du eine richtige Lady! Wer hätte das gedacht! Ich bin platt."

Minty ergoss sich in einem Redeschwall, der kaum zu unterbrechen war. „Kein Wunder, dass du keinen Job mehr brauchst! Was mache ich denn jetzt ohne dich in London? Wo bekomme ich so schnell eine neue Mitbewohnerin her? Ich will gar keine andere! Kannst du nicht einfach bei mir in London wohnen und dann pendeln? Haha, das stell' dir mal vor! Aber alleine kann ich mir die Wohnung auf keinen Fall leisten…"

„Minty", stob Louisa laut dazwischen. „Da fällt mir gerade was ein, und vielleicht gefällt es dir."

„Na, sag schon!"

„Ich habe auch eine Wohnung in London geerbt, in Kensington. Wie wäre es, wenn du da einziehst und ich dann immer mal in die Stadt komme? Du bräuchtest nur die Nebenkosten bezahlen, und die Wohnung wird genutzt, solange ich nicht da bin. Ich kenne es zwar nicht, aber werde es mir dann in der ersten Zeit sofort einmal anschauen. Was hältst du davon?"

Louisa konnte ihre Freundin nur kreischen hören.

„Verstehe ich das richtig, du bist dieser Idee gegenüber nicht ganz abgeneigt?" Louisa musste erneut lachen, sie kannte ihre Freundin nur zu gut. Sie stellte sich sicher gerade vor, wie sie in einer ganzen Wohnung Parties feiern konnte, ohne auf einen fremden Mitbewohner Rücksicht nehmen zu müssen.

„Spinnst du??? Das ist die beste Idee des Jahrhunderts! Das machen wir!" Mintys Euphorie wurde kurzzeitig unterbrochen, als sie sich daran erinnerte, dass sie die Wohnung in Bloomsbury schon gemietet hatte und sie drei Monate bleiben musste, bis sie wieder kündigen konnte.

Aber sie würde sich direkt um einen Nachmieter kümmern, das würde sie sicher schnell organisieren können. Außerdem gäbe das Louisa ja ausreichend Zeit, ihre eigene Wohnung anzuschauen und gegebenenfalls noch Renovierungsarbeiten erledigen zu lassen.

So plauderten die beiden Freundinnen noch eine Weile und waren aufgeregt über das, was Louisas neuer Lebensabschnitt mit sich bringen würde. Louisa bat ihre Freundin, deren Eltern bitte noch nichts zu verraten, sie wollte sich als neue Nachbarin ganz offiziell vorstellen!

Bei der Vorstellung kicherten die beiden verschwörerisch und stellten sich Lord Bainbridge's Gesicht vor, wenn Louisa plötzlich als Nachbarin vor der Tür stand. Minty konnte ihren Vater perfekt parodieren, was dem ganzen Spaß die Krone aufsetzte, bis beide Freundinnen vor Lachen japsend in ihren Sesseln hingen.

„Wann wirst du denn hier sein? Sehen wir uns noch, bevor ich nach London muss?"

„Ich glaube, wir werden uns knapp verpassen."

„Ich werde auf jeden Fall an dem Wochenende hier sein, wenn du nach Hollowfield kommst, Daddy's Gesicht werde ich mir auf keinen Fall entgehen lassen! Außerdem muss das doch gefeiert werden, Lady Louisa!"

Die darauffolgende Woche verstrich einerseits wie im Flug, es blieb Louisa kaum Zeit, ihre Habseligkeiten, die sie mit in ihr neues Zuhause nehmen wollte, zusammen zu suchen, sich erneut von Freunden und Verwandten zu verabschieden. Aber dieses Mal würde sie nicht wiederkommen, und das galt es, den Leuten zu erklären.

Einige taten sich äußerst schwer mit der Vorstellung und fragten immer wieder, was sie nach ihrem Studium denn plante zu tun. Und immer wieder erklärte sie, was geschehen war. Das musste wirklich völlig unglaubwürdig klingen. Selbst ihre Freunde dachten, die Fantasie sei jetzt vollends mit ihr durchgegangen.

Louisa gab es nach drei Gesprächen auf, und verabschiedete sich nur ein weiteres Mal nach England.

Ihren Bruder Johannes hatten die Eltern informiert. Er studierte in Süddeutschland und war nur selten zu Hause. Aber auch er tat sich schwer, die neuen Ereignisse zu glauben. Bis sein Vater ihm sagte, dass Louisa zurück nach England ginge, um als Lady Louisa Gutsherrin zu werden und Johannes selber nun eine Art Lord sei.

Ihren Cousinen, zu denen Louisa einen guten Draht hatte, erzählte sie die ganze Geschichte. Und hier stieß sie auf Gehör, weil Wilhelm zuvor schon seinen Geschwistern die Neuigkeiten unterbreitet hatte. Ihre Verwandten waren aus dem Häuschen und konnten es kaum fassen, dass sie nur halb verwandt waren. Dafür fanden sie es wahnsinnig aufregend und versprachen, alsbald nach England zu kommen.

Und andererseits schleppten sich die Tage zur geplanten Abreise zäh dahin. In diesen Tagen erreichte Louisa eine weitere Absage von einer der Stellen, auf die sie sich in Deutschland beworben hatte. Insgeheim hatte sie darauf gehofft, damit sie nicht in die Verlegenheit kommen würde, absagen zu müssen. Dennoch ärgerte sie sich darüber, hielt sie sich doch durchaus dazu in der Lage, bei der Stiftung für den Erhalt von Kulturgut gute Arbeit leisten zu können.

Wenn diese Leute nur wüssten, dass sie tatsächlich von nun an genau diese Aufgabe alleine zu bewältigen habe, für ihr eigenes kleines Kulturgut, noch dazu in England! Jetzt war sie auch noch sofort zur Chefin befördert worden, ohne jemals wirklich nennenswerte Praxiserfahrung gemacht zu haben.

Plötzlich wurde ihr heiß und kalt. In dieser Sekunde fühlte sie sich überfordert. Worauf hatte sie sich bloß eingelassen? Sie hatte doch überhaupt keine Ahnung, wie sie ein landwirtschaftliches Gut zu führen hatte! Sie liebte zwar diese alten englischen Landsitze und die Geschichten dazu, aber was veranlasste sie zu glauben, dass sie so ein Anwesen leiten könnte? War sie eigentlich wahnsinnig geworden? Hatten ihre romantischen Vorstellungen sie eigentlich vollkommen verblendet?

In diesem Augenblick, als ihre Augen einen panischen Blick bekamen und ihre Atmung schneller wurde, kam ihr Vater herein, dicht gefolgt von ihrer Mutter mit dem prall gefüllten Wäschekorb unterm Arm.

„Was ist denn mit dir los?" Wilhelm sah seine Tochter mit weit aufgerissenen Augen auf der Bettkante sitzen. Louisa starrte vor sich hin.

„Was habe ich bloß getan? Wie konnte ich nur glauben, dass ich sowas auf die Reihe kriegen könnte? Ich muss sofort Mr. Montgomery anrufen." Sie erhob sich und begann auf dem Tisch nach dessen Visitenkarte zu kramen.

„Kind, Kind! Hör' mir bitte einmal genau zu", unterbrach Elisabeth ihre Tochter, legte den Arm um ihre Schulter und führte sie zur nächsten Sitzgelegenheit.

„Du hast dieses Erbe angetreten, weil du erstens ein Pflicht- und Verantwortungsbewusstsein gegenüber deinen Vorfahren hast; und zweitens, weil du dir selbst, wie auch dein Vater und ich, und wenn ich es richtig verstanden habe, auch dein englischer Großvater, zutraust, diese Aufgabe zu übernehmen. Und das schaffst du auch! Gut, du hast von Landwirtschaft vielleicht keine Ahnung, das wird dein Großvater aber gewusst haben. Aber dafür hat er seinen Verwalter und sonstige Leute, die genau wissen, was sie tun müssen. Außerdem wirst du vieles erlernen. Lass' es auf dich zukommen, deine Kreativität und Intuition werden dir zum richtigen Zeitpunkt schon den richtigen Weg weisen. Offenbar hat dein Großvater damit gerechnet, dass du mit dem Anwesen etwas Neues tun wirst. Schaue dir erstmal alles an und lasse es auf dich wirken. Du hast viel Ahnung von diesen alten Dingen, das wird dir von großem Nutzen sein, da bin ich mir sicher. Und wenn es dir doch nicht zusagen sollte, was ich bezweifle, dann kannst du das Erbe immer noch an diese Organisation abtreten."

Louisa schluchzte nach diesen weisen Worten ihrer Mutter. Wie schaffte sie es bloß immer wieder, sie aufzubauen? Das mussten magische Mutterkräfte sein.

„Deine Mutter hat Recht, Louisa. Ich bin von dieser ganzen Situation genauso überwältigt wie du. Ein Earl, ich! Das muss man sich wirklich mal vorstellen. Ich bin froh, wenn ich London auf der Landkarte finde. Aber nicht du. Du bist anders! Du bist jung, du kennst das Land. Und wie deine Mutter Lady Elisabeth schon gesagt hat: Wenn dein Großvater es dir nicht zugetraut hätte, hätte er verfügt, dass jemand anderes das Erbe bekommt. Er glaubte an dich, das wird schon seinen Grund haben. Deswegen solltest du jetzt auch an dich glauben. Und daran, dass du dir endlich einen Traum erfüllen kannst, denn ganz ehrlich, Kind, hier gehörst du einfach nicht hin. Und das meine ich durch und durch positiv! Fahre zurück nach England und mach' dein Ding. Werde glücklich dort. Du wirst es schaffen, wenn nicht du, wer dann? Na komm' und lass dich drücken."

Louisa fiel ihrem Vater weinend in die Arme.

„Ich danke euch. Ich bin so aufgeregt, so nervös. Nein, panisch!"

„So ist es richtig, mein Kind, denn wärst du es nicht, hättest du die Bedeutsamkeit und die Verantwortung dieser Aufgabe nicht begriffen", sagte ihre Mutter, legte ihre Arme um das Vater-Tochter-Knäuel und seufzte: „Wo habe ich bloß eingeheiratet?"

Alle lachten, und Louisa fiel ein schwerer Stein vom Herzen. Ihr Respekt vor dem neuen Leben war geblieben, aber ihre Familie stand hinter ihr, und damit konnte sie alles schaffen.

Es war ein diesiger Dienstagmorgen; die zweite Septemberhälfte war angebrochen, als Louisa in aller Frühe in ihr vollbeladendes Auto stieg, tränenüberströmt vom Abschied ihrer Eltern, ihrem neuen Leben entgegenfuhr.

Zuerst fühlte sie sich, wie es in den letzten Jahren immer gewesen war, wenn sie nach den Semesterferien wieder voller Vorfreude zurück nach England fuhr. Nur dieses Mal mischte sich unter die Vorfreude auch ein Gefühl von Ungewissheit.

Was würde sie dort erwarten? Und dieses Mal würde aus ihrer zweiten Heimat offiziell die erste werden.

Ihr Auto war bis unters Dach mit ihren Habseligkeiten vollgestopft, sie wollte keinesfalls auf ihre Fotos, Bücher und liebsten Erinnerungsstücke verzichten.

Sie hatte von Brookhurst kaum eine richtige Vorstellung. Die Bilder, die sie bei ihren kurzen Recherchen gefunden hatte, waren aus der Entfernung aufgenommen worden, also viel zu klein, um überhaupt etwas erkennen zu können. Brookhurst Manor machte wirklich einen sehr privaten Eindruck, ja, beinahe unbekannt.

Auf der Fähre setzte sich Louisa nach langer Zeit mal wieder nach vorne an das Panoramafenster. Von dort konnte sie die „White Cliffs of Dover" langsam vor sich auftauchen sehen.

Louisa fand es an diesem Tag besonders symbolisch für die Ankunft in ihrem neuen Leben. Sie musste sich wieder ein Freudentränchen verdrücken, welches ihr jedes Mal aus den Augen rann, wenn sie zurück in ihr geliebtes England reiste.

Sobald die Fähre in Dover angelegt hatte, wusste Louisa den Weg bis nach Hollowfield auswendig, aber ab da würde sie auf die Straßenkarte schauen müssen.

Mr. Montgomery hatte ihr eine genaue Beschreibung geschickt, aber Louisa liebte die Herausforderung, eigenhändig einen auf einer Karte nur ungenau eingetragenen Ort zu finden. Brookhurst war zwar eingetragen, als Gut, aber das Haus war nur mit einem Symbol für „historisches Gebäude in Privatbesitz" vermerkt, eine Zufahrt war nicht eingezeichnet.

Es war etwa halb vier am Nachmittag, als Louisa sich ihrem neuen Zuhause näherte. Louisa hielt am Straßenrand an und griff nach ihrer abgenutzten aber treuen Straßenkarte. An der Kreuzung im nächsten Dorf würde sie in der Regel rechts abbiegen, um nach Hollowfield zu kommen. Sie wusste ja, dass Brookhurst und Hollowfield Nachbarn waren, auch wenn sie drei Meilen in der Luftlinie auseinander lagen.

Aber jetzt musste sie geradeaus weiterfahren und anschließend im nächsten Dorf hinter einer Kurve wieder rechts fahren.

Die Straßen wurden immer schmaler, je weiter sie sich in die Landschaft schraubte. Brookhurst sollte ganz in der Nähe des gleichnamigen Dorfes liegen, und wenn sie es richtig erkannte, erwartete sie eine der „single track roads", der einspurigen Straßen, die das Fahren mit Gegenverkehr besonders abenteuerlich machten.

Und an einer scharfen Rechtskurve sollte, laut Mr. Montgomery, eine Abzweigung kommen, die schlecht einzusehen war. Lediglich an der Pförtnerlodge sollte zu erkennen sein, dass es sich um eine Privatzufahrt handelte.

Mr. Montgomery sprach von einem eingewachsenen Zufahrtstor, und Louisas Fantasie malte ihr sogleich bunte Bilder von einem „Dornröschenschloss"-artigen Zustand, eine mit Dornen überwucherte Mauer und einem Tor, welches erst bei genauem Hinsehen auszumachen war.

Sie fuhr etwa eineinhalb Meilen durch diese herrlichen Baumtunnel, die in dem spätsommerlichen Sonnenlicht schon golden leuchteten, bis sie zu einer scharf abknickenden Kurve kam.

Dann wechselte die Szenerie, und die Bäume wichen hohen Hecken. Es weitete sich der Blick über die sanften Hügel der Sussex Downs. Beinahe hätte sich Louisa von der wunderschönen Landschaft weiter und immer weiter ziehen lassen und dabei vergessen, weshalb sie eigentlich hier war.

Ein Schild warnte vor einer scharfen Rechtskurve. Das musste sie sein, die mit Spannung erwartete Kurve.

Louisa warf einen Blick nach links. Dort stand ein kleines Sandsteinhaus. Das musste es sein. Sie verlangsamte ihre Fahrt und, während sie darauf achtete, dass ihr in der Kurve niemand entgegen kam, lenkte sie ihr Auto auf die asphaltierte Fläche vor dem Häuschen.

Sie hielt an und stieg aus dem Wagen. Das Haus war viktorianischen Stils, es besaß spitze Giebel und ein Türmchen.

Die Holzverzierungen entlang der Giebel und die massive Haustür waren in einem dunklen Grün gestrichen. Es war ein charmanter Kontrast zu den großen weißen Holzfenstern. Ein Erker auf der Seite zur Auffahrt verschaffte dem Bewohner stets einen Blick über die ankommenden Besucher.

An den Hausecken rankte wilder Wein, dessen Blätter sich der Herbststimmung anpassten.

Vor dem Haus stand eine niedrige Mauer mit schmiedeeisernem Zaun, die sich in die Einfahrt bog. Entlang des Zauns wuchsen üppige Rosen, die noch vereinzelt ein paar letzte zartrosa Blüten trugen. Es war zauberhaft! Der Zaun endete vor einem Torpfeiler und wiederholte seinen Verlauf auf der gegenüberliegenden Einfahrtsseite. Auch hier hatten Rosen die Überhand gewonnen.

Dass es sich bei diesem Haus um eine Pförtnerlodge handeln musste, verriet das große angrenzende Tor. Die Pfeiler waren aus dem gleichen Stein wie das Haus gebaut worden. Das Tor war geöffnet und gab den Blick auf das direkt dahinter liegende „cattle grid", dem Weiderost, frei. Am linken Pfeiler hingen zwei verwitterte, aber gut lesbare Schilder: „*Brookhurst Manor*" und „*Private*". Louisa war angekommen.

Sie setzte sich wieder in ihr Auto, atmete tief durch und rollte langsam über das Gitter, welches verhindern sollte, dass freilaufende Tiere wie Wild oder Schafe, manchmal auch Kühe, das Anwesen verließen. Louisa liebte dieses Rattern, verhieß es doch immer einen spannenden Besuch in einem schönen alten Haus. Nur, dass es dieses Mal kein Besuch war.

Hinter der Lodge türmten sich hohe mächtige Eichen auf, die auch begonnen hatten, sich ihr Herbstkleid anzuziehen.

Sie blieb noch einmal stehen, um sich diesen ersten Augenblick für immer und ewig einzuprägen. Louisa blickte auf eine gerade verlaufende Allee, die sich nach ein paar hundert Metern hinter einem Hügel verlor.

Sie fuhr wieder an und ließ sich von der Allee leiten, die sich hinter der Kurve auflöste und den Blick auf einen Landschaftspark freigab. Der Weg war landschaftlich perfekt inszeniert, mit einer Linkskurve erhaschte Louisa einen Blick auf ein in der Sonne glitzerndes Etwas, das musste ein See sein. Im weiteren Verlauf war aber von dem Haus noch immer nichts zu sehen.

Nach einer gefühlten Ewigkeit tauchte zwischen alten Baumgruppen ein Gebäude auf. Es wurde immer größer, aber richtig erkennen konnte Louisa es noch nicht. Da hatte der Landschaftsarchitekt seinerzeit ganze Arbeit geleistet, die Spannung stieg. Eine letzte Gerade, und da stand es plötzlich vor ihr: Brookhurst Manor.

Instinktiv bremste Louisa bei dem Anblick dieses Hauses ihr Auto bis zum Stillstand. Was sie vor sich sah, verschlug ihr die Sprache. Ihr direkt gegenüber, noch etwa einhundert Meter entfernt, stand ein Haus aus hellem Sandstein, dessen Fassade georgianische Architektur in Reinform war. Symmetrisch und fein, aber nicht überladen.

Davor breitete sich eine halbrunde Kiesfläche aus, die frisch geharkt schien, bis auf eine Fahrzeugspur, die nach rechts hinter gewaltigem Buschwerk verschwand.

Während sich rechts die Nebengebäude und weitläufige Ländereien befinden mussten, erstreckte sich linksseitig eine große Rasenfläche mit

Baumbestand, die schließlich in einem angelegten Garten endete. Zumindest war es das, was Louisa hinter der Mauer und der Hecke vermutete.

Ein Portikus mit einem Dreiecksgiebel wurde von zwei Säulen getragen und überdachte den zurückgesetzten zentralen Eingangsbereich mit der halb verglasten, grün-lackierten Eingangstür. Rechts und links auf allen Etagen verteilten sich gleichmäßig weiße Schiebefenster, wenngleich sie für die Dienstboten im zweiten Obergeschoss nur halb so groß waren. Eine steinerne Balustrade am Gesims verbarg hinter sich die Dachlandschaft.

Rechts von der Haustür rankte üppiger Blauregen an der Fassade empor und gaben ihr tatsächlich etwas märchenhaft Verwunschenes. In den späten Sonnenstrahlen leuchtete das Haus fast golden.

Vor den zwei vorderen Säulen, die das Vordach am Eingang trugen, standen zwei elegante verwitterte Amphoren, die mit spätsommerlichen Blumen bepflanzt waren.

Rechts am Haus wuchs eine drei Meter hohe Eibenhecke mit einer eingelassenen Holztür. Das musste der Durchgang zum Dienstbotentrakt sein.

Louisa setzte den Wagen für die letzten Meter wieder in Bewegung, ohne den Blick von dem Haus abzuwenden, beinahe so, als hätte sie nur diese eine Minute Zeit, um sich alles genau einzuprägen.

Kaum hatte sie die Kiesfläche erreicht, öffnete sich die Haustür und eine adrett gekleidete Dame mittleren Alters, in einem mittellangen dunkelblauen Wollrock, mit grüner Strickjacke und weißer gestärkter Bluse darunter, trat vor das Haus. Louisa vermutete, dass es sich bei der Dame um die Haushälterin Mrs. Shipley handelte.

Sie stellte das Auto in aller Bescheidenheit an den rechten Rand der Kiesfläche und stieg aus. Ihre Beine fühlten sich etwas wackelig an, was an der langen Fahrt, aber auch an der Aufregung liegen mochte.

Die Haushälterin kam mit einem freundlichen Gesichtsausdruck auf sie zu und begrüßte sie.

„Herzlich Willkommen auf Brookhurst Manor, Lady Louisa, ich bin Mrs. Shipley, die Haushälterin des Earls."

Louisas Nervosität schlug sofort in Sympathie für diese ältere Dame um, die sie mit ihren warmen grünen Augen anlächelte.

„Mrs. Shipley, vielen Dank für Ihre freundliche Begrüßung, ich bin sehr froh hier zu sein."

„Ich hoffe, Sie hatten eine angenehme Reise und haben den Weg problemlos gefunden? Brookhurst liegt ja doch etwas versteckt für diejenigen, die zum ersten Mal herkommen."

„Vielen Dank, ja, die Fahrt hat gut geklappt. Beinahe hätte ich jedoch tatsächlich die Abzweigung verpasst. Ich war ganz abgelenkt von dieser wunderschönen Gegend."

„Das kann ich mir gut vorstellen", entgegnete Mrs. Shipley, „dieser Landstrich ist besonders reizvoll. Ich fürchte, dass das Zufahrtstor unter den Sträuchern fast untergeht, der Gärtner hätte sich längst darum kümmern sollen, aber es war in letzter Zeit einfach alles sehr viel."

Louisa wusste nicht, wie sie darauf antworten sollte, denn einerseits war sie gerade erst angekommen und kannte hier am Anwesen keine Menschenseele, doch andererseits war sie nun die Hausherrin und hatte zu entscheiden, was gemacht werden sollte. Stattdessen lächelte sie Mrs. Shipley verständnisvoll an. „Machen Sie sich keine Sorgen, Mrs. Shipley, alles zu seiner Zeit!"

Die Haushälterin lächelte ihrer neuen Herrin dankbar zu. Wie sehr diese junge Frau doch ihrem Großvater ähnelte, es waren die Augen, das hatte Mrs. Shipley sofort erkannt, sie strahlten genauso lebensfroh wie die des verstorbenen Earls. Anfangs war sie sehr skeptisch gewesen, als Mr. Montgomery ihr mitteilte, wen sie zu erwarten hatte. Eine junge Frau, das konnte ja nichts Gutes bedeuten.

Doch als sie Lady Louisa aus dem Auto steigen und vorsichtig auf sich zugehen sah, hatte sie ihre Voreingenommenheit sofort korrigiert. Diese junge Frau mit den wachen grau-blauen Augen, erschien ihr schüchtern und nahezu überwältigt von der Aufgabe, die ihr bevorstand.

Mrs. Shipley führte die junge Lady langsamen Schrittes in die Eingangshalle. Sie wollte ihr ein wenig Zeit geben, um sich umzusehen und erste Eindrücke zu sammeln.

Was Louisa sah, war ein Stück Flur mit Steinfußboden, in dessen Mitte auf einem ausgetretenem roten Perserteppich ein großer runder Holztisch mit einem üppigen Blumengebinde stand. Die Wände waren in einem zarten Blauton gestrichen. Rechts und links an den Wänden standen sich zwei goldverzierte Konsoltische gegenüber, über denen jeweils ein Ahnenporträt Platz gefunden hatte. Auf dem Boden wurden die Tische von großen chinesischen Vasen flankiert. Direkt links neben der Tür stand in der Ecke ein lederner Köcher, der einen ganzen Strauß an Spazierstöcken und Schirmen zusammenhielt.

Louisa folgte der Haushälterin weiter in die Eingangshalle. Aus dem verhältnismäßig gedrungenem Eingangsbereich kommend, war das Betreten der rechteckigen Halle fast schon einschüchternd.

Mrs. Shipley bemerkte Louisas Blickwanderung und klärte sie darüber auf, dass diese Halle eine mittelalterliche Halle aus den Anfängen von Brookhurst gewesen sei, die im 18. Jahrhundert in den Umbau integriert worden war. So hatte es ihr zumindest der verstorbene Earl einmal erklärt, als sie selbst am ersten Tag ihrer Anstellung als Haushälterin gleichermaßen beeindruckt durch die herrschaftlichen Räume geführt wurde.

In der rechten hinteren Ecke der Halle wand sich eine dunkle Eichentreppe bis zum Obergeschoss hoch. An den Wänden geleiteten imposante Jagdtrophäen aus heimischen Gefilden den Weg nach oben. Die lange Wand an der Treppe war mit riesigen Bleiglasfenstern durchbrochen, die fast über die gesamte Raumhöhe bis zum Obergeschoss reichten. Die Treppe unterbrach den Lichteinfall, sie wurde offenbar erst nachträglich eingebaut.

Darunter stand ein langer uralter Eichenholztisch vor die Wand geschoben. Das muss im Mittelalter der Tisch der Herrschaft gewesen sein, als noch gemeinsam in der Halle gespeist wurde. Auf dem Tisch stand mittig ein großer gelber Herbstblumenstrauß, daneben stapelten sich Bücher, „*Countrylife*" und „*Tatler*"-Magazine, Memorabilia und schwarz-weiße Fotografien in silbernen Rahmen. Überall hingen prachtvolle georgianische Reiterbildnisse und Gemälde.

Direkt rechts um die Ecke vom Eingangsbereich stand ein Mahagonitisch mit einem Telefonapparat darauf. Es war ein uraltes schwarzes Bakelitgerät mit Wählscheibe. Louisa konnte sich vorstellen, wie dies durchs ganze Haus schepperte, aber hoffentlich immer lang genug, damit man Zeit genug hatte, um aus der hintersten Kammer angelaufen kommen zu können.

Die ganze Halle war geschmackvoll eingerichtet, mit hochlehnigen Stühlen, einem alten Flügel und einem Kabinett mit skurrilen Gegenständen, die sich Louisa bei Gelegenheit einmal in Ruhe anschauen würde.

Es war wunderlich, fand Louisa, man betrat ein neo-klassizistisches Haus und landete plötzlich im späten Mittelalter. Hier waren die letzten 500 Jahre schichtweise vertreten, trotzdem fügten sich alle Zeit-schichten harmonisch zusammen.

Links waren große Türen, die laut Mrs. Shipley in die Empfangs-räume führten. Weiter hinten auf der linken Seite der Halle verlor sich ein Korridor in den Tiefen des Hauses. Rechts hingegen war vor der Treppe ein Bogengang, der weitere Räume und offenbar einen Flur von der Halle abtrennte.

In diesen Teil des Hauses führte Mrs. Shipley ihre neue Hausherrin nun. Erst hatte sie überlegt, ob sie ihr den Tee im Salon servieren sollte, aber nachdem sie sie gesehen hatte, änderte sie ihre Meinung. Diese junge Frau kam aus bürgerlichen Verhältnissen und würde sich ganz allein im großen fremden Salon sicher unwohl gefühlt haben, obwohl Mrs. Shipley davon ausging, dass Lady Louisa parkettsicher war.

Sie nahm die junge Lady mit in die Küche, wo der große gusseiserne Herd eine gleichmäßige Wärme verströmte. Auf dem Tisch hatte Mrs. Shipley schon das Tablett bereitgestellt, worauf sie den Tee in den Salon tragen wollte. Doch das brauchte sie jetzt nicht mehr.

Sie bat Louisa Platz zu nehmen, wo immer sie es wollte und goss das heiße Wasser in eine bauchige Teekanne aus elfenbeinfarbenem Porzellan. Dann holte sie Tassen aus einem großen Schrank, legte ein paar Kekse auf einen Teller und stellte alles auf den Tisch.

Sie setzte sich Louisa gegenüber auf einen der alten Stühle. Schweigend schenkte Mrs. Shipley den Tee aus und schaute Louisa dabei immer wieder an.

„Dort hat Ihr Großvater auch immer am Liebsten gesessen. Er war sehr oft hier in der Küche, wollte nicht allein im Speisezimmer sitzen." Sie reichte der jungen Herrin den Keksteller.

„Custard cream, die Lieblingskekse ihres Großvaters!"

„Tatsächlich? Das sind auch meine Lieblingskekse!"
Louisa biss ein Stückchen von ihrem Keks ab und schaute sich um.

„Es ist wirklich ein schönes Haus. Aber die Küche ist wundervoll! Ich kann mir gut vorstellen, dass mein Großvater sich hier besonders wohlgefühlt hat." Sie nippte an ihrem Tee.

„Wenn Sie nichts dagegen haben, würde ich die Tradition meines Großvaters fortführen und auch hier in der Küche essen."

„Natürlich habe ich nichts dagegen, ich freue mich über Gesellschaft!" Die Haushälterin lächelte sie an und Louisa lächelte dankbar zurück.

„Es muss eine große Veränderung für Sie sein, Mylady, wenn Sie mir gestatten, das zu sagen. Plötzlich so ein großes Erbe anzutreten, von einem Mann, den Sie nie kennengelernt haben."

„Sie haben Recht, es sind große Fußstapfen und ich bin sehr nervös deswegen. Aber ob Sie es glauben oder nicht, ich bin meinem Großvater begegnet."

„Ach, wirklich?"

„Ja, letztes Jahr auf dem Herbstball in Hollowfield. Allerdings wusste ich damals nicht, wer er war. Wir haben uns eine ganze Weile unterhalten."

Mrs. Shipley war erstaunt darüber und überlegte einen kurzen Moment. „Jetzt macht es auch Sinn, was er mir damals sagte, als er vom Ball zurückkam. Es war: ,Mrs. Shipley, alles wird gut.' Er hatte Sie getroffen. Er muss gewusst haben, dass Sie es waren."

„Sie müssen mir bei Gelegenheit einmal mehr über meinen Großvater erzählen."

„Das mache ich gerne. Wenn Sie möchten, zeige ich Ihnen ihre Schlafräume und dann können Sie sich frisch machen und sich in Ruhe hier umsehen."

„Das klingt verlockend!"

„Und dann müssen Sie mir mal sagen, was Sie gerne essen und was nicht. So, und nun zeige ich Ihnen Ihr Schlafzimmer."
Louisa erhob sich ebenfalls, schnappte sich ihre Tasche und folgte der Haushälterin zur Hintertreppe.

Das Treppenhaus war auf halber Wandhöhe in einem hellen Grün gestrichen, darüber waren die Wände weiß. Die Steintreppe war recht steil, aber breit genug, damit zwei Personen bequem aneinander vorbei passten. Die meisten Stufen waren schon sehr ausgetreten, weshalb Mrs. Shipley Louisa mahnte, vorsichtig zu sein.

Im ersten Obergeschoss angekommen, verließ sie das Treppenhaus und führte Louisa rechts um die Ecke durch eine verglaste Tür.

„Eigentlich wäre der Weg links herum kürzer, aber ich möchte Ihnen auf diesem Wege die Halle zeigen. Der Grundriss ist nicht kompliziert, es gibt nur zwei Treppen, die Dienstbotentreppe bis ins 2. Obergeschoss und die Haupttreppe aus der Halle."

Mrs. Shipley ging einen langen Korridor entlang, von dem nach links einige Zimmertüren abgingen.

Auf der rechten Seite waren kleinere Fenster mit Bleiverglasung in eine Steinwand eingefasst, sie sahen ziemlich alt aus. Louisa war beeindruckt und schaute hinaus.

Unten erkannte sie einen kleinen Innenhof, der auf der herrschaftlichen Seite mit Fenstern versehen war.

„Dieser Teil des Hauses scheint auch älter zu sein, als das 18. Jahrhundert, richtig?"

Die Haushälterin bestätigte das, konnte aber nicht sagen, aus welcher Epoche dieser Teil stammte.

„Hier links sind auch Schlafzimmer und eine Badekammer", deutete Mrs. Shipley auf die Türen.

Es war ein faszinierendes Bild, welches sich darbot: Rechts die alte Steinwand mit den Butzenfenstern und auf der anderen Seite eine elegante gelbe Wand mit weißen Kassettentüren und Landschaftsbildern in goldenen Rahmen.

Louisa war fest entschlossen, die Geschichte des Hauses genau zu erkunden.

Die beiden Frauen setzten ihren Weg fort zur großen Treppe. Vor ihnen tat sich eine weite Galerie auf, von der mehrere Türen abgingen. Das Geländer der Treppe umlief die große rechteckige Deckenöffnung, von wo aus der Blick hinunter auf die Eingangshalle fiel. Über der Öffnung prangte ein riesiger verstaubter Kristallkronleuchter. Der Boden auf dieser Etage bestand aus Eichenholzdielen, auf denen dicke Teppiche lagen, in die man fast einzusinken drohte.

Über dem Bereich, wo der Hauseingang war, war ein Fenster mit einer gepolsterten Fensterbank darunter, von wo aus die Zufahrt zu überblicken war.

Die Wände zu den Zimmern waren mit einer grünen Brokat-Tapete bespannt, die an der einen oder anderen Stelle etwas fadenscheinig war. Darauf hingen ebenfalls jede Menge Gemälde, teils düstere Landschaften, teils düstere Personen.

Ich hoffe nicht, dass die hier auch außerhalb der Bilderrahmen präsent sind, dachte sich Louisa, als sie an einem besonders finsteren Porträt eines noch finsterer dreinschauenden Mannes vorbeikamen.

Mrs. Shipley war schon bis zur nächsten Ecke weiter gelaufen und wartete dort am Treppenaufgang auf Louisa, die sich langsamen Schrittes alles genauer anschaute.

„Oh, bitte entschuldigen Sie, Mrs. Shipley, ich bin ganz fasziniert von diesem Haus, das hält mich auf!"

„Lassen Sie sich ruhig Zeit, es ist ja auch alles neu für Sie."

„Ich werde mir es später in Ruhe ansehen."

Louisa eilte zur Haushälterin und ließ sich auf der anderen Seite des Innenhofs ihre Räume zeigen.

Sie betrat ein großes Schlafzimmer. Es war hell und freundlich in zartgrünen und cremefarbenen Tönen gehalten.

Es wurde von einem großen Himmelbett dominiert, an dem grün-weiße Vorhänge unter einem ebensolchen Baldachin hingen.

„Dies ist das Master-Schlafzimmer. Hier hätte normalerweise Ihr Großvater geschlafen, aber er zog es vor, auf der anderen Seite des Hauses ein Zimmer zu bewohnen, als er noch verheiratet war. Seine Frau, die Countess lebte hier. Sie war es auch, die dieses Zimmer so gestaltet hat. Das sagte mir meine Tante, die vor mir hier die Haushälterin gewesen war. Ich habe Bilder gesehen, der Raum war vorher sehr duster. Und dabei hat er so einen wunderschönen Blick in den Garten. Man kann sich gar nicht satt sehen!"

Louisa folgte der deutenden Hand von Mrs. Shipley und trat ans Fenster. Sie schaute auf einen angelegten Garten, der in seinen schönsten Farben erstrahlte, und auf eine Allee, die den Blick in die Ferne auf einen kleinen Tempel am Ufer des Sees leitete, den sie bei ihrer Ankunft schon entdeckt hatte.

Unter ihrem Fenster lag eine große Terrasse, von wo aus Stufen hinunter in den Garten führten.

Was würde sie nur alles zu entdecken haben? Und sie durfte überall hin und hinein. Es gab niemanden der ihr sagte, dass sei privat und dürfe nicht betreten werden. Dies gehörte jetzt alles ihr.

Mrs. Shipley war inzwischen ein paar Schritte weitergegangen zu einer Tür hinten rechts in der Ecke, neben dem Kamin. Dort befand sich das Badezimmer. Und was für ein Badezimmer es war! Es war ganz zart rosafarben mit hellgrünen und cremefarbenen Akzenten, die vom Schlafzimmer aufgegriffen wurden. In der Mitte am Fenster zum Garten stand eine alte Badewanne mit Tatzen. Der Boden war aus Eichenholz mit Teppichauflage, aber unter der Badewanne waren schwarz-weiße Fliesen verlegt.

Auch im Badezimmer gab es einen Kamin. Das Waschbecken stand am anderen Fenster, und hinter einem alten bemalten Paravent befand sich eine Toilette.

Louisa begann sofort zu träumen. Abends in der Wanne liegen, mit einem Feuer im Kamin, einem Glas Rotwein und dazu den Blick auf die untergehende Sonne im Garten. Und das, so oft sie wollte. Vielleicht würde sie das direkt heute Abend tun!

Louisas Vorfreude ließ sie fast vergessen, dass Mrs. Shipley im Raum stand.

„Wohin führt diese versteckte Tür?" Louisa deutete auf eine Tapetentür hinter dem Badezimmereingang. Mrs. Shipley öffnete sie. „Die führt wieder auf den Korridor, aber in den ehemaligen Dienstbotentrakt."

„Ah, ich verstehe. Für das stille Kommen und Gehen der Dienstmädchen!"

„Auf der anderen Seite ihres Schlafzimmers befindet sich das Ankleidezimmer. Ich gehe nun wieder hinunter in die Küche und bereite das Abendessen vor. Ist Shepherd's Pie für Sie genehm?"

„Ich liebe Shepherd's Pie! Wohnen Sie eigentlich auch hier im Haus?"

„Seit dem Tod meines Mannes vor fünf Jahren wohne ich oben. Seine Lordschaft war so gütig mir dort eine kleine Wohnung einzurichten. So ein ganzes Cottage für mich alleine, das war mir doch zu groß. Aber jetzt lasse ich Sie alleine, Mylady. Wann möchten Sie zu Abend essen?"

„Wie wäre es, wenn Sie mir sagen, wann das Essen fertig ist, und ich komme dann in die Küche?"

„Ganz wie Sie wünschen! Rechnen Sie ungefähr mit zwei Stunden."

Damit verabschiedete sich Mrs. Shipley und verschwand durch die Tapetentür. Ein paar Sekunden später klopfte es dort. „Verzeihung Ma'am, ich werde Mr. Gates, dem Gärtner Bescheid sagen, dass er Ihnen mit Ihrem Gepäck hilft."

„Das ist sehr freundlich, danke!"

Eine Stunde später war das Auto aus- und das Ankleidezimmer eingeräumt. Louisa hatte die Kisten mit ihren persönlichen Dingen erstmal in eine Ecke gestellt, das konnte warten. Sie war viel zu neugierig auf das Haus!

Sie zog ihre Zimmertür zu und begann ihre Erkundungstour im nächsten Zimmer. Es war ein weiteres Schlafzimmer mit einem Einzelbett. Es roch muffig und alle Möbel waren mit großen weißen Laken gegen Staub geschützt, sicher hatte in diesen Räumen schon lange niemand mehr geschlafen.

Der nächste Raum hatte blaue Tapeten und blaue Vorhänge. Auch hier war alles zugedeckt, nur am rechten Fenster stand ein einzelner Stuhl Richtung Fenster zum Garten gedreht, ohne Staubschutz.

Und so schaute Louisa in jedes der nächsten Schlafzimmer, die alle ähnlich verlassen waren.

Sie hatte nun den gegenüberliegenden Flügel erreicht, wo sie vorhin vorbeigelaufen waren. Erst schaute sie noch einmal hinunter auf den Innenhof und konnte dort eine mit Backsteinen gepflasterte Fläche mit einen kleinen Steinbrunnen in der Mitte erkennen. An den Wänden rankten Rosen. In einer Ecke stand ein rundes eisernes Tischchen mit zwei Stühlen. Das sah perfekt aus, wie einem Gartenmagazin entsprungen, fand Louisa.

Jetzt öffnete sie die erste Tür gegenüber des Innenhofes. Dieses Zimmer war anders als die anderen, dieses wurde bewohnt. Im ersten Moment zögerte Louisa und wollte die Tür wieder zuziehen, doch dann erkannte sie, dass es das Zimmer von Lord Burton gewesen sein musste, von ihrem Großvater.

Der Raum kam ihr vor wie ein Schrein, so als wäre er gerade erst aus dem Zimmer gegangen. Lediglich das Bett war gemacht und mit einem Schutzlaken überworfen worden.

Am linken Fenster stand ein Schreibtisch, der überquoll mit Briefen und Tagebüchern. Briefstapel waren mit Bändern zusammengebunden, Füllfederhalter lagen in einer Schale, auf dem hinteren Teil des Schreibtisches standen gerahmte Fotos.

Am Kleiderschrank hing ein zerschlissenes Tweedjackett, davor standen Schuhe sauber aufgereiht und poliert. Bücher stapelten sich in einem Einbauregal und ein alter Globus stand auf einem Beistelltisch in der Ecke neben dem Bett.

Es war ein schönes und gemütliches Zimmer, das satte Grün an den Wänden gab den Möbeln darin den passenden Rahmen.

Hier also hatte der Earl gelebt. Louisa spürte seine Anwesenheit, obwohl er längst nicht mehr da war. Ihr anfängliches Gefühl, sie sollte nicht hier sein, war gewichen. Der überladende Schreibtisch zog sie magisch an, beinahe so, als würde ihr Großvater sie dorthin führen.

Ihr Blick fiel auf die Fotografien.

„Oma!" Da stand ihre Oma in mehreren Rahmen. Und ihr Vater in jungen Jahren. Und Louisa selbst mit ihrer ganzen Familie! Es war ein unwirklicher Anblick, in diesem großen fremden Haus etwas so Vertrautes wie ihre Familienfotos zu sehen. Es war, als hätte der Earl seine Liebe nur in diesem Raum leben können, obwohl das ganze Haus ihm gehört hatte. Hier waren wir seine Familie, dachte Louisa.

Sie nahm zaghaft einen Stapel Briefe in die Hand und schaute auf den Absender. Sie waren von ihrer Großmutter, es mussten wohl über hundert Briefe gewesen sein.

Louisa ließ sich langsam auf den Stuhl am Schreibtisch nieder. Es kam ihr vor wie ein Traum. Hier an diesem Platz liefen alle Fäden zusammen, die ihr Leben und ihre Wurzeln in Deutschland mit denen des Earls verbanden.

Hier waren ihre Großmutter, ihr Vater und sie selbst ein wichtiger Bestandteil im Leben des Earls gewesen. Sie überflog ein paar der Zeilen, die offen auf dem Schreibtisch lagen, beschloss aber, dass sie später einmal in aller Ruhe die Briefe ihrer Großmutter lesen würde. Vielleicht würden sie ihr so manche Ungereimtheiten noch erklären können.

Dann griff sie nach dem obersten Buch auf einem kleinen Stapel gleichaussehender Bücher. Es war ein Tagebuch. Vorne auf dem marmorierten Umschlag stand das aktuelle Jahr. Viele weitere dieser Bücher standen geordnet im Bücherregal.

Louisa überflog einige der Seiten, ihr Blick blieb am Wort „Hanna" hängen, es war der letzte Eintrag vom 21. August diesen Jahres.

Auch diese Bücher würde sie sich in Ruhe durchlesen, sie wollte mehr über ihren Großvater erfahren. Eines ließ sie aber nicht los, sie wollte wissen, ob und was Ihr Großvater über ihre Begegnung geschrieben hatte.

Das passende Tagebuch fand sie schnell und blätterte zum Datum des Balls auf Hollowfield.

„Heute fand der alljährliche Herbstball auf Hollowfield statt. Maggie reiste wie jedes Jahr auch dieses Mal aus Gloucestershire an, wie immer ohne Peter. Das alte Mädchen war wieder wie ihr jüngeres Selbst, für das der Ball das aufregendste Ereignis des Jahres war. Wir haben uns seit Weihnachten endlich wiedergesehen. Ich muss zugeben, dass sie mir in diesen alten Tagen immer mehr fehlt.
Der Ball war wieder ein stattliches Ereignis. Lord und Lady Bainbridge haben wieder weder Kosten noch Mühen gescheut. Die üblichen und ein paar neue Gesichter waren zu Gast. Es wurde viel getanzt, zur Quadrille habe sogar ich mich von Minty Bainbridge hinreißen lassen.
Neben den üblichen Gästen, die man sich freute zu sehen, gab es eine außergewöhnliche Begegnung, die ich niemals vergessen werde. Eine junge Frau namens Louisa Blandfort wurde mir vorgestellt. Zunächst war sie mir bekannt vorgekommen, aber ich wusste nicht, woher.
Später, beim Tanz sah ich sie noch einmal. Sie lachte herzlich und wirbelte vergnügt mit ihrem Tanzpartner über die Fläche. Aber wen ich eigentlich sah, war meine geliebte Hanna. Ich habe meine Enkeltochter kennengelernt! Sie sah so schön aus wie ihre Großmutter.
Und obwohl ich sie am Liebsten in den Arm genommen und nie wieder losgelassen hätte, musste ich mich zusammenreißen. Louisa ist wunderbar, sie ist intelligent und gebildet, redegewandt und humorvoll. Obwohl ich kein Zutun hatte, bin ich sehr stolz auf sie.

Jetzt hat meine Vergangenheit endlich ein Gesicht, und eine Zukunft! Und ich bin glücklich!!

PS. Wenn ich doch nur diesen Erlass finden könnte. James, wo hast Du ihn versteckt?"

Louisa hatte Tränen in den Augen. Sie erinnerte sich noch an den Abschied von Lord Burton. Jetzt verstand sie auch seinen Blick, als er sie angesehen hatte. Ihr war damals mulmig gewesen, sah sie doch zunächst einen älteren Herrn, der sie verklärt anstarrte.

Dennoch hatte sie sich höflich von ihm verabschiedet. Sie hatte plötzlich ein schlechtes Gewissen, weil sie anzügliche Vermutungen hatte, dabei war es nur ein Blick der Überwältigung und des Glücks, der Blick eines stolzen Großvaters, der zum ersten Mal seinem Enkelkind begegnet war.

Es wurde Zeit, nach unten zu gehen, Mrs. Shipley hatte sicher das Abendessen gleich fertig. Jetzt erst merkte Louisa, wie hungrig sie war.

Sie warf einen schnellen Blick in die anderen drei Türen (ein WC, ein Schlafzimmer und eine Badekammer) und ging zurück zur großen Treppe.

Dieses Mal würde sie das erste Mal als Lady Louisa die Haupttreppe hinab schreiten. Welch' ein erhabenes Gefühl! Die Stufen waren flach, damit konnte sie beinahe hinunter schweben, wobei sie die uralte und behagliche Atmosphäre der Halle aufsog. Dies war nun ihr Zuhause.

Unten angelangt, ging sie um die Ecke in den Korridor Richtung Küche.

„Hallo, Mrs. Shipley!"

„Eure Ladyschaft, wie geht es Ihnen? Haben Sie sich schon ein wenig umgesehen?"

„Ja, das habe ich. Ich war in den oberen Schlafräumen. Das sind ja schöne Zimmer! Ich bin sehr gespannt auf die Möbel unter den Laken. Und ich habe das Zimmer meines Großvaters gefunden."

„Das habe ich, bis auf das Bett, unverändert gelassen. Der arme Herr, Gott hab ihn selig."

„Mrs. Shipley, können Sie mir vielleicht sagen, was er mit dem ‚Erlass' gemeint haben könnte? Irgendein James soll ihn versteckt haben. Ich habe diese Bemerkung in einem von Lord Burtons Tagebüchern entdeckt."

„Ach herrje, darüber weiß ich nichts. Ich weiß nur, dass es haufenweise Gerüchte über ein uraltes verschwundenes Dokument gibt, aber wirklich Genaueres kann ich Ihnen leider nicht sagen. Vielleicht sollten Sie Mr. Montgomery danach fragen."

Louisa nickte. „Das ist wahrscheinlich die beste Idee. Wieviel Zeit habe ich noch bis zum Essen?"

Mrs. Shipley nannte ihr 20 Minuten und schickte Louisa los, um die unteren Räume zu erkunden. Das ließ sie sich nicht zweimal sagen und verschwand durch eine andere Küchentür auf der anderen Raumseite, Richtung ‚Pantry'. Hier wurden früher die Speisen servierfertig gemacht, bevor sie auf die gedeckte Tafel kamen.

In dieser Kammer standen raumhohe Regale und Schränke. Hinter Glastüren stapelte sich das gute Geschirr, wie Louisa annahm, und einige silberne Tafelaufsätze, die offenbar sehr lange nicht mehr poliert und aufgetischt worden waren, denn sie waren sehr stark angelaufen.

Auf der gegenüberliegenden Seite lockte eine weitere Tür. Die Tür befand sich in einer sehr dicken Wand, der Durchgang war fast schon ein Tunnel, es musste sich also um einen Übergang zwischen dem alten und den später angebauten Gebäudeteil handeln, von dem Mrs. Shipley anfangs gesprochen hatte, mutmaßte Louisa.

Sie stieß diese Tür auf, die breit genug war, um mit einem breiten Tablett hindurchgehen zu können, und stand in einem prächtigen Speisezimmer. Der Raum war angenehm kühl, obwohl er auf die Terrasse und den Garten blickte, wo die Sonne sich langsam hinter den Bäumen verabschiedete. Dieser Raum hatte goldverzierte Stuckdecken und Leisten und eine kaminrote Brokat-Tapete. In seiner Mitte stand eine lange Mahagonitafel mit passenden Stühlen, an der bestimmt sechzehn Personen Platz finden würden. Über dem Tisch hing ein üppiger Kristallleuchter, und darunter lag ein großer orientalischer Teppich auf edlem Eichenparkett in Fischgrätenmuster.

Louisa war beeindruckt, solche prunkvollen Räume hatte sie sonst nur in großen herrschaftlichen Häusern gesehen, aber niemals in der Sussex'schen Provinz erwartet.

Auf der anderen Seite des Speisezimmers waren zwei Türen, wovon die eine sicher zum Flur und zur großen Halle führte und die andere geradeaus in einen weiteren Raum.

Louisa war in Entdeckerlaune und freute sich wie ein kleines Mädchen, überall hinlaufen zu dürfen. Es erwartete sie als nächstes ein großzügiger gelber Salon. Und was für ein gemütlicher, und dennoch eleganter Salon es war! Weiche Chintz-Sofas und Sessel mit üppigem Rosenmuster standen in zwei Sitzgruppen beieinander; hier ein

Spieltisch, da ein Sekretär. Bunt gemischte gestickte Kissen ruhten auf den Polstermöbeln. Überall standen wieder Fotografien und Bücherstapel. Ein paar feine Figurinen zierten die weißen Kaminsims.

Auch hier lagen weiche Teppiche auf einem edel verlegten Holzboden, und frische Blumen zierten fast jeden Tisch.

Louisa öffnete die großen Fenstertüren, die zur Terrasse blickten und ließ die laue Spätsommerluft ins Haus. Die restliche Sonne hüllte den Salon in ein warmes goldenes Licht.

Louisa tat ein paar Schritte nach draußen und blickte auf diese Gartenanlage, sie war stattlich und facettenreich, weitläufig, aber dennoch intim. Sie konnte sich durchaus sehen lassen. Zur Linken erahnte sie einen ummauerten Garten und war neugierig, was sie dort erwarten sollte.

Aber Louisa erinnerte sich an Mrs. Shipley, die nun sicher schon mit dem Essen auf sie wartete. Sie riss ihren Blick von dem Anblick des Gartens los und wandte sich wieder den Räumen zu.

Vom Salon ging gegenüber vom letzten Fenster eine Tür zur Halle ab, eine weitere ganz rechts durchquerte wieder eine dicke Mauer und endete in der Bibliothek. Louisa hielt die Luft an, dieser Raum war einfach großartig. Zwei Fenster blickten zum Garten, und ein Erker mit gepolsterter Fensterbank schaute auf den Vorplatz. Die Wände waren rundum mit deckenhohen Bücherregalen ausgestattet, die prall gefüllt mit alten Werken waren. Der anziehende Duft, der von den alten Büchern ausging, war für Louisa wie eine Droge. Sie konnte nicht verstehen, dass es Leute gab, denen davon schlecht wurde. Für sie selbst war das der wohltuende Duft des Wissens der Menschheit.

Diesen Raum würde sie genau unter die Lupe nehmen, Louisa fühlte sich wie im Paradies. Sie konnte es kaum erwarten, durch die alten Bände zu blättern, und vielleicht sogar auch das eine oder andere Interessante über das Haus und die Gegend zu erfahren.

Sie nahm die andere Tür aus der Bibliothek und stand in einer Ecke der großen Halle, direkt neben dem Eingangsbereich. Sie durchquerte die Halle bis zu dem Bogengang und trat dahinter durch die nächste Tür

Dies war ein wesentlich kleinerer, aber sehr feiner Salon, in einem Hellblau und floralen hellen Vorhängen. Es stand nicht nur ein runder Tisch mit Stühlen darin, sondern noch eine kleine barocke Sitzgruppe. Vielleicht hat hier die Dame des Hauses früher ihren Besuch empfangen, während die Herren sich in die Bibliothek zurückzogen.

Der darauffolgende Raum war vermutlich das Arbeitszimmer, denn hier stand ein großer Schreibtisch mit zwei lederbezogenen Stühlen, und aus den Schränken quollen Aktenordner und alte Lohnbücher hervor. Durch die schweren Möbel wirkte der Raum sehr dunkel, das dunkle Rot an den Wänden tat sein Übriges.

Von hier aus musste der jeweilige Earl einen guten Blick über die Geschehnisse auf dem Hof gehabt haben.

Louisas Vater hätte an diesem Raum die reinste Freude gehabt, solch eine Einrichtung hatte er sich für sein Arbeitszimmer immer vorgestellt. Wenn er wüsste, dass dieser Raum eigentlich der seine wäre! Mit einem Schmunzeln bei dem Gedanken an ihren Vater schloss sie die Tür und schlug wieder den Weg Richtung Küche ein.

Der nächste Raum war die Stiefelkammer, hier versammelten sich vermutlich alle Gummistiefel und Wachsjacken, die zum Haus gehörten.

Der letzte Raum war eine Toilette. Riesig für diesen einen Zweck, man könnte ihn fast „Thronsaal" nennen, dachte die junge Frau und schmunzelte über ihren eigenen Einfall.

Louisa hatte ihren sprichwörtlichen Rundgang beendet und kam genau zu dem Zeitpunkt in die Küche, als Mrs. Shipley den dampfenden Shepherd's Pie aus dem Ofenrohr holte. Das duftete ganz verlockend und Louisa half ihrer Haushälterin beim Tischdecken.

Auch Mr. Gates, der Gärtner kam dazu. Sie setzten sich gemeinsam an den großen Gesindetisch. Es wurde eine gesellige Runde und Louisa fühlte sich sofort wohl und angekommen.

Sie erzählte von ihrem bisherigen Leben und von ihrem Vater, dem neuen Earl. Ihre Angestellten waren sehr neugierig und erzählten Louisa ihrerseits von dem Mythos „Erbe von Brookhurst", der all die Jahre im Dorf erzählt wurde.

Niemand wusste genau, wer oder was hinter den Erzählungen steckte. Es wurden mit der Zeit allerhand Gerüchte verbreitet, die aus den wildesten Spekulationen herrührten.

Doch nur die wenigsten wussten von der Verbindung des Earls nach Deutschland. Sicherlich waren die häufigen ausländischen Briefe aber den Bryants im Postamt aufgefallen. Ob sie sich jedoch etwas dabei gedacht hatten, wagte die Haushälterin zu bezweifeln. Zumindest hatte sie nichts gehört, was darauf hindeutete.

Mrs. Shipley sagte schließlich, dass die Leute im Dorf sicher froh sein würden, wenn sie erfuhren, dass die Erbin wohlbehalten angekommen war und hoffte, dass dadurch sämtliches Gerede endgültig verstummte. Gleichzeitig versicherte sie ihrer neuen Herrin, dass sie auf ihrer Seite seien, komme, was wolle, und sie spräche für alle, die zum Gut gehörten.

Mr. Gates rutschte auf seinem Stuhl etwas verlegen hin und her und erhob sich dann unter dem Vorwand, vor dem Dunkelwerden noch einmal den Gemüsegarten inspizieren zu wollen. Mrs. Shipley blaffte ihn an, ob er etwa seinen Möhren Gute Nacht sagen wollte.

Etwas irritiert von der letzten Aussage der Haushälterin, verabschiedete sich bald auch Louisa für den Abend, um sich in den Salon zurückzuziehen und den Abend ausklingen zu lassen. Sie hatte sich einen Tee aus der Küche mitgenommen und setzte sich auf eines der weichen Sofas am Kamin. Sie zog die Schuhe aus und legte ihre Füße auf den davor stehenden Polsterhocker. Die alten Bildbände darauf hatte sie auf einen anderen Stapel gelegt. Unter ihnen befanden sich Werke, über verlorene Herrenhäuser und Gärten in England.

Louisa schaute sich um und entdeckte immer wieder was Neues.

Es war einfach unglaublich, überall standen oder lagen Dinge, die ihre Begeisterung erneut entfachten. Sie konnte nicht lange sitzenbleiben und stand immer wieder aus ihrem Sofa auf, um sich etwas neu Entdecktes näher anzusehen, obwohl sie merkte, wie müde sie eigentlich war.

Sie stöberte durch den Salon und schaute sich die Fotografien genauer an. Darauf waren Personen zu sehen, die scheinbar zur Familie gehörten.

Auch ein älteres Bild mit der Königin hatte sie entdeckt.

War das daneben etwa ihr Großvater? Auch hier stach die Ähnlichkeit zu ihrem Vater wieder ganz deutlich hervor. Es war einfach alles unglaublich.

Dann ging sie zu einer der Fenstertüren und schaute in die Dämmerung. Louisa erinnerte sich wieder an das, was Mrs. Shipley und Mr. Gates zuletzt gesagt hatten. Gab es etwa mehrere Personen mit einem Erbanspruch?

Auch ihr Großvater hatte in seinem zweiten Brief an sie so etwas in dieser Art angedeutet. Sie musste dahinter kommen, was damit gemeint war. Sie war doch die rechtmäßige Erbin, oder etwa nicht?

Am nächsten Morgen erwachte Louisa als Gutsherrin von Brookhurst. Sie stand eine Stunde früher auf, was allerdings an der kleinen Zeitverschiebung lag.

Sie machte sich fertig, bereit, ihr neues Leben in Angriff zu nehmen und zog landtaugliche Kleidung an. Sie würde sich heute dem Verwalter vorstellen und sich von ihm das Anwesen zeigen lassen, allein diese Vorstellung machte sie nervös.

Sie ging über die Hintertreppe hinunter in die Küche, wo noch alles ruhig war. Louisa ging zum Herd, nahm den Wasserkessel und füllte Wasser ein. Dann klappte sie eine Kochplatte vom Herd auf und stellte den Kessel darauf. Es dauerte eine Weile, bis das Wasser die richtige Teetemperatur hatte.

Die Zeit nutzte Louisa, um sich in der Küche umzusehen und die großen Tassen zu finden.

‚Tea time' im feinen Porzellan schön und gut, aber morgens oder zwischendurch hielt Louisa es mit den meisten Briten: Es musste der große Becher sein, um den man seine Finger wickeln und sich gemütlich auf eine Bank setzen konnte. Sie fand eine ganze Reihe großer Tassen und nahm sich eine ganz alte mit blauem Muster darauf, die gefiel ihr auf Anhieb.

Das Wasser war passend heiß geworden und Louisa setzte sich mit der warmen Tasse auf ihren neuen Lieblingsplatz auf der Bank. Aber dann überkam sie der Drang, sich mit ihrem Tee nach draußen zu begeben.

Sie eilte in die Stiefelkammer, dem ‚Bootroom'. Alte Stiefelknechte lehnten an den Wänden, Hundeleinen und sogar Zaumzeug, Hüte und Mützen, Jacken und Westen in allen Größen hingen an Haken an den Wänden. Die Gummistiefel standen sauber aufgereiht und nach Größen sortiert an der linken Wand, während an der rechten Wand eine lange einfache Holzbank, ein Wheelback-Stuhl und eine Kommode standen.

Die graublaue Farbe von der halb vertäfelten Wand blätterte schon teilweise ab und verlieh der Stiefelkammer einen rustikalen Charme. An den freien Wänden tummelten sich alte Stiche von Pferden und Jagdszenen.

Louisa schnappte sich ihre dünne Wachsjacke, stieg in ihre Schuhe und verließ das Haus durch seine Hintertür. Sie passierte die Stallungen, aus denen schon das Wiehern der Pferde auszumachen war und lief auf die offene Wiese dahinter.

Es gab nichts Schöneres, als früh morgens auf dem Land die taufrische Luft und den unverwechselbaren Duft der englischen Landschaft einzuatmen. Das Licht spielte mit dem Morgentau, der auf den Wiesen hing und die Bäume seicht umhüllte.

Auch der heutige Tag würde ein schöner Frühherbsttag werden. Louisa war gespannt, was dieser Tag wohl bringen würde. Sie schlenderte langsam über das feuchte Grün, drehte sich zum Haus um und nippte an ihrem heißen Tee.

Dieser kleine Moment bedeutete für sie Perfektion; für sie war es der Himmel auf Erden.

Nach geraumer Zeit, der Tee war längst ausgetrunken, ging Louisa zum Haus zurück, ihr Frühstückshunger war geweckt und sie freute sich auf einen schönen Toast. Als sie wieder in die Küche trat, war Mrs. Shipley schon emsig dabei, das Frühstück vorzubereiten. Es duftete herrlich nach geröstetem Brot und gebratenen Eiern. Sogar Speck und Tomaten brutzelten in einer zweiten Pfanne.

„Guten Morgen, Mrs. Shipley, das duftet ja wunderbar!"

„Guten Morgen, Eure Ladyschaft. Ich habe mir gedacht, dass ein ordentliches Frühstück heute morgen für Sie genau das Richtige sein wird. Sie haben einen anstrengenden Tag vor sich. Wie haben Sie geschlafen?"

„Wie ein Stein! Ich bin wegen der kleinen Zeitverschiebung früher wach geworden und bin dann mit einem Tee nach draußen gegangen. Es ist einfach traumhaft hier, es gibt nichts Schöneres, als den englischen Spätsommer und Herbst."

„Wie recht Sie haben. Und hier in dieser Gegend ist er ganz besonders bezaubernd. Setzen Sie sich, ich nehme doch an, dass Sie hier frühstücken möchten und nicht im ‚Morning Room'?", zwinkerte die Haushälterin sie an.

„Am Liebsten hier bei Ihnen, Mrs. Shipley!" Louisa lachte und setzte sich an den Tisch. Sie goss sich noch einen Tee ein, der in der Kanne bereit auf dem Tisch stand.

„Welcher ist denn der 'Morning Room'?"

„Das ist der hellblaue Raum neben dem Hauseingang. Dort saß wohl immer die Dame des Hauses. Auch die letzte Lady frühstückte und empfing immer dort. Und wehe, Ihr Großvater ging in die Küche! Er wollte es zwar nicht, aber ließ es über sich ergehen in Gesellschaft seiner Gattin zu speisen."

Mrs. Shipley servierte gerade das Frühstück, als das Telefon am anderen Ende der Küche klingelte. Sie eilte hin und nahm den Hörer ab, redete kurz mit dem Anrufer und legte dann wieder auf.

„Verzeihung, das war Mr. Percy, der Verwalter. Er hat seinen Besuch für zehn Uhr heute Vormittag angekündigt."

„Ist gut, Danke, Mrs. Shipley. Bitte schicken Sie ihn in die Bibliothek, wenn er da ist."

Louisa konnte kaum glauben, dass sie diesen Satz von sich gab, sie klang wie in einem historischen Kostümdrama und musste sich ein Schmunzeln verkneifen, aber ihr Herz machte einen euphorischen Sprung.

Nach dem Frühstück nutzte Louisa die Zeit, um sich in der Bibliothek umzusehen. In der Mitte des Raumes stand ein großer rechteckiger Tisch, der unter Büchermassen fast zusammen zu brechen drohte. Zwei speckige Lederohrensessel standen am Fenster, zwischen ihnen stand ein Tischchen mit einem vergessenen leeren Glas.

Louisa ging an den Bücherwänden langsam entlang und entdeckte alte wissenschaftliche Abhandlungen unter anderem zur Ägyptologie, Medizin und Geschichte.

Die „Encyclopedia Britannica" nahm einen großen Teil eines Regals ein. Dann fand Louisa literarische Klassiker von Fielding, Hardy und Shakespeare; auch Woolf, Austen und Eliot waren darunter. Eine weitere Abteilung umfasste Werke zur Botanik und Gartenkunst.

Sie schnappte sich ein Buch aus dem Bereich Architektur und setzte sich damit auf das weiche Polster im Erker. Von hier konnte sie den gesamten Hof und ein Stück der Zufahrt überblicken. Sie blätterte in dem viktorianischen Werk und las den einen oder anderen Absatz und betrachtete die Zeichnungen.

Pünktlich um zehn Uhr klopfte es an der Bibliothekstür und ein untersetzter Herr von etwa 60 Jahren und mit Halbglatze trat ein. Er trug einen ausgebeulten braunen Tweedanzug und darüber eine Barbour, die am Ärmel Risse hatte. Seine Kappe hielt er in den Händen.

„Guten Morgen! Sie müssen Mr. Percy sein, der Verwalter, ich freue mich Sie kennenzulernen." Louisa ging ihrem Besucher entgegen und reichte ihm die Hand. Sie war sehr nervös, versuchte es sich aber nicht anmerken zu lassen.

„Guten Morgen, Eure Ladyschaft", entgegnete der Verwalter ihr mit einer warmen tiefen Stimme und einem klaren breiten Akzent, wie er für diese Gegend Englands typisch war.

Louisa wies ihrem Besucher einen Sessel zu.

„Lord Burton hat mir in einem Brief geschrieben, dass Sie der Beste seien!"

Mr. Percy blickte bei diesen Worten verlegen zu Boden.

„Ihr Großvater war ein anständiger Lord und ein guter Freund, er hinterlässt eine große Lücke."

„Es ehrt Sie, dass Sie das sagen. Ich wünschte, ich hätte ihn näher gekannt. Ich bin ihm nur einmal begegnet und hatte keine Ahnung, wer er war."

Louisa holte tief Luft. „Wie Sie sicherlich schon wissen, ist die Verwaltung eines solchen Anwesens absolutes Neuland für mich. Daher hoffe und setze ich auf Ihre unschätzbare Erfahrung und Hilfe, Mr. Percy."

Sie war erstaunt, wie selbstsicher sie klang, obwohl sie sich bei weitem nicht so fühlte. Doch musste sie zeitgleich auch ihren Angestellten das sichere Gefühl vermitteln, dass es weiterging. Eine schwache Persönlichkeit würde die Leute auf dem Gut verunsichern.

„Selbstverständlich, Ma'am, Sie können auf mich zählen. Und auch die Pächter haben mir zugesichert, dass sie Ihnen treu bleiben werden. Das hätte Lord Burton so gewollt. Er wurde von allen sehr respektiert und gemocht", versicherte ihr Mr. Percy beinahe inbrünstig.

„Ich möchte mein Möglichstes tun, um das Beste aus diesem Anwesen herauszuholen, im Sinne des Earls. Ich möchte alles erlernen und verstehen, was es zu verstehen gibt, und ich hoffe, dass Sie geduldig mit mir sein werden!" Louisa lächelte ihn bei ihren letzten Worten erwartungsvoll an.

„Es wäre mir eine Ehre."

„Wunderbar, Mr. Percy. Was halten Sie davon, wenn Sie mich nun herumführen und mir alles zeigen? Dann weiß endlich, was ich hier übernommen habe!"

„Sehr gerne."

„Gut, dann ziehe ich mir eben was über und wir treffen uns draußen."

Fünf Minuten später traf Louisa in einer Wachsjacke und ihren bequemsten Schuhen Mr. Percy vor dem Tor zum Bedienstetentrakt.

Zunächst führte der Verwalter sie in die Stallungen, um ihr die vier Pferde vorzustellen. Diese wurden von einem Stallburschen betreut und regelmäßig bewegt. Dieser war kurz davor, die Pferde auf die Koppel zu entlassen, die direkt hinter dem Stall anschloss. Als Mr. Percy mit

Louisa auf ihn zukam, zog dieser schon seine Mütze vom Kopf, um seine neue Herrin zu begrüßen.

Louisa war erstaunt darüber, dass die Menschen hier allesamt ehrfürchtig vor ihr waren. Es musste an ihrem Großvater liegen, der von allen nur den höchsten Respekt erfahren hatte.

„Das ist Eddy, unser Pferdejunge. Naja, Junge ist vielleicht etwas übertrieben, aber er ist schon hier, seit er sich als Kind nach der Schule mit seinem Vater um die vier Zossen gekümmert hat. Er ist uns treu geblieben. Keiner versteht die Tiere besser als er."

Louisa vermutete, dass sie etwa im gleichen Alter sein mussten.

Um auch mit dem Stallburschen das Eis zu brechen, erzählte sie ihm, dass sie als Mädchen auch reiten gelernt hatte, auch wenn es schon etliche Jahre her war, seit sie das letzte Mal im Sattel saß.

Eddy versicherte ihr, dass sie es sicher nicht verlernt haben würde, er ihr aber auch gerne ein paar Reitstunden geben könnte.

Mit dem Versprechen, gerne darauf zurückzukommen, gingen Louisa und Mr. Percy weiter.

Der Verwalter zeigte ihr im Anschluss die Ackerflächen und die Schafweiden, den Forst und die umliegenden Höfe in der Ferne, die alle zu Brookhurst gehörten.

Sie fuhren schließlich mit dem Landrover von einer Farm zur nächsten, und sie wurde den anliegenden Farmern vorgestellt und überall herzlich empfangen. Die Vorurteile, dass eine junge Frau aus Deutschland Brookhurst übernehmen sollte, herrschten nur bis zur ersten Begegnung, ab dann waren die Farmer und andere Gutsarbeiter ganz angetan von ihrer neuen Herrin. Sie war charmant und höflich, nicht zu vornehm oder überheblich, sondern kam mit ihnen bestens zurecht. Nicht zuletzt gestand Louisa auch diesen Leuten, dass sie sich in ein neues Gebiet einarbeiten müsste und dabei auf die Hilfe der Menschen vertraute.

Mr. Percy war beeindruckt von ihrer Gabe, auf die Menschen offen zuzugehen.

„Sie sind wie ihr Großvater, der Lord. Er kam auch mit allen Leuten gut zurecht."

Louisa fühlte sich insgeheim geschmeichelt, denn sie hatte bisher nur Gutes von ihrem Großvater gehört. Sie waren zu Fuß auf dem Weg zurück zum Haus, nachdem sie den Landrover wieder in die Remise hinten auf dem Hof gefahren hatten.

„Und Sie haben seine Augen." Mit dieser Beobachtung überraschte Mr. Percy die junge Lady.

„Das haben mir schon ein paar Leute gesagt. Mein Vater sieht dem Earl übrigens verblüffend ähnlich." Louisa blieb stehen. „Mr. Percy, darf ich Sie etwas fragen?"

„Wenn ich Ihnen die Frage beantworten kann, Mylady."

„Ich denke ja. Es geht um den Tod des Earls. Mr. Montgomery erwähnte, dass Sie dabei waren. Was ist geschehen?"

„Das stimmt. Ich war dabei." Mr. Percy berichtete genau, was sich zugetragen hatte, wie der Earl den Namen „Hanna" rief und ihn dann plötzlich zusammenbrechen sah.

„Hanna? Der Earl hat ,Hanna' gerufen, bevor er starb?"

„Ja, das hat er. Laut und deutlich. Aber ich wusste nicht, was oder wen er damit meinte. Er hatte jemanden gesehen, auf den er zu rannte. Aber da war niemand!"

„Hanna war meine Großmutter, Mr. Percy. Sie ist vor etwa zwei Monaten gestorben." Louisa blickte ihn an und ging ein paar Schritte weiter.

Mr. Percy's Augen weiteten sich und er schien plötzlich etwas verstanden zu haben. „Die deutsche Frau, die er nie heiraten durfte! Ja, davon habe ich gehört."

„Ja, er hat sie nie vergessen." Und sie ihn offenbar auch nicht, aber das behielt Louisa für sich.

Louisa ging nach dem Mittagessen hinauf in das Zimmer ihres Großvaters. Sie wollte sich einige seiner Tagebücher mit in den Garten nehmen und lesen, sie wollte mehr über diesen Mann und sein Leben erfahren.

Kurzzeitig überkam sie der Drang, an seiner Tür anzuklopfen, schalt sich dann aber einen Narren und trat einfach ein. Es war ihr wieder so, als wäre der Raum noch immer bewohnt.

Louisa ging zum Schreibtisch und griff nach dem Stapel, auf dem das letzte Tagebuch ihres Großvaters lag. Doch dann fiel ihr Blick wieder auf das Regal, in dem alte Tagebücher dicht gedrängt aneinander standen.

Sie entschloss sich, dass sie mit dem ersten aller Tagebücher zu lesen beginnen würde, welches zu Beginn des 2. Weltkrieges verfasst worden war.

Louisa wollte so ihren leiblichen Großvater und sein Leben kennenlernen. Sie nahm sich sechs der Bücher in chronologischer Reihenfolge und ging damit hinunter in den Garten.

Das Wetter war herrlich, es war mild und die Sonne schien.

Louisa ging vom Salon auf die Terrasse und lief die Stufen hinab in den ersten Teil des Gartens, in dem ein kleiner Knotengarten mit einer zentralen Sonnenuhr den lustwandelnden Besucher empfing.

Doch Louisa zog es zu dem ummauerten Garten. Sie schlenderte durch die kleine Baumreihe und an den bunten Beeten entlang und kam an der Mauer zu einer alten Holztür, die nur angelehnt war. Louisa stieß sie auf und stand in einem Rosengarten, der selbst zu dieser Jahreszeit noch in üppiger Blüte stand.

Alle Rosen waren farblich symmetrisch angeordnet, und an den Mauern rankten ausladende Kletterrosen empor.

Im Sonnenlicht summten die nektarhungrigen Insekten von Blüte zu Blüte und holten die letzten Reste daraus hervor.

Dieser Gartenraum wirkte wie eine andere Welt. Louisa ging an den Rosen vorbei, steckte hier und da ihre Nase in die vollen Blütenköpfe und genoss den unvergleichlichen süßen und betörenden Duft einer jeden Sorte.

Auf der anderen Seite fand sie schließlich eine alte Bank und setzte sich dort hin.

Sie nahm das erste Tagebuch und begann zu lesen. Sie erfuhr von William Burton's Einberufung in den Kriegsdienst, von seinem jüngeren Bruder, der sich sofort mit achtzehn Jahren verpflichten ließ. Er schrieb von den tragischen Luftangriffen über Frankreich, wie er nach Deutschland kam und welche schrecklichen Ereignisse er mit ansehen musste.

Einmal hatte es einen Raketenangriff auf sein Lager gegeben, wobei er mit einer Verbrennung an der Hand nur knapp dem sicheren Tod entkommen war. Viele seiner Kameraden hatten nicht soviel Glück, ihre Körperteile waren im ganzen Lager verteilt. Sein Bruder war schon sehr früh gefallen. Er war noch so jung, er hatte kaum etwas vom Leben gehabt, aber er war fest entschlossen, für seinen König und sein Land zu kämpfen. Und zu sterben, wenn es sein musste.

Louisa schluckte bei dem Gedanken an diesen und an die vielen anderen jungen Männer vieler Nationen, die voller Zuversicht auf die Schlachtfelder dieser Welt zogen, in der Hoffnung, diese Welt mit ihrem Beitrag ein kleines Bisschen besser zu machen, leider oft vergeblich.

Im zweiten Tagebuch hatte Lord Burton von seinen letzten Jahren im Krieg geschrieben. Er gab wieder, was seine Eltern ihm in ihren Briefen von Zuhause erzählten, wie sehr sich das Leben hier auf dem Land verändert hatte und alles im Zeichen des Sieges stand. Wie Brookhurst Manor zu einem Hospital umgerüstet wurde, wie die Farmer ihre Landwirtschaft umstellen mussten, um mit ihren Erträgen das von Importen abhängige Großbritannien gänzlich unabhängig versorgen zu können, und damit die Schlacht des Überlebens kämpften.

William Burton schrieb von der Belagerung der Höfe im Emsland, und als die Alliierten die Macht über das Deutsche Reich gewonnen hatten.

Und dann änderte sich sein Inhalt. Was zuvor ein Spiegelbild des Kriegsschauplatzes und des Leids gewesen war, wandelte sich zu einer romantischen Erzählung.

William beschrieb die erste Begegnung mit einer jungen Frau, deren Namen er jedoch noch nicht wusste. Er berichtete liebevoll von ihr. Kurze Zeit später hatte er ihren Namen erfahren. Hanna hieß die junge Frau, eine Tochter des von ihnen besetzten Hofes in dem Dorf, welches sein Regiment in Beschlag genommen hatte.

Die nachfolgenden Seiten waren gefüllt mit Liebesbekenntnissen und Romantik, hier hatte ihr Großvater seine ganzen Emotionen für die Nachwelt festgehalten. Sie las von dem Heiratsantrag und von der Verlobung, von den vielen gemeinsamen Stunden und Plänen für die Zukunft.

Louisa überkam eine Gänsehaut, als sie das las. Hier begann ihre Geschichte. Sie verschlang die Tagebücher reihenweise, und dabei merkte sie nicht einmal, das die Sonne plötzlich sehr tief stand.

Erst als ihr kalt wurde, weil sie nun im Schatten saß, erwachte sie aus ihrer virtuellen Welt, die sie so sehr gefesselt hatte.

Louisa nahm sich vor, die nächsten Bücher so bald wie möglich zu lesen, es war besser als jeder Roman. Sie brachte die gelesenen Bücher zurück an ihren Platz und nahm den nächsten Stapel mit nach unten in den Salon. Louisa verbrachte den ganzen Abend mit Lesen.

Sie erfuhr von der Geburt ihres Vaters und war zutiefst gerührt, wie glücklich und stolz Lord Burton gewesen war.

Von Anfang an hatte eine tiefe Liebe zu diesem, ihm doch fremden Kind bestanden, bedingungslos und innig.

Louisas Großvater hatte von seinen testamentarischen Absichten berichtet, noch bevor er diesen mysteriösen Erlass auch nur einmal erwähnt hatte. William war damals bereit gewesen das Risiko einzugehen, dass sein Wunscherbe leer auszugehen drohte und sein ganzes Hab und Gut an die andere Familie ging, wenn er sich zu seinem illegitimen Sohn bekannte und ihn zum Erben ernannte.

Inzwischen war Louisa bei der Heirat mit Lady Augusta angekommen. Es wollten ihr schon die Augen zufallen, so müde war sie geworden.

Doch dann tauchte plötzlich das Stichwort auf, auf welches sie so lange gewartet hatte.

„Erlass".

Sie setzte sich aufrecht hin und war wieder hellwach. Hier schrieb Lord Burton von seiner Entdeckung in der Familienbibel, die er zwar so oft studiert, aber nie die Bedeutung des Satzes darin verstanden hatte. Nun klangen seine Worte hoffnungsvoll und weniger rebellisch, er schien sich sicher zu sein, dass dieser kleine Textabschnitt, den er gefunden hatte, seine Rettung sein sollte.

Der Erlass.

Was war nur damit gemeint? Und die Familienbibel? Wo befand sich dieses Werk? So etwas Privates konnte überall sein! Und dieses Haus war groß!

Mehr hatte William dazu nicht geschrieben, somit hatte Louisa keine Ahnung, was dieses Dokument besagte. Sie beschloss, dass es nun spät genug war und sie eine gehörige Portion Schlaf brauchte.

Sie legte ein Lesezeichen in das Tagebuch und nahm den Stapel mit in ihr Schlafzimmer. Schließlich waren es private Aufzeichnungen und gingen niemanden etwas an.

Am nächsten Morgen rief Louisa bei Mr. Montgomery in der Kanzlei an und bat ihn nach Brookhurst zu kommen.

Mr. Montgomery kündigte sich für den darauffolgenden Vormittag an. Damit hatte Louisa Zeit, um ein paar Briefmarken zu kaufen. Außerdem wollte sie sich im Dorf Brookhurst umsehen. Sie erinnerte sich, dass sie bei ihrer Anreise an einem Wegweiser vorbeigekommen war. Von dem Dorf war an der Landstraße jedoch noch kein Stein zu sehen gewesen.

Sie gab Mrs. Shipley Bescheid und fragte die Haushälterin, ob sie etwas aus dem Dorf benötigte, was diese verneinte. So stieg Louisa in ihr Auto, welches noch immer am Rand des Vorplatzes stand, seit dem Tag ihrer Ankunft.

Jetzt war sie zwar erst ein paar Tage hier, aber fühlte sich wie ein ganz anderer Mensch als die junge Frau, die gefühlt erst vor wenigen Augenblicken hier in großer Ehrfurcht auf den Hof gefahren war. Nichts ahnend, was hier auf sie warten sollte.

Innerhalb dieser kurzen Zeit fühlte sie eine große Veränderung in sich selbst. Sie war innerlich ruhig geworden. Bis vor zwei Wochen hatte sie nicht gewusst, was das Leben für sie bereithalten würde, sie war nervös und angespannt gewesen. Sie hätte möglicherweise jeden Job angenommen, nur um eine Beschäftigung zu haben. Ob sie hingegen glücklich geworden wäre, irgendwo auf der Welt, wo ihr Herz doch eigentlich nach England gehörte?

Kaum zu fassen, was so wenige Tage ausmachten! Sie hatten ihr gesamtes Leben so vollkommen verändert, wie sie es niemals für möglich gehalten hätte. Wie gut das Schicksal es mit ihr meinte! Nicht nur hatte sie ihren Traumjob auf Lebenszeit, noch war sie dazu in dem Land, sogar in der Grafschaft, in der sie sich am meisten zu Hause fühlte, und dass auf einem Anwesen, das seines Gleichen suchte.

Louisa lächelte in sich hinein, als sie in ihrem Auto saß und an ihre vergangenen Wochen dachte. Wie traurig war sie gewesen, am Ende des Sommers bei den Bainbridges, als sie wieder nach Deutschland zurück musste, weil sich in England einfach keine Jobmöglichkeiten aufgetan hatten. Sie und Minty hatten sich ihre neue Zukunft so schön bunt gemalt, dass sie es sich gar nicht mehr anders vorstellen konnte. Am Tag des Abschieds von ihrer besten Freundin, deren Eltern und Geschwistern war es Louisa so, als würde sie ihr Leben zurücklassen.

Alles war grau und aussichtslos. Am meisten jedoch hatte sie befürchtet, dass durch die Entfernung auch ihre enge Freundschaft mit Minty, und sogar Henry, zerbrach. Aus den Augen, aus dem Sinn.

Die Anrufe und Briefe wären weniger geworden, Minty hätte sie vor lauter lustigem Londonleben vergessen, während Louisa selbst ihr langweiliges Dasein in einer Behörde gefristet hätte. Und irgendwann wäre der Kontakt eingeschlafen, weil sie sich zu sehr auseinander gelebt hätten.

Henry hätte sie sicher noch ein paar Mal angerufen, waren sie sich in dem Sommer doch freundschaftlich ein wenig näher gekommen. Wo Louisa am Anfang gedacht hatte, dass er in ihr nur die Freundin seiner jüngeren Schwester sah, hatte sich im Laufe des langen Sommers doch eine Art Freundschaft entwickelt.

Sie hatten einige Stunden zusammen verbracht, als Minty zu einem Vorstellungsgespräch nach London fahren musste, und hatten sich erstaunlich gut verstanden. Die anfängliche Arroganz seitens Henry, zumindest hielt Louisa ihn für so arrogant wie es manche junge Herren aus der ‚upper class‘ eben waren, war einer freundschaftlichen Zuneigung gewichen. Louisa war zu Beginn Henry gegenüber schüchtern und zurückhaltend gewesen, verhielt er sich doch wie ein edler Schnösel.

Doch während sie gemeinsam das alte Boot aus dem See gezogen hatten, um es für eine Überarbeitung zu reinigen, erkannte Louisa, dass viel mehr hinter dieser gutaussehenden Fassade steckte, als sie bisher angenommen hatte. Mintys älterer Bruder war clever und witzig, und tatsächlich mit einem natürlichen Charme ausgestattet, der sich von seinem gesellschaftlich-inspirierten Charme unterschied.

Als sie an jenem Sommertag das besagte Boot gemeinsam aus dem Wasser ziehen wollten, war Louisa halb in den Tümpel gestolpert, und Henry hatte sie aus tiefstem Herzen ausgelacht.

Als Retourkutsche hatte sich Louisa eine Handvoll Algen gegriffen und auf sein blau-weiß gestreiftes Hemd fliegen lassen. Der Schockmoment dauerte nur ein paar Sekunden, bis Henry sich ebenfalls ins Wasser gestürzt hatte und mit einer Portion Tümpelgrün seine Rache vollendete. Das hatte das Eis zwischen ihnen gebrochen.

Sie lachten und johlten in dem grünen Wasser herum und sahen später aus wie zweibeinige Spinatwickeln. Henry hatte Louisa mit fröhlich funkelnden Augen angeschaut, und damit bei ihr ein unerwartetes Kribbeln im Bauch ausgelöst. Das hatte Louisa ein wenig durcheinander gebracht. Aber sie sagte sich, dass er der Bruder ihrer besten Freundin sei, noch dazu eine attraktive Partie für sicherlich viele junge Damen in seinem Umfeld, und spätestens damit außerhalb ihrer eigenen Reichweite. Wenigstens hatte sich ihre Meinung zu ihm geändert, und so wurde der Sommer leichter und vielleicht der Schönste, den sie jemals erlebt hatte.

Louisa löste sich aus ihren Gedanken, verwarf das Bild von Henrys Lächeln und schüttelte ihren Kopf. Dann seufzte sie einmal zufrieden und startete den Motor.

Die Fahrt ins Dorf Brookhurst dauerte nur wenige Minuten. An dem Dorf war sie schon bei ihrer Anreise vorbeigefahren. Diesmal bog sie in die Straße ab, die zum Dorf führte.

Louisa war überrascht von dieser Beschaulichkeit. Ein typisch englisches Dorf mit verwinkelten Straßen, Häuser, die munter in die Sichtachsen hineinragten; eine bunte Mischung aus Steincottages, verputzten Reihenhäuschen und Fachwerkbauten. Zwischendrin stand das eine oder andere stattlichere Gebäude mit kleinem Vorgarten.

Ein grüner Dorfanger mit idyllischem Ententeich versammelte ein paar Läden um sich, eine Drogerie, einen Lebensmittelladen mit frischer Gemüseauslage vor der Tür und alten blechernen

Werbeschildern, und einem Postamt, vor dessen Schaufenster eine Wimpelkette fröhlich im Wind flatterte. Ein uriges Pub befand sich auf der anderen Seite der Dorfwiese.

Eine kleine Kirche mit einem verwunschenen Friedhof lag unweit des Dorfangers auf einer kleinen Erhöhung hinter einer Steinmauer. Ein grüner Morris Minor knatterte vorbei und hielt vor dem Dorfladen. Es erinnerte Louisa sehr an die malerischen Dorfszenen auf Puzzlekartons, sie fühlte sich wie in einer anderen Welt. Eine solche Traditionsvielfalt und Treue zur einheimischen Lebensart würde man in Deutschland vergeblich suchen.

Als Erstes zog es Louisa zur Kirche. Sie parkte ihren Wagen am Straßenrand nahe der Post und lief zum kleinen Holztor am Eingang des Friedhofs. Sie hielt kurz inne, bevor sie das Tor öffnete. Die teils uralten Grabsteine waren eingesunken und wurden nur noch vom Gras vor dem endgültigen Umsturz bewahrt. Louisa ging langsam über den saftig grünen Rasen, der nirgends grüner zu sein schien als auf englischen Friedhöfen, und schaute sich nach rechts und links um. Dann entdeckte sie hinter der Kirche auf der linken Seite ein monumentales Familiengrabmal. Es zog sie regelrecht an.

Sie erkannte, dass viele halb verwelkte Blumen auf und neben der Grabplatte lagen. Auf dem alten Stein war ein Wappen eingemeißelt, darunter stand der Name Burton. Viele Burtons waren hier in den letzten 200 Jahren beigesetzt worden.

Der letzte Name war frisch eingemeißelt worden. Sie hatte das Grab ihres Großvaters gefunden. Hier lag der Mann, der ihr ganzes Leben verändert hatte. Sie kniete nieder und begann zu weinen. Sie trauerte um einen Mann, den sie kaum gekannt hatte, dem sie sich aber so nahe fühlte.

Als sie sich nach einer Weile die Tränen getrocknet hatte, bemerkte sie, dass jemand sie in einiger Entfernung beobachtete und erhob sich rasch. Sie fühlte sich beinahe so, als hätte sie etwas Verbotenes getan.

Aber es war der Reverend. Er kam langsam auf sie zu.

„Verzeihen Sie, wenn ich Sie gestört habe. Sie müssen Lady Louisa Burton sein. Ich bin Reverend Malcom Tinsley."

Sie reichten sich die Hand und Louisa begrüßte den Pfarrer, der sie mit warmen Augen so herzlich empfing.

„Es freut mich sehr zu sehen, dass Sie gut angekommen sind. Das ganze Dorf ist sehr gespannt auf seine neue Patronin."

Louisa hatte sich inzwischen wieder gefasst.

„Vielen Dank, Reverend, für Ihre nette Begrüßung. Ich bin ein wenig nervös, was diese neue Lebensaufgabe angeht."

„Wir, und da kann ich getrost für beinahe das ganze Dorf sprechen, werden Sie unterstützen, wo wir nur können. Und sollten Sie einmal Sorgen haben, bin ich jederzeit für Sie da."

„Das ist sehr freundlich von Ihnen, Danke."

Louisa fiel Mr. Tinsley's Einschränkung auf, hakte aber nicht nach.

„Dann möchte ich Sie nicht länger aufhalten. Ich sehe Sie dann am Sonntag um zehn Uhr zur Messe."

„Auf Wiedersehen, Reverend. Und nochmals Danke."

Plötzlich dämmerte Louisa, dass das ja nun auch zu ihren Pflichten gehörte. Patronin des Dorfes! Wie vielen Komitees würde sie wohl vorsitzen müssen.

Sie seufzte, warf noch einen letzten Blick auf das Grab der Burtons und verließ den Friedhof in die Richtung des Dorfangers.

Kaum hatte sie die Straße überquert, trat ein Herr mittleren Alters auf sie zu und stellte sich ihr breit in den Weg.

„Guten Tag, Lady Louisa." Seine Stimme klang schmierig.

Louisa war zunächst irritiert, weil sie den Mann noch nie gesehen hatte. Er war recht groß gewachsen, trug zwar die klassische ‚Country' -Garderobe eines Gentleman, wirkte aber dennoch schäbig.

Er schaute sie aus glasigen Augen kalt an. Seine Alkoholfahne konnte sie selbst in zwei Metern Entfernung deutlich riechen.

„Guten Tag, Sir. Sollte ich Sie kennen?"

Noch während sie diese Frage stellte und in sein grinsendes Gesicht blickte, dämmerte ihr, wen sie vor sich haben musste.

„In der Tat sollten Sie wissen, wer ich bin. Ich bin Osborne Burton. Ich bin der Mann, in dessen Haus Sie jetzt wohnen. Ich bin der 15. Earl of Brookhurst."

Louisa wusste im ersten Moment nicht, was sie darauf sagen sollte, außer: „Da müssen Sie sich irren, mein Vater ist der 15. Earl of Brookhurst, mein Großvater war der 14. Earl."

Osborne lachte eiskalt auf und warf seinen Kopf dabei nach hinten, so dass eine Reihe gelben Zähne zum Vorschein kamen, die solche Lücken aufwiesen wie Stone Henge.

„Ich hoffe, Sie haben Ihre Koffer noch nicht ausgepackt, Lady Louisa. Denn Sie sollten es sich auf Brookhurst nicht zu gemütlich machen."

Er trat einen Schritt näher auf sie zu, was zurecht bedrohlich auf Louisa wirkte. „Das Erbe wird angefochten, es ist rechtmäßig meins. Meine Anwälte sind bereits darauf angesetzt. Ihr Vater ist unehelich, er hat keinerlei Anspruch darauf. Und Sie, Verehrteste, Sie damit auch nicht. Guten Tag, Mylady." Das letzte Wort war in respektlose Ironie gehüllt.

Damit tippte er an seinen Hut und ging hämisch lachend an Louisa vorbei. Diese stand völlig benommen auf dem Gehweg vor der Post.

Eine rundliche Frau in einer Kittelschürze kam aus der Post gestürzt und lief auf Louisa zu.

„Ach, liebes Kind. Was für eine schreckliche Begegnung das für Sie gewesen sein muss."

Sie legte den Arm um Louisa und führte sie in den Postladen. Die Frau setzte den Neuankömmling auf einen Stuhl. Sie eilte in die kleine Teeküche hinter dem Verkaufstresen und brachte eine Tasse Tee für Louisa.

Der Frau schien es egal zu sein, ob sie eine Lady oder eine Putzfrau vor sich hatte, für sie war Louisa ein junges Ding, die gerade ihren Trost brauchte.

Die Frau stellte sich als Mrs. Bryant vor und reichte Louisa die Tasse, die diese gerne annahm.

„Dieser schreckliche Kerl. Es ist eine Schande, dass er zu den angesehenen Burtons gehört. Nichts als Ärger hat man mit ihm. Ich habe Ihre Begegnung genau beobachtet. Er führt sich auf, als wäre er der Earl. Dabei weiß hier jeder, dass Ihr Herr Vater der neue Lord Burton geworden ist."

Louisa nickte und nahm einen Schluck Tee. Das war also tatsächlich dieser Osborne Burton, vor dem ihr Großvater sie in seinem Brief gewarnt hatte.

„Er hat Sie ganz schön erschreckt, nicht wahr?"

„Das hat er. Lord Burton hatte mich in einem Brief sogar vor ihm gewarnt. Dass es aber sobald zu einer Begegnung kommen würde, damit habe ich nicht gerechnet."

„Lassen Sie sich nicht unterkriegen, Kindchen, wir stehen geschlossen hinter Ihnen. Der Earl war ein guter Mann und Sie sind genau wie er, das sehe ich Ihnen an. Ich habe ein Blick für gute Menschen."

Bevor Louisa nachdenken konnte, platzte sie mit ihrer Befürchtung heraus. „Aber was ist, wenn dieser Osborne es schafft, das Erbe für sich zu beanspruchen? Was ist, wenn er Recht hat?"

„Alle hier wussten schon immer, dass Ihr Großvater, der Earl, Ihren Vater als Erben einsetzen würde. Daraus hat er nie ein Geheimnis gemacht. Und vielleicht ist an dem Mythos ja auch etwas dran."

„Was für ein Mythos?"

„Es heißt, dass es ein uraltes Dokument gibt."

„Den Erlass?"

Mrs. Bryant nickte. „Die Geschichte besagt, dass ein Vorfahre vom Earl vor vielleicht zwei-dreihundert Jahren einen Sohn gehabt haben soll, mit einer Frau, die er nicht heiraten durfte. Er liebte dieses Kind abgöttisch und hat die Frau als seine Geliebte im Dorf etabliert. Da drüben, in dem blauen Haus haben sie gelebt." Mrs. Bryant deutete auf ein Haus am anderen Ende des Angers.

„Als es hieß, dass er trotzdem einen legitimen Erben mit seiner ihm angetrauten Lady zeugen sollte, soll er zum König gegangen sein und einen Erlass beantragt haben, der es auch unehelichen, aber vom Vater offiziell anerkannten, Kindern erlaubte, ein Erbe anzutreten. Der König hatte es dann angeblich genehmigt, er selbst war ja schließlich auch kein Kind von Traurigkeit. Aber dieser Erlass soll von dem Earl und seinem Sohn so gut versteckt worden sein, aus Angst, jemand könnte ihn vernichten und den Jungen um sein Erbe bringen, dass dieses Dokument bis heute nicht gefunden werden konnte. Eines Tages verschwand der alte Earl spurlos, er war nie wieder aufgetaucht, man munkelte von Selbstmord, denn er soll einen Brief geschrieben haben, in dem er alles diesem illegitimen Sohn vermachte. Leider starb sein Sohn, dieser neue Earl, als unverheirateter und kinderloser Mann kurze Zeit später bei einem Unfall, so dass Brookhurst an den jüngeren Bruder des alten Earl ging. Der Erlass ist und bleibt seither verschwunden. So sagt das Gerücht. Ob da wirklich was dran ist, weiß ich nicht."

„Was für eine spannende Geschichte!"

„Aber seitdem wird davon erzählt. Und seitdem hat aber kein Earl jemals wieder die klassische Erbfolge in Frage gestellt. Bis Heute."

Louisa sog diese Erzählung auf wie ein Schwamm.

Ihr Großvater hatte dieses sagenumwobene Dokument schließlich auch in seinen Tagebüchern erwähnt. Es musste also etwas Wahres an der Geschichte sein, wenn sie sich selbst in der Gegenwart so hartnäckig hielt. Es muss doch möglich sein, einen Beweis für diesen Erlass zu finden. Oder gar den Erlass selbst!

War er denn nicht bei den Unterlagen der Familie? Aber dort würde ihr Großvater sicher schon gesucht haben. Wo würde man ein solches Dokument verstecken, um es zu schützen? Vielleicht gab es ein Geheimfach in der Bibliothek oder hinter einem Gemälde, und gleichzeitig verwarf sie diese Ideen als zu klischeebehaftet.

Ob sie selbst das Erbe behalten dürfte oder es abgeben musste - sie würde jedenfalls alles tun, um zu verhindern, dass dieser grässliche Osborne auch nur einen Kieselstein von Brookhurst bekam. Mit ganz viel Glück würde sie es ja vielleicht schaffen, das Rätsel um diesen Erlass zu lösen.

Die Poststelle war bald überlaufen von Kunden, oder eher neugierigen Einheimischen, die einer nach dem anderen die Neuigkeit von Lady Louisa's Anwesenheit in der Post vor der Ladentür weitergaben. Und Mrs. Bryant erzählte allen, die es interessierte, immer wieder haarklein das Ereignis, welches sich vor ihrem Laden abgespielt hatte und machte nebenbei Louisa mit allen Einwohnern bekannt.

Die Einwohner von Brookhurst waren hingerissen von ihrer neuen Patronin. Louisa wusste bald nicht mehr, wem sie schon vorgestellt wurde und wem nicht, welchen Kirchenkomitees sie zugesagt hatte und wann welche Einladung zum Tee stattfinden sollte.

Louisa entschuldigte sich bald, ihr schwirrte der Kopf. Sie gab vor, dass Mrs. Shipley bald das Mittagessen servieren würde und sie daher aufbrechen müsste.

Sie verließ den kleinen Laden, der offenbar nicht nur postalisch das Zentrum für Neuigkeiten war, und holte vor der Tür tief Luft, bevor sie zurück zu ihrem Wagen ging.

Darin Platz genommen, musste sie trotz der Überforderung schmunzeln. So war es also, das englische Dorfleben, zumindest in Sachen Austausch war es dem Deutschen sehr ähnlich! Sie hoffte, dass sie niemandem vor den Kopf stoßen würde, wenn sie jemanden am Sonntag in der Kirche oder beim nächsten Dorfbesuch nicht namentlich begrüßte.

Es waren alle so herzlich zu ihr gewesen, ehrliche Freude sprühte ihr entgegen, aber es war doch etwas viel für sie. Hinzu kam die Angst, dass dieser Osborne recht behalten könnte und sie sich unrechtmäßig auf Brookhurst aufhielt.

Kaum dass sie wieder zu Hause war, ging Louisa durch den Dienstboteneingang in die Küche, wo sie Mrs. Shipley fleißig beim Einkochen der letzten Beeren aus dem Garten vorfand.

Mrs. Shipley unterbrach ihre Tätigkeit, als sie ihre junge Herrin ein wenig verwüstet in die Küche kommen sah.

„Beim Leibhaftigen, was ist denn mit Ihnen passiert? Sie sehen ja aus als hätten sie in der Schlacht von Hastings gekämpft."

Ohne, dass Louisa nur ein Wort sagen musste, ließ sie sich von Mrs. Shipley auf ihren Platz auf der Bank setzen. Keine Minute später stand abermals eine dampfende Tasse wohltuenden Tees vor ihr. Mrs. Shipley ließ ihre Beeren stehen und nahm Louisa auf dem Stuhl gegenüber Platz.

„Was ist denn im Dorf passiert?"

Und Louisa berichtete ihr von ihrem Besuch auf dem Friedhof, ihrer Begegnung mit Osborne Burton und wie sie von Mrs. Bryant vor dem Postamt aufgesammelt worden war. Ohne dass Louisa viel mehr sagen musste, ahnte Mrs. Shipley schon, wie es weitergegangen war.

„Ah, und dann wurde der Bryant'sche Buschfunk aktiviert, habe ich recht? Herein kamen sicher Mrs. Whettley und Mrs. Tabhurst, dicht gefolgt von Mrs. Reverend Tinsley und Wanda Woodstock."

Louisa war verwundert über diese Treffsicherheit ihrer Haushälterin und war sich sicher, dass ihr mindestens ein oder zwei der genannten Namen bekannt vorkamen.

„Ich bin sicher, dass noch weitere Damen aus dem Dorf hereinspaziert kamen, sobald eine andere den Laden verlassen hatte, richtig?"

„Ja, es war ein reges Kommen und Gehen. Ich wusste gar nicht, wohin mit mir! Und ich fürchte, ich weiß nicht mehr, wer wie heißt und zu welchen Komitees und Teestunden ich eingeladen wurde. Ich werde mich am Sonntag in der Kirche absolut lächerlich machen!"

„Seien Sie mal ganz unbesorgt, Mylady, das wird Ihnen niemand übel nehmen. Es ist schließlich immer leichter, sich einen Namen zu merken als gleich zwanzig auf einmal! Und was Mr. Osborne Burton angeht, dem wird sein schäbiges Grinsen schon noch vergehen, er soll erstmal beweisen, dass er der rechtmäßige Erbe ist."

„Wohingegen ich ihm erstmal beweisen muss, dass er es nicht ist", seufzte Louisa schwer.

„Das wird Ihnen schon gelingen, der Herrgott und die Liebe und Treue Ihres Großvaters ist bei Ihnen, Mylady. Zweifeln Sie niemals an beidem. Es wird sich schon richtig fügen, wenn die Zeit gekommen ist."

Mrs. Shipley hatte es auf ihre resolute mütterliche und christliche Art geschafft, Louisa zu beruhigen.

Wenig später ging Louisa frisch gestärkt in die Bibliothek, um nach Hinweisen auf den Erlass zu suchen.

Sie schaute den Stapel alter Bücher auf dem Tisch durch, fand alte Aufzeichnungen und Notizen, die zwischen Seiten klemmten, tat sich aber schwer mit dem alten handgeschriebenen Englisch.

Sie zog willkürlich Bücher aus den Regalen und schaute, ob sich dahinter ein Geheimfach verbarg. Sie fand tatsächlich eines, welches jedoch zu ihrem Bedauern bis auf alten Staub komplett leer war.

Wenn ihr Großvater in seinem Tagebuch Recht gehabt hatte, musste sie nach einem James suchen. Hoffentlich gab es davon nicht so viele. Sie schaute unter dem Buchstaben „J" in der Enzyclopedia Britannica und in anderen Nachschlagewerken.

Aber nichts davon deutete auf ein antikes Stück Papier hin, vermutlich starkes Pergament, welches an einer Stelle zwischen die Seiten geklemmt worden war. Zudem waren all diese Bücher noch nicht so alt wie es der Erlass sein müsste.

Daher war es unwahrscheinlich, dass sich dieses alte Schriftstück dazwischen befand, ohne dass es in den Jahrhunderten vorher gefunden worden wäre. Louisa überlegte weiter.

Wer war James?

Vielleicht könnte sie wenigstens die Familienchronik finden, von der hatte ihr Großvater Lord Burton doch auch in seinen Tagebüchern geschrieben. Wenn sie diese fand, konnte sie herausfinden, wer James war und wann er gelebt hatte. Sie vermutete, dass dessen Ehe entweder kinderlos geblieben, ein möglicher Sohn leer ausgegangen war, oder nur Töchter daraus hervorgegangen waren, wenn schließlich doch der jüngere Bruder von diesem James die Erbfolge weitergeführt haben soll.

Vorausgesetzt, Mrs. Bryant hatte ihr nicht irgendein Märchen aufgetischt, von dem nur maximal die Hälfte der Wahrheit entsprach.

Louisa fand ihre Schlussfolgerung zu James' Familienstand ziemlich logisch und hoffte inständig, dass sie Recht behielt.

Sie hatte während ihrer Grübeleien die Zeit vollkommen vergessen, so dass Mrs. Shipley an die Tür klopfte um ihr zu sagen, dass das Mittagessen auf dem Tisch stehe.

Nach dem Lunch vergrub sich Louisa wieder in die Tiefen der Bücherregale, holte ein Buch nach dem anderen heraus, welches auch nur im Ansatz aussah, als wäre es einige hundert Jahre alt.

Louisa wusste zwar nicht, was sie darin zu finden glaubte, aber vielleicht gab es ja Hinweise auf die Familiengeschichte, oder vielleicht sogar auf das Versteck. Doch die meisten Bücher waren nicht älter als 200 Jahre und meist wissenschaftlicher oder literarischer Natur, wie Louisa ja bereits vor ein paar Tagen festgestellt hatte.

Mrs. Shipley, unterdessen, brachte ihr immer frischen Tee, Obst oder aufmunternde Worte zur Stärkung.

Gegen den späten Nachmittag war Louisa ziemlich erschöpft.

Sie ließ sich in einen der Ledersessel fallen und rutschte kraftlos halb herunter und saß schließlich mit ihrem Po auf dem Teppichboden. Als sie sich gerade wieder aufrichten wollte, fiel ihr Blick auf ein dickes und knorriges Buch in einem untersten Regalfach, direkt hinter der Tür zur Halle. Es lag zu oberst auf einem farblich ähnlichem Bücherstapel.

In der dunklen Ecke verschmolz es förmlich mit dem Schatten. Wieso hatte sie diese Ecke nicht eher beachtet? Sie kroch auf allen Vieren dorthin und kniete sich vor dem Regal auf den Boden.

Vorsichtig zog sie das alte Buch aus seinem Fach. Der Ledereinband war speckig und die Seitenkanten brüchig. Dieses Buch war zweifellos einige hundert Jahre alt.

Sorgsam legte Louisa das Buch auf den Fußboden und klappte den ledernen Deckel auf. Sie hielt die Luft an, als sie in der alten englischen Schrift den Titel des Buches las:

„Familienbibel der Lords Burton of Brookehurst 1473 AD".

Sie hatte die Familienchronik gefunden. Louisa erhob sich und räumte auf dem kleinen Schreibtisch eine Fläche frei.

Dann holte sie das Buch und legte es auf den Tisch. War es das? War der Erlass hier drin vielleicht versteckt? Aber wenn es so wäre, hätte ihr Großvater ihn aber doch sicher schon gefunden, schließlich hat er während seiner umfangreichen Suche auch alles durchsucht.

Vorsichtig und mit ihren Fingerspitzen blätterte Louisa die obersten Seiten durch. Das alte Pergament war sehr fragil und sie hatte Angst, dass es zwischen ihren Fingern zu Staub zerfiel.

Eines konnte sie sofort feststellen, nämlich dass vermutlich alle Burtons, die auf Brookhurst geboren oder gestorben waren, hier eingetragen worden waren. Dazu kamen die Eheschließungen, Taufen und sonstige Anmerkungen. Die ganze Geschichte der Burtons lag vor Louisas Augen.

Sie blätterte weiter und weiter. Als sie zum 18. Jahrhundert kam, wurde sie aufmerksamer, denn wenn sie Mrs. Bryant glauben konnte, dann müsste der besagte James in diesem Jahrhundert auftauchen.

Es dauerte auch nicht lange, da stolperte Louisa über eine ganze Reihe von James'. Jetzt musste sie nur genauer lesen, wer von diesen Herren derjenige war, auf den ihre Theorie passte.

Dann entdeckte sie einen Eintrag über einen James, der am 14. Oktober 1691 geboren worden war. Dieser war verheiratet, hatte aber nur drei Töchter mit seiner Frau bekommen. Am 5. Mai 1748 verschwand dieser James spurlos und wurde wenig später für tot erklärt. Es wurde erwähnt, dass dieser James einen Brief hinterlassen hatte, in dem er verfasste, dass er sich aus gesundheitlichen Gründen das Leben hatte nehmen wollen und seinem unehelichen Sohn alles rechtmäßig vermachte. Davon hatte doch die Frau von der Post, Mrs. Bryant erzählt! Es war also tatsächlich etwas Wahres an dem Gerücht.

Als ergänzende Anmerkung war in einer anderen, eiligeren Schrift darunter notiert:

23. November 1728 - Geburt von James Peregrin Hewitt, Sohn von Lord James Arthur William Burton mit Mathilda Jane Hewitt. Unehelich doch anerkannt als Sohn und Erbe von Brookhurst. (Erlass zur Änderung der Erbberechtigung vom 12. December 1735, fortan gültig für alle nachfolgenden Generationen der Familie Burton und offiziell genehmigt durch SM König George II.)

Louisa starrte auf die Seite in dem alten Buch. Hier stand es Schwarz auf Weiß. Es hat diesen Erlass wirklich gegeben. Dies muss der Eintrag gewesen sein, den auch ihr Großvater entdeckt hatte. Sie war einen Schritt weiter. Nun fehlte nur noch das offizielle Dokument dazu, mit dem offiziellen Siegel des Königs darunter.

Sie las weiter. Neben umfassenden baulichen Änderungen, die unter James dem Älteren am Haus vorgenommen worden waren, stand im Folgenden tatsächlich das, was Mrs. Bryants Geschichte schon angedeutet hatte.

Dieser James Peregrin Hewitt-Burton wurde 1748 der nächste Earl. Wieder wurde eine Anmerkung darunter geschrieben. Der königlich bestätigte Erlass habe ihn dazu gemacht. Das Dokument sei an dem Ort gut vor Diebstahl und Feuer verwahrt, an dem sein Vater es schon aufbewahrt hatte.

Eine weitere neue Handschrift trug am *13. März 1750 den Unfalltod des jungen Earls zu Pferde* ein. *Unverheiratet und kinderlos.*

Der nächste Eintrag galt dem jüngeren Bruder des alten Earl James, William, der nun Brookhurst unverhofft übertragen bekommen hatte.

Wie Louisa es überblicken konnte, sie las nicht jeden einzelnen Eintrag genau durch, war ab diesem Earl alles in geordneten Bahnen verlaufen und sauber eingetragen. Lediglich über Umbaumaßnahmen stolperte sie hin und wieder.

Dann erreichte sie den letzten Eintrag in dieser Familienchronik. Die Tinte sah noch frisch aus. Als sie den Text durchlas, überlief sie eine Gänsehaut. Sogar ihr Name und der ihres Bruders Johannes waren eingetragen!

Allerdings fehlte das letzte wichtige Datum. So griff sie kurzerhand zu einem Füllfederhalter am Schreibpult und trug in feinsäuberlicher Schrift ein:

22. August 2000 - Lord William Mortimer Herbert James Burton, 14. Earl of Brookhurst stirbt. Im Tode wiedervereint mit seiner großen Liebe Johanna. Ihr gemeinsamer Sohn Wilhelm Blandfort-Burton wird 15. Earl of Brookhurst.
September 2000: Brookhurst Manor wird übernommen von dessen Tochter Lady Louisa Wilhelmine Blandfort-Burton.

Das war das erste Mal, dass sie ihren neuen Namen selber geschrieben hatte. Und es fühlte sich richtig an. Sie gehörte hierher. Und das ließ sie sich von Niemandem streitig machen.

Dem nächsten Vormittag fieberte Louisa entgegen, bedeutete es doch, dass Mr. Montgomery sie besuchen würde.

Als der Anwalt endlich eintraf, führte sie ihn in den Salon und ließ von Mrs. Shipley Tee bringen. Mr. Montgomery war beeindruckt, wie gut sich die junge Frau in dieser kurzen Zeit hier eingelebt hatte.

Er brachte ihr außerdem ihren richtigen Pass, erklärte noch ein paar letzte Dinge und war dann ganz Ohr für Louisas Problem.

Sie berichtete von dem angeblichen Erlass, der, wie sie stichprobenartig herausgefunden hatte, häufiger von Lord Burton in seinen Tagebüchern erwähnt wurde; von ihrer Begegnung mit Osborne Burton und seiner Drohung das Erbe anfechten zu wollen; und ihrer nagenden Befürchtung, dass er gewinnen könnte.

Mr. Montgomery hörte ihr genau zu und überlegte kurz, bevor er antwortete.

„Lady Louisa, ich verstehe Ihre Sorgen. Ob es einen solchen Erlass wahrhaftig noch gibt, vermag ich nicht zu sagen; feststeht, dass es ihn gegeben hat. Soweit ich informiert bin, ist seine Existenz in der Familienchronik festgehalten worden. Sollte also tatsächlich ein solches Dokument existieren, wäre es für die Stärkung Ihrer Position von erheblichem Vorteil, wenn Sie es finden würden. Vorausgesetzt, es wird überhaupt zu einem Eklat mit Mr. Osborne Burton kommen. Sollte wider Erwarten ein Schreiben seines Anwalts bei Ihnen eingehen, verständigen Sie mich bitte umgehend."

„Glauben Sie, dass Mr. Burton von diesem Erlass weiß, Mr. Montgomery?"

„Schwer zu sagen. Aber ich vermute, dass, wenn es so wäre, er dieses Theater gar nicht erst aufführen würde. Er fühlt sich sicher in seiner Position, weil er laut offiziell-geführtem Stammbaum der nächste in der Blutlinie ist."

Mr. Montgomery beherrschte die Kunst, ein Gespräch mit einer resoluten Antwort zu beenden. Auch wenn sie dachte, sie hätte noch weitere Fragen gehabt, so gab sich Louisa mit der letzten Antwort des Anwalts zufrieden.

„Ich werde mich weiter auf die Suche nach dem Erlass machen, er muss doch irgendwo hier zu finden sein."

„Es wäre ein Segen für uns alle. Ich kann mir vorstellen, dass es eine sehr unruhige Zeit für Sie sein muss, Lady Louisa. Aber ich bin guter Dinge, dass sich alles zum Rechten wenden wird, seien Sie ganz unbesorgt!" Damit verabschiedete sich der Anwalt.

Louisa brachte Mr. Montgomery noch zur Tür und wartete so lange, bis er hinter der Kurve der Zufahrt verschwunden war.

Sie dachte nach. Wie sollte sie nun weitermachen? Erst einmal bräuchte sie frischen Tee. Sie schloss die Haustür und eilte in die Küche. Sie fand die Küche verwaist vor. Der Kessel auf dem Herd war mit heißem Wasser gefüllt, und so holte sich Louisa eine Teekanne aus dem Schrank und bereitete sich ihren Tee zu, bevor sie wieder in die Bibliothek zurückkehrte. Sie hatte gerade die Küchentür hinter sich geschlossen, als ihr Mrs. Shipley auf dem Gang entgegen kam, sie trug einen Korb mit frischen Kartoffeln, die ihr Mr. Gates aus dem Garten geholt hatte.

„Ah, Mrs. Shipley, gut, dass ich Sie treffe. Ich wollte Ihnen eben sagen, dass ich nun mit der Suche nach dem alten Schriftstück weitermache. Mr. Montgomery ist schon wieder weg."

„In Ordnung, Mylady. Ich schaue zwischendurch mal rein, um zu sehen, ob ich Ihnen noch etwas Gutes tun kann. Ich kümmere mich dann schon mal um Ihren Lunch. Viel Erfolg!"

Ihrer Haushälterin dankend begab sich Louisa wieder in die Bibliothek. Sie stellte die Teekanne auf das kleine Tischchen neben dem Ohrensessel zu ihrer Tasse und überlegte kurz, wie sie nun weiter vorgehen sollte.

Sie blickte sich kurz in dem Raum um. Ihre bisherige Suche hatte ein kleines Chaos hinterlassen. Überall lagen Stapel alter und in Leder gebundener Bücher, sie musste aufpassen, dass sie den Überblick nicht verlor. Kurzerhand griff sie nach einem Stapel, den sie schon durchgesehen hatte und räumte diesen wieder zurück an seinen Platz im Regal.

Dann griff Louisa erneut nach der Familienbibel. Sie schlug die Seite auf, wo der Erlass erwähnt worden war und las ihn mehrfach laut durch. Es wollte ihr aber keine Unregelmäßigkeit auffallen, so sehr sie auch versuchte, die Informationen darin anders zu deuten.

Sie ließ sich seufzend in den Sessel fallen und legte das schwere Buch auf ihre Knie. Es musste doch einen Hinweis geben, irgendwo! Wenn sie doch nur jemanden fragen könnte.

Dann blieb Louisas Blick an einer Anmerkung zu diesem Eintrag in der Chronik hängen, der sie vorher keine wirkliche Aufmerksamkeit geschenkt hatte: Es handelte sich um die Notiz zu den baulichen Änderungen, die James der Ältere hier im Haus vorgenommen hatte. Durch ihn hatte das Haus im Wesentlichen die Gestalt erhalten, die es nun hatte. Es wurde stilistisch in das 18. Jahrhundert geholt, die Formen des Mittelalters und der Renaissance wurden verwischt. Die eleganten Empfangsräume und die Bibliothek wurden errichtet und die große Treppe in die Halle gebaut.

Louisa überlegte.

Vielleicht ergaben ja diese Umbauten etwas, mit dem sie etwas anfangen konnte. Sie müsste die alten Baupläne durchsehen, um möglicherweise auf Hinweise zu stoßen, denn willkürliches Wände-abklopfen würde sie vermutlich nicht weiterbringen.

Louisa glaubte sich zu erinnern, dass sie beim ersten Durchstöbern der Bibliothek unter dem großen Tisch in der Raummitte über alte Mappen gestolpert war.

Louisa fand diese Mappen sehr schnell.

Aber noch bevor sie sie aufschlagen konnte, platzte die Tür zur Halle auf und Osborne stand vor ihr.

„Was haben Sie hier zu suchen?", fuhr Louisa ihn an.

Mrs. Shipley kam hinterher gestürzt und entschuldigte sich, dass sie ihn nicht hatte aufhalten können.

„Wissen Sie, meine Gute, ich wollte mir mein zukünftiges Heim einmal anschauen."

„Haben Sie sich da nicht in der Adresse geirrt? Die Entzugsanstalt ist die Straße runter." Louisa war ebenso überrascht über ihre gehässige Schlagfertigkeit wie Osborne, der augenblicklich puterrot anlief.

„Sie werden schon sehen, was Sie von ihrer Gehässigkeit haben, Gnädigste. Hier!" Er warf Louisa einen Briefumschlag vor die Füße. „Post von meinem Anwalt."

Wie konnte dieser Mensch nur so schnell einen Brief seines Anwalts herbeizaubern? Sie hatten sich doch erst am Tag zuvor im Dorf getroffen.

Louisa hatte sich erstaunlich schnell von ihrem Schockmoment erholt und lief zur Hochform auf.

Sie setzte ihren kältesten Blick auf, den sie zu produzieren vermochte, trat einen Schritt auf Osborne zu und dabei absichtlich mit ihrem Absatz auf den am Boden liegenden Umschlag, so dass das Papier knirschte. Sie ließ ihren Blick nicht locker, und sie blinzelte nicht.

„Dann lasst die Spiele beginnen." Sie hob provozierend ihren Kopf und starrte Osborne nieder, der sich plötzlich verunsichert vom Auftritt dieser jungen Frau mit dem eisigen Blick abwandte, nur um im Weggang neue Kraft zu sammeln und ein giftiges „Wir werden ja sehen. Guten Tag!" auszustoßen.

Dann eilte er aus dem Zimmer, kurz darauf knallte die Haustür zu, so dass die Fensterscheiben in ihren Rahmen wackelten.

„So eiskalt kenne ich Sie ja gar nicht, Lady Louisa."

„Ich auch nicht, Mrs. Shipley, ich auch nicht." Sie stieß ein nervöses Kichern aus und seufzte schließlich. „Es ist so, als würde dieser Mann die schlimmsten Seiten in mir hervorrufen. Aber... ganz plötzlich fühlte ich mich auch stark, so als hätte mir jemand den Rücken gestärkt."

„Das war gewiss ihr Großvater, Ma'am, er ist noch hier, ich kann ihn spüren." Sie lächelte ihre Lady an und ging zurück in die Küche.

Louisa zerrte von diesem Adrenalinkick. Sie war noch nie in ihrem Leben so frech zu jemandem gewesen. Aber sie hatte kein schlechtes Gewissen.

Sie hob den unsäglichen Briefumschlag von Osbornes Anwalt auf, der ein deutlichen Abdruck ihres Schuhs aufwies und rief sofort bei Mr. Montgomery an. Dieser war gerade erst wieder in seiner Kanzlei angekommen.

„Mr. Montgomery, soeben tauchte Mr. Osborne Burton hier auf und hat sich unaufgefordert Zutritt zum Haus verschafft. Er hat mir einen Brief seines Anwalts dagelassen."

„So bald schon?" Der Anwalt zeigte sich überrascht. „Damit habe ich noch nicht gerechnet. Dann scheint es diesem Mann wahrhaftig sehr ernst zu sein. Bitte schicken Sie mir den Brief umgehend zu, ich werde mich sofort um eine entsprechende Antwort kümmern."

Louisa versprach ihrem Anwalt, den Brief sofort in einen weiteren Umschlag zu stecken und ihm zukommen zu lassen. Sie wollte ihn gar nicht lesen. Sie wollte nicht wissen, mit welchen falschen Behauptungen dieser Osborne versuchte, sie aus Brookhurst zu vertreiben.

Louisa regte sich sowieso schon viel zu viel darüber auf, wurde nachts manchmal wach, schweißgebadet und dachte darüber nach, wie es weitergehen würde, sollte dieser verschlagene Kerl Recht bekommen. Diese Nächte malten ihre schlimmsten Vorstellungen noch bunt aus und unterlegten sie mit dramatischer Musik. Zum Glück hatte Louisa immer ein Buch am Bett liegen und konnte ihre schlimmen Gedanken durch ein paar Seiten Lesen wieder abwenden und schließlich jedesmal wieder einschlafen.

Am nächsten Morgen sah es dann meistens nicht mehr so düster aus. Doch die Befürchtung nagte unterschwellig in ihr weiter. Wenn Louisa diesen Brief las, würde sie es Schwarz auf Weiß vor sich sehen und die Ängste vor dem Verlust Brookhursts ihren Alltag dominieren. Daher beschloss sie, dass sich ihr vertrauenswürdiger und patenter Anwalt um diese Angelegenheit kümmern sollte.

Bis es zum Showdown kam, würde sie mit ihrem Leben und ihrer Aufgabe auf dem Gut weitermachen.

Sie legte den Briefumschlag in die Halle auf den Wandtisch neben das Telefon, damit der Postbote ihn direkt mitnehmen konnte.

Sie wollte sich gerade wieder Richtung Bibliothek umdrehen, als sie aus dem Küchentrakt eine unbekannte Stimme hörte, die offenbar mit Mrs. Shipley sprach. War es etwa schon wieder dieser Osborne? So eine Dreistigkeit hatte sie nicht erwartet. Dass er sich nun auch noch durch die Hintertür ins Haus schlich! Aber er musste erstmal am Verwalter Mr. Percy vorbei. Dieser hatte sein Büro in einen der Räume nahe der Küche verlegt, da er sich inzwischen nur noch alleine um die Verwaltung des Guts kümmerte.

Louisa stürmte wutentbrannt Richtung Küche, stieß die Zwischentür auf - und stand plötzlich einem ihr wohlbekannten Gesicht gegenüber. Henry Bainbridge, Mintys Bruder.

Louisa fror in ihrer Bewegung ein und starrte Henry an. Dieser war nicht minder überrascht, als er die beste Freundin seiner Schwester in diesem Flur erkannte.

„Lou?!"

„Äh, Hallo, äh, Henry. Wie geht's der Familie?!", stotterte Louisa vor sich hin. Was redest du denn da für einen Quatsch, schalt sich Louisa selber, wie geht's der Familie? Du hast diesen Mann seit Wochen nicht mehr gesehen, jeden Tag an ihn gedacht, und es fällt dir nichts Besseres ein als ‚Wie geht's der Familie'?

Sie fasste sich schnell wieder, als er verwirrt auf ihre alberne Frage antwortete.

„Ja, äh, danke gut." Sein Blick wanderte zwischen ihr und Mrs. Shipley hin und her. Louisa war leicht errötet und wusste nicht recht, wie sie in dieser Situation verfahren sollte. Niemand außer Minty wusste bisher von ihrer Erbschaft. Henry fing sich ebenfalls rasch und fragte schließlich:

„Was machst du denn auf Brookhurst, Lou?"

„Und was machst du hier, Henry?" Schon wieder sowas Albernes.

„Ich wollte mit Mr. Percy sprechen, es geht um… Ach egal, um was es geht, Louisa, was tust du hier?"

An dieser Stelle mischte sich Mrs. Shipley ein.

„Vielleicht sollten Sie sich in den Salon setzen, Mylady, und ihrem Freund alles erklären. Und ich bringe Ihnen den Tee."

„Mylady?"

„Eine gute Idee, Mrs. Shipley. Komm' Henry, folge mir."

„Okay, aber ich begreife immer noch nicht…"

Louisa führte ihren unerwarteten Gast zum Westflügel und öffnete ihm die Tür zum Salon. Dieser erstrahlte in dem Sonnenlicht wieder in seinen schönsten Farben.

„Setz' dich, Henry."

Er nahm auf einem der Sofas Platz und schaute sie erwartungsvoll an, und Louisa setzte sich ihm gegenüber.

„Also, es ist eigentlich ganz lustig!", begann Louisa unbeholfen.

„Was genau ist denn so lustig?" Henry schien alles andere als amüsiert zu sein.

„Nun, was soll ich sagen… Ich habe Brookhurst geerbt."

„Du hast was?"

„Du hast mich schon richtig verstanden, ich habe Brookhurst geerbt. Lord William Burton war mein leiblicher Großvater."

Henry traute seinen Ohren nicht, während ihm seine Augen beinahe aus dem Kopf fielen. „Du hast Brookhurst geerbt? Aber wie…?!"

Daraufhin holte Louisa einmal tief Luft und berichtete ihm genau, was sich in den letzten Wochen ereignet hatte.

Zwischendrin brachte Mrs. Shipley den Tee, wurde aber kaum wahrgenommen.

„Und du hast es nicht für nötig erachtet, uns davon zu erzählen?" Plötzlich klang Henry beleidigt.

„Minty wusste davon."

„Ach, meine liebe Schwester wusste davon? Und du dachtest, dass es für uns, als deine neuen und unmittelbaren Nachbarn, nicht auch im

Entferntesten von Interesse sein könnte, was sich hier abspielt?" Henry war erbost aufgestanden. Er fühlte sich in seinem Stolz verletzt, dass er ausgerechnet von Louisa nicht eingeweiht worden war.

„Henry, setz' dich bitte wieder hin. Ich habe einen sehr guten Grund dazu, mit den Neuigkeiten noch nicht an die Öffentlichkeit zu gehen. Es ist leider momentan noch etwas schwierig, denn noch ist nicht ganz sicher, ob ich Brookhurst behalten darf. Es gibt eine Anfechtung."

Henry hatte sich wieder beruhigt. „Wie, was meinst du, es gibt eine Anfechtung?" Er setzte sich wieder hin.

„Du erinnerst dich doch an Osborne Burton, du selbst hast mal von ihm gesprochen."

„Ja richtig, mein Freund Erik kennt ihn."

„Und dieser Osborne kämpft mit allen Mitteln, weil er glaubt, dass er der rechtmäßige Erbe sei. Er ist schließlich der Nächste in der offiziellen Blutlinie."

„Aber wie kommt es dann, dass du nun hier sitzen darfst?"

„Es gibt angeblich einen königlichen Erlass, der es unehelichen Kindern gestattet, als Erbe von Brookhurst eingesetzt werden zu dürfen."

„Ja, von dieser Geschichte habe ich gehört. Stimmt es etwa?"

„Genau das muss ich herausfinden. Der Erlass ist nämlich nicht gerade im Büro in einem Ordner unter ‚Familienangelegenheiten' abgeheftet worden. Und solange ich nicht mit hundertprozentiger Sicherheit sagen kann, ob ich wirklich erbberechtigt bin oder nicht, halte ich mich noch bedeckt."

„Das kann ich gut nachvollziehen. Ich werde unsere Begegnung für mich behalten, solange, bis du mir grünes Licht gibst." Henry nahm einen Schluck Tee. "Erzähle mir doch noch mal die genaue Erbfolge seit James."

Ohne ein weiteres Wort eilte Louisa in die Bibliothek und kehrte mit der Familienbibel unterm Arm wieder zurück.

„Hier steht alles drin." Sie blätterte zu der Stelle, wo der Erlass erwähnt wurde und las Henry alles vor, was dort geschrieben stand.

„Ich verstehe. Dann sollten wir weitersuchen, bis wir das Schriftstück gefunden haben."

„Oder bis ein anderer Vorfahre diesen Erlass für nichtig erklärt!"

„Das wird nicht passiert sein. Es wusste doch offenbar kaum jemand von diesem Dokument. Und da sich die Erbfolge nach dem Tod von James' unehelichem Sohn wieder normalisiert hat, gab es auch keinen Grund, diesen Erlass zu finden."

Endlich hatte sich die anfängliche Spannung zwischen den beiden wieder gelegt, und Henry war nun mit Feuereifer dabei, Louisa zu unterstützen. Er konnte es kaum fassen, dass er sie nun so überraschend wieder in seiner Nähe hatte.

Dieser verwaltungstechnische Besuch hatte urplötzlich sein ganzes Leben verändert. Henry würde Louisa nun nie wieder gehen lassen, selbst wenn sie nicht auf Brookhurst bleiben durfte, würde er nichts unversucht lassen, um sie hier in Sussex, oder wenigstens in England, zu halten!

„Welchen nächsten Schritt hast du dir denn überlegt? Ich meine, hast du einen Plan, wie du den Erlass finden möchtest?"

„Nun, ich habe die alten Baupläne gefunden. Vielleicht finde ich darin einen Hinweis auf ein Versteck."

„Das hört sich gut an", bestärkte Henry sie, „und wenn du etwas findest, rufe mich bitte sofort an, ich will unbedingt dabei sein! Leider kann ich jetzt nicht länger bleiben, ich muss unbedingt noch mit Mr. Percy reden, weshalb ich eigentlich hergekommen bin. Wer hätte schon ahnen können, welch' eine Überraschung hier auf Brookhurst lauert!"

Er nahm Louisa in den Arm, dabei schloss sie die Augen und genoss Henrys Wärme und seinen vertrauten Geruch. Sie fühlte sich geborgen und sicher in seinen Armen und schloss für einen kurzen Moment die Augen.

Als sie sich wieder von einander lösten, fragte Louisa ihn, was er denn eigentlich von Mr. Percy wollte.

„Es geht um die Aufforstung des kleinen Waldstücks am südwestlichen Rand, die Grenze verläuft genau in der Mitte und ich wollte das mit ihm abstimmen. Es sei denn, du hast eine Meinung dazu!"

„Nein, mach' das mal mit dem Fachmann. Soweit bin ich noch nicht!", lachte Louisa.

„Gut, aber wir halten dich selbstverständlich auf dem Laufenden."

„Darum möchte ich bitten, Herr Nachbar!"

Henry verabschiedete sich und ließ Louisa im Salon zurück. Sie fühlte sich erleichtert, dass Henry nun Bescheid wusste.

Beschwingt kehrte sie in die Bibliothek zurück und Louisa widmete sich wieder der alten Mappe, die sie kurz vor Osbornes Auftritt hervorgeholt hatte, und breitete die speckige lederne Mappe auf dem großen Büchertisch vor sich aus. Sie fand darin etliche uralte Baupläne auf dickem, vergilbten Pergament. Trotz des Alters waren sie erstaunlich gut erhalten. Die Zeichnungen waren kräftig in ihrer Farbe und das Pergament noch sehr stabil.

Auf den Zeichnungen war ganz ohne Zweifel Brookhurst zu sehen. Auch wenn es in den Jahrhunderten sehr verändert wurde, war doch die Grundstruktur deutlich als dieses Anwesen zu erkennen. Das Haus als mittelalterlicher Bau, mit der großen Halle, die anhand der Fenster deutlich wiederzuerkennen war, und ein ummauerter Rosengarten waren verzeichnet. Ein anderer Plan zeigte Anbauten am heutigen Dienstbotentrakt und dem angrenzenden Speisesaal. Dieser Umbau war offenbar überwiegend zweckorientiert - der Raum der Küche wurde erweitert und durch einige Nebenräume ergänzt.

Fast ein Jahrhundert später führte besagter James Burton die großen Baumaßnahmen im Georgianischen Stil durch, und so wurde Brookhurst zu diesem repräsentativen Familiensitz. Die Zeichnungen waren sehr detailliert. Louisa betrachtete die Fassadenzeichnungen, es waren wahre Kunstwerke.

Weiter unten in dem Stapel Pergamente lag eine Zeichnung vom Park - war das etwa ein original Repton? Die Signatur war eindeutig. Sie hielt eine Originalzeichnung von Humphrey Repton, einem der namenhaftesten Landschaftsarchitekten seiner Zeit in der Hand! Louisa quiekte vor Begeisterung fast wie ein Groupie.

Unglaublich, solche Meisterwerke hatte sie bisher nur in Museen bewundern können. Sie nahm sich vor, diese fabelhaften Meisterwerke einzurahmen und aufzuhängen, sollte es soweit kommen, dass sie Brookhurst behalten durfte. Sie sollten für jeden Besucher zu bewundern sein.

Die nächsten Zeichnungen zeigten die Grundrisse von James' großem Umbau im 18. Jahrhundert. Sie waren von einem Architekten aus der Region, dessen Namen ihr allerdings nichts sagte. Diese Pläne würden jetzt besonders interessant sein, dachte Louisa. Denn wenn es Besonderheiten gäbe, dann müssten sie hierin zu sehen sein. Ganz genau studierte Louisa die Pläne Raum für Raum und erkannte das Meiste davon wieder, hatte sich doch seitdem kaum noch etwas verändert. Die Räume waren fast alle so geblieben, sogar die Wandbespannungen war noch die originalen, wie James sie damals in Auftrag gegeben hatte, wenngleich auch längst fadenscheiniger und ein wenig ausgeblichen.

Nach dieser großen baulichen Umwandlung hatte es im 19. Jahrhundert lediglich noch ein paar Änderungen im Ostflügel und im Küchentrakt gegeben.

Louisa konzentrierte sich daher auf James' Pläne, vielleicht gab es hier ja einen Hinweis auf ein Versteck. Sie griff nach dem Plan.

Louisa merkte, dass sie sich sehr angespannt über den Plänen gebeugt hatte, solche Schätze bekam sie schließlich nicht alle Tage in die Finger. Ihr Nacken schmerzte, und so streckte sie sich kurz aus ihrer Sitzhaltung.

Sie beschloss, am nächsten Tag als erstes mit der Zeichnung des Erdgeschosses durch jeden einzelnen der Räume zu gehen, die darauf eingezeichnet waren, die durch James größere Veränderungen erfahren hatten. Doch für heute hatte sie genug. Sie musste die Ereignisse des heutigen Tages sacken lassen. Ein kleiner Spaziergang durch den Garten, und später würde sie in der Küche Mrs. Shipley bei der Zubereitung des Abendessens zur Hand gehen.

Als Mrs. Shipley Louisa die Küche betreten sah, unterbrach sie ihre Tätigkeit und wartete ab, dass Louisa ihr von ihrer Begegnung mit dem jungen Bainbridge erzählte. Louisa hatte Mrs. Shipley am ersten gemeinsamen Abend von der Freundschaft mit den Bainbridges, vor allem mit Minty, berichtet. Von einer Verbindung zu Henry Bainbridge hatte Louisa ihr gegenüber zwar nichts erwähnt, aber sie war schließlich nicht von Gestern, sie konnte ganz deutlich das unausgesprochene Knistern zwischen den beiden jungen Leuten spüren, als sie sich im Korridor gegenüber standen. Dafür musste man kein Amor sein.

Doch war auch deutlich der Überraschung, wenn nicht sogar der Enttäuschung Henrys zu vernehmen gewesen, als er langsam realisierte, dass Louisa ihm die jüngsten Geschehnisse aus ihrem Leben verheimlicht hatte.

Louisa griff nach einer Schürze und machte sich daran, die Kartoffeln zu schälen. Währenddessen weihte sie ihre treue Haushälterin in das Gespräch mit Henry Bainbridge ein, nicht ohne am Ende ein seliges Lächeln auf dem Gesicht zu tragen.

„Er ist ein guter Junge", antwortete Mrs. Shipley abschließend, „seine Enttäuschung war ihm anzumerken, als er verstanden hatte, dass Sie ihm diese wichtige Nachricht vorenthalten haben. Aber Sie haben es trotzdem richtig gemacht. Und sehen Sie, jetzt haben Sie noch mehr Unterstützung!"

Der Abend verging ruhig und Louisa zog sich früh ins Schlafzimmer zurück. Sie spürte, dass sie an einem wichtigen Wendepunkt in ihrem Leben angekommen war. Doch noch wusste sie nicht, in welche Richtung er drehen würde. Aber seit sie mit Henry gesprochen hatte und er ihr nun seine Hilfe angeboten hatte, fühlte sie sich nicht mehr allein in dem Kampf um Brookhurst.

Auch er würde ihr den Rücken stärken, und das bedeutete ihr alles. Sie hatte bisher nicht zu hoffen gewagt, dass sie sich jemals näher kommen würden. Sie wollte sich noch nicht voreilig zu tiefen Gefühlen für Henry hinreißen lassen, solange sie nicht sicher sein konnte, ob er das Gleiche für sie empfand. Doch nach dem heutigen Nachmittag rührte sich ein kleiner Funken Hoffnung.

Am nächsten Vormittag traf sich Louisa zuerst mit Mr. Percy, um über die aktuellen Angelegenheiten auf dem Gut zu sprechen.

Zwei Stunden später kehrte Louisa voller Tatendrang in die Bibliothek zurück, um die alten Bauzeichnungen Raum für Raum und jeden Tuschestrich genauestens zu untersuchen. Irgendwo musste doch ein Hinweis zu finden sein, James konnte unmöglich seine Nachfahren ahnungslos zurückgelassen haben, schließlich ging es um eine einschneidende Änderung der Erbfolge, die musste schließlich post mortem nachweisbar sein, wenigstens für diejenigen Burtons, die es jemals betreffen sollte.

Louisa begann ihre Schatzsuche hinter dem Speisesaal in der ‚Pantry'. Dieser kleine Raum war im ältesten Teil des Hauses untergebracht, dies verriet die dicke Mauer die ihn vom Speisezimmer trennte, und hatte sich nur wenig verändert seit seiner Fertigstellung im späten Mittelalter. Die Mauer war als solide dicke schwarze Linie im Plan eingetragen.

Der Raum war deckenhoch mit Regalen und Vitrinen ausgestattet und an den freien Stellen mit ebenso dunklem Eichenholz vertäfelt. Louisa begann damit die freien Wände und den Durchgang zum Speisezimmer abzuklopfen, und lauschte dem Klang hinter dem Holz. Es klang dumpf, kein Widerhall war zu hören, definitiv massiv. Louisa lächelte in sich hinein, hatte sie offenbar zu viele Geschichten ihrer Kindheitshelden gelesen.

Die mit Geschirr und Silber bestückten Schränke ließ sie unbeachtet, diese Arbeit würde sie nur auf sich nehmen, wenn sie nirgends eine andere Spur fände.

Sie ging nun weiter und suchte auf dem Plan den Speisesaal nach Unregelmäßigkeiten ab, die sie direkt überprüfen wollte.

Sie suchte mit scharfem Blick die edle Tapete ab, ob sich verdächtige Spalten oder Erhebungen dort befanden, fand aber nichts.

Louisa schloss ein Versteck hinter den großen Gemälden aus, die hätte nie eine Person alleine bewegen können. Im schlimmsten Fall wäre jedes dieser Bilder in all den letzten Jahrhunderten noch nie abgehangen worden, somit hätte auch niemand den Erlass auch nur zufällig finden können. Und wenn man den Geschichten glauben sollte, wusste schließlich niemand, wo sich dieses königliche Dokument befand.

Louisa seufzte, als sie eine Viertelstunde später am anderen Ende des Speisezimmers angekommen war. Nicht einen Ansatz einer Spur hatte sie entdeckt. Vielleicht lag sie mit ihrer Theorie auch total falsch, doch diese war ihrer Ansicht nach die logischste aller Vorgehensweisen, wenn es sonst schon keine Hinweise gab.

Existierte das Grab von James vielleicht noch? Würde darauf ein Hinweis vermerkt worden sein? Aber da würde ihr Großvater doch sicher schon selbst draufgekommen sein, wenn offensichtlich und gut erkennbar ein Zeichen oder Spruch in Stein gemeißelt worden wäre. Doch, Moment, wie war das? Gab es überhaupt ein Grab?

Hieß es nicht, dass James spurlos verschwunden war? Was Louisa sich immer wieder fragte, war, wie man von einem Erlass wissen konnte, wo ihn doch niemand jemals zu Gesicht bekommen hatte? Der uneheliche Sohn von James muss es irgendjemandem erzählt haben, als er das Erbe antrat. Oder war es gar James selber? Schließlich hatte er sich offiziell zu seinem Sohn bekannt.

Möglicherweise hatte er einer Person sein Geheimnis anvertraut, und diese hat die Geschichte weitergegeben, bis die Gerüchteküche weitere Zutaten hinzugefügt hatte und eine spannende Legende entstand. Solche Erzählungen machten sich in jeder Dorfchronik gut! Wie oft war sie über die verschrobensten Geschichten gestolpert, Geschichten von vermissten Leuten, Gespenstern und unheilvollen Ahnungen.

Louisa gab zu, dass sie solche Geschichten gerne anhörte, doch maß sie ihnen nur selten viel Bedeutung bei, jedenfalls nicht in der verbreiteten Fassung. Doch hinter jeder Legende steckte bekanntermaßen immer ein Funken Wahrheit. Sie besann sich und konzentrierte sich wieder auf ihre Suche. Das Risiko auf der falschen Fährte zu sein musste sie in Kauf nehmen, doch irgendwo musste sie mit ihrer Suche anfangen. Und wenn sie danach das Haus und seine alten Pläne als mögliches Versteck ausschließen konnte, wäre sie damit schon ein Stück schlauer geworden.

Sie ergriff den Plan erneut und ging in den angrenzenden Salon mit dem Blick auf die Terrasse und den Garten. Dieser Raum wurde durch eine für die Epoche übliche Wandstärke vom Speisezimmer getrennt, aber das überraschte sie nicht weiter, denn dieser ganze Flügel war ja schließlich der georgianische Neubau.

Auch hier gab es keine Auffälligkeiten in der Baustruktur oder an und in den Wänden. So langsam verlor Louisa ihren neuaufgeflammten Optimismus. Wenn James ein Geheimfach eingebaut hätte, hätte es ja irgendwie oder irgendwo markiert werden müssen. Sonst würde ja alles Versteckte für die gesamte Zukunft verschwunden bleiben, dann hätte er es auch direkt verbrennen können.

Louisa schaute noch einmal auf den Plan und ging vom Salon Richtung Bibliothek, sie wollte sich erstmal eine kleine Pause gönnen und weiter nachdenken. Vielleicht fand sie ja in dem Regalfach neben der Familienchronik noch weitere private Dokumente.

Sie drehte am Türknauf, trat in den Durchgang und hielt plötzlich inne. Etwas kam ihr merkwürdig vor. Dies war doch ein Neubau, wieso gab es an dieser Stelle eine ungewöhnlich dicke Wand? Sofort suchte sie auf dem Plan die entsprechende Stelle. Auf den ersten Blick sah sie aus wie jede andere gewöhnliche Wand in diesem Teil des Hauses.

Doch bei genauerem Hinsehen fiel ihr etwas auf. Wie konnte sie das bisher übersehen haben? Direkt neben der Mauerlinie war ein kleiner parallel verlaufener Strich eingezeichnet, man könnte ihn auch für einen Zeichenfehler halten.

Doch da alle anderen Linien auf dem Plan makellos waren, konnte das nur Absicht sein. Je länger sie auf die Stelle auf dem Pergament starrte, desto mehr glaubte sie zu sehen, dass der kleine unscheinbare Strich in einer anderen Tintenfarbe eingezeichnet wurde.

Sie drehte sich in der Tür zu der Stelle um, worauf der Strich hindeutete und klopfte die Vertäfelung ab. Optisch unterschied sie sich in keiner Weise von den anderen in den Räumen, und doch war der Klang anders. Dahinter klang es hohl.

Louisas Bauch begann zu kribbeln. Das war definitiv etwas Ungewöhnliches. Und egal, was es war, sie musste es einfach untersuchen. Sie klopfte und drückte jeden Quadratzentimeter des Durchgangs ab. Dem Klopfen nach zu urteilen, musste es sich um eine größere Öffnung handeln.

Aber sie fand nichts - keinen Mechanismus, keinen Griff oder Knopf. Sie rüttelte an der Vertäfelung, aber auch da tat sich nichts. Das konnte doch einfach nicht sein!

War in der Bibliothek vielleicht ein Buch an dem man ziehen musste, wie man es aus Filmen kannte? Sie schaute um die Ecke, zog alle Bücher, die in direkter Nachbarschaft standen, heraus, fühlte in die Lücken hinein, aber fand nichts. Das wäre auch zu einfach gewesen.

Auch auf der Salonseite war nicht außergewöhnlich Auffallendes zu erkennen, auch die Bilder versteckten nichts Rätselhaftes.

Fast schon verzweifelt suchte Louisa den ganzen Türrahmen ab.

Irgendetwas musste diese Markierung doch bedeuten. Dann blieb ihr Blick an etwas hängen, was einem Nichtsuchenden sicherlich gar nicht aufgefallen wäre. Es war eine kleine quadratische Stelle, die in die Vertäfelung an der vorderen linken Ecke eingesetzt war.

Sie holte einen Stuhl heran und stellte ihn unter diese Ecke. Sie kletterte darauf und drückte an dieser Stelle herum. Es tat sich gar nichts. Das Holz gab nicht nach.

Getäuscht, dachte Louisa. Aber so leicht gab sie nicht auf. Sie drückte wieder und wieder gegen dieses kleine Viereck. Und da, ihre Augen mochten ihrer Einbildung folgen, aber es bewegte sich. Millimeter für Millimeter löste sich das Quadrat aus seiner Fassung, die wohl einige Male übergestrichen worden war, und schnappte schließlich nach langem Drücken nach außen. Die Öffnung war so groß, dass gerade drei Finger darin Platz hatten. Louisa fummelte aufgeregt mit ihrer rechten Hand in dem dunklen Loch herum und bekam einen eisernen

Gegenstand zu fassen. Ihre Finger tasteten ihn ab und bald hatte sie einen runden Griff erkannt. Er war ganz kalt und rostig.

Sie hielt die Luft an. War es das? Konnte sie tatsächlich etwas Geheimes entdeckt haben? Sie wollte ihre Hoffnungen nicht allzu hoch schrauben, es konnte sich auch nur um ein Konstruktionsteil der Vertäfelung handeln. Aber wieso hatte sie dann nicht schon eher und an anderen Stellen etwas ähnliches gefunden? Und es erklärte auch nicht die Dicke der Wand.

Louisa ergriff erneut nach dem Eisen und zog kräftig daran. Erst rührte sich nichts, dann gab der Griff nach und fügte sich Louisas Willenskraft. Hinter der Wand begann es augenblicklich zu ächzen und zu knarren.

Sie sprang von ihrem Stuhl und schob ihn schnell beiseite. Sie wusste nicht, was passieren würde und so hielt sie Abstand von dem Durchgang.

Plötzlich klappte die Vertäfelung quietschend in die Wand und gab einen finsteren Gang frei. Spinnweben spannten sich von der Tür bis zum Rahmen. Ein kalter und muffiger Hauch stieß Louisa entgegen.

Louisa war sprachlos. So etwas hatte sie noch nie gesehen! Sie musste es sich ansehen. Sie brauchte dringend eine Taschenlampe. Mrs. Shipley würde sicherlich wissen, wo es eine gab. Louisa rannte aufgeregt los in Richtung Küche.

„Mrs. Shipley! Mrs. Shipley! Haben Sie eine Taschenlampe?"

Die Haushälterin war beim Gemüseschneiden und erschrak, als ihre junge Herrin plötzlich in die Küche gestürzt kam, und hätte dabei beinahe ihren Zeigefinger erwischt.

„Meine Güte, was ist denn mit Ihnen los, Sie sind ja ganz aufgeregt!"

„Mrs. Shipley, ich brauche dringend eine Taschenlampe. Ich habe etwas gefunden. Eine Geheimkammer oder sowas!"

„Tatsächlich?", Mrs. Shipley ließ alles stehen und liegen und wollte schon hinter Louisa her eilen, als ihr die Taschenlampe wieder einfiel. „Oh ja, Moment."

Mrs. Shipley lief zum Schrank und wühlte in einer Schublade herum, bevor ihre Hände mit einer alten Funzel wieder auftauchten.

„Warten Sie, ich komme mit, das will ich sehen!"

Die beiden Frauen, gepackt von Entdeckerlust, eilten zur Bibliothekstür.

Louisa drückte auf den Knopf der Taschenlampe, und die erfüllte die Dunkelheit mit ihrem kegelförmigen Schein.

Mrs. Shipley's Augen folgten gebannt dem Lichtstrahl. „Ich fühle mich wie in einer Geschichte der ‚Fünf Freunde'", murmelte sie vor sich hin.

Louisa musste lachen, und sagte: „Ich auch, Mrs. Shipley!"

Sie konnten das Ende der Kammer sehen, und nun leuchtete Louisa den Boden ab. Dort entdeckte sie eine steinerne Treppe.

„Mrs. Shipley, da sind Stufen!"

Mrs. Shipley stierte angestrengt in die Richtung und konnte wage die Umrisse einer schwarzen Öffnung im Boden erspähen.

„Seien Sie bloß vorsichtig, wer weiß, was dort unten ist."

Louisa hatte schon zwei kleine Schritte in die Kammer getan, sie wollte sichergehen, dass der Boden unter ihren Füßen nicht nachgab. Er mochte zwar aus Stein sein, aber wie der Untergrund beschaffen war, konnte sie nicht erkennen. Sie arbeitete sich weiter vor, der Boden schien fest zu sein.

„Warten Sie hier auf mich, ich rufe, wenn ich etwas entdeckt habe. Zur Not können Sie sofort Hilfe holen."

Damit verschmolz Louisa mit der Finsternis in der Kammer. Sie tastete sich vorsichtig bis an die Stufen heran und leuchtete die Stiegen hinab. Sie waren aus Stein und sahen noch unbenutzt aus. Vermutlich hatte James sie hier einbauen lassen, und sie selbst vielleicht nur selten betreten.

Langsam setzte Louisa einen Fuß nach dem anderen auf die Stufen und war bald in der Tiefe verschwunden. Mrs. Shipley blickte ihr gespannt hinterher. Je weiter Louisa hinab stieg, desto mehr konnte die Taschenlampe von dem Raum, der sich dort befand, erfassen. Louisa erkannte bald einen weitläufigen Gewölbekeller, der sich unter der Eingangshalle zu erstrecken schien. Was für eine Entdeckung!

Wieso war dieser Raum auf keinem der Pläne verzeichnet?

„Mrs. Shipley, können Sie mich hören?"

„Ja, Ma'am, ich höre Sie sehr gut!"

„Hier ist ein großer Gewölbekeller, der sich vermutlich unter der großen Halle erstreckt. Ich gehe jetzt hinein und schaue mal, was ich dort finde! Wenn Sie in zwanzig Minuten nichts mehr von mir gehört haben sollten, dann holen Sie bitte Hilfe."

„Seien Sie vorsichtig! Wenn wir eines von Julian, Dick, George und Anne gelernt haben, dann, dass in versteckten Kammern oder Gängen die Luft schlecht ist! Ich mache hier oben die Fenster auf."

Louisa musste laut lachen. „Ja, Sie haben Recht! Ich passe auf."

Sie war sehr aufgeregt, als sie sich schrittweise vortastete. Dabei strahlte sie mit der Lampe alle Richtungen und Ecken ab. Es waren bereits etliche Minuten vergangen.

„Mrs. Shipley, es ist alles in Ordnung!", rief sie ihrer Haushälterin entgegen, deren beruhigte Antwort sie unmittelbar erhielt.

Louisa hatte schon die Mitte des Kellers erreicht und dabei alle Pfeiler und die Gewölbedecke abgeleuchtet, an denen sie vorbeikam. Nichts war zu finden. Irgendetwas musste James doch mit dem Treppenbau beabsichtigt haben. Vielleicht hatte er ihn bei seinen Umbauarbeiten entdeckt und wollte so sicherstellen, dass er zugänglich gemacht wurde.

Aber wieso hatte er dann um diese Treppe so ein Geheimnis gemacht? Es passte alles nicht so recht zusammen. Also würde sich Louisa hier erst einmal weiter umsehen. Das Herz klopfte ihr bis zum Hals.

Bald erreichte ihr Lichtstrahl auch die hinterste Wand, die etwa unter der großen Treppe der Halle sein musste. Dort konnte sie einen dunklen Schatten erkennen, der möglicherweise einen weiteren Durchgang verhieß.

Louisas Schritte wurden schneller und zielstrebig, und sie beeilte sich dorthin zu gelangen, da sie keine Ahnung hatte, wieviel Zeit bisher vergangen war.

Sie erreichte die Ecke des Durchgangs. Noch bevor sie ihre Taschenlampe in den nächsten Raum halten konnte, wurde sie plötzlich von einem heftigen eiskalten Hauch durchfahren.

Louisa blieb wie angewurzelt stehen. Sie war von einer dicken Gänsehaut überzogen. So etwas hatte sie noch nie erlebt. Wo kam dieser kalte Windhauch her? Gab es hier eine Öffnung nach draußen? Sie sah sich um, konnte aber keinen weiteren Windstoß vernehmen. Die Luft war immer noch modrig. Als sie sich umdrehte, erschrak sie laut.

Hinter ihr stand ein Mann. Nein, er schwebte einige Zentimeter über dem Steinboden und war merkwürdig transparent. Er trug einen Gehrock und ein weißes Hemd mit Stehkragen, der mit einem Tuch hochgebunden war, soviel konnte sie erkennen. Der Mann hatte einen dunklen Haarschopf, seine Augen waren regungslos, er starrte sie an. Louisa hatte ihre Augen aufgerissen und starrte die Gestalt ebenso an. Mit dem nächsten Augenblinzeln war er verschwunden.

Louisa gefror das Blut in ihren Adern. Was war das? Sie starrte immer noch auf die Stelle, wo der Mann gewesen war.

Sie wollte es nicht wahrhaben, doch sie ahnte es schon. Das war das erste Mal, dass sie eine Begegnung mit einem Geist hatte.

Totenbleich und transparent. Und irgendwie kam er ihr bekannt vor. Wo hatte sie dieses Gesicht schon einmal gesehen? Aber wer auch immer das war, er konnte ihr hoffentlich nichts antun.

Louisa zitterte. Sie wartete noch einen Augenblick ab, ob noch etwas passierte, doch es blieb still.

Sie fasste all ihren Mut zusammen und warf den Lichtstrahl um die Ecke in den Durchgang. Dort war eine kleine nahezu quadratische Kammer. In der Ecke lag ein länglicher Haufen Etwas, sonst war die Kammer leer. Sie ging vorsichtig auf den Haufen zu.

Je näher sie ihm kam, desto deutlicher hoben sich die Umrisse ab. Vor ihren Füßen lag ein Skelett.

Es war eingehüllt in zerschlissenen Stoffen. Die hohlen Augen im Schädel starrten sie an und das Gebiss schien sie hämisch anzugrinsen. Louisa tat einen schrillen Schrei, der durch das gesamte Gewölbe schallte.

In der Ferne hörte man Mrs. Shipley panisch rufen.

„Lady Louisa! Ist alles in Ordnung? Lady Louisa!"

Louisa fasste sich schnell wieder.

„A…A… Alles okay, Mrs. Shipley!", rief sie in die Gewölbehalle hinein, in der Hoffnung, dass ihre Worte oben bei ihrer Haushälterin ankamen. Sie brauchte einen Moment, um sich zu sammeln.

Louisa fasste sich ein Herz und trat näher an den Toten heran. Sie kniete sich vor ihm auf den staubigen Steinboden. Louisa hatte noch nie ein echtes menschliches Gerippe gesehen. Ausstellungsstücke in Museen natürlich, aber direkt als erste Entdeckung war es ein tiefschauriger Anblick. Doch langsam gewöhnte sie sich daran und konnte wieder ruhiger atmen.

Sie leuchtete mit ihrer Lampe das Skelett ab und betrachtete es genau. Feinste Stoffe kleideten den Toten nur noch notdürftig. Bei diesem Mann, Louisa glaubte zumindest, dass es sich um einen Mann handelte da Kniebundhosen seine Beine kleideten, musste es sich vermutlich um jemanden aus der Georgianischen Epoche handeln.

Der Kopf des Toten war zu ihr gewandt, doch am oberen Hinterkopf klaffte in der Schädeldecke ein Loch. Neben ihm lag, wie einfach fallengelassen, ein großes silbernes Schwert mit einem kräftigen Knauf, dessen Ende dunkel angelaufen schien. War dieser Mann damit hinterrücks erschlagen worden? Louisa empfand sofort Mitleid mit ihm. Menschen konnten so grausam zueinander sein.

Sie leuchtete an seinen menschlichen Überresten entlang. Der Gehrock war aus feinem dunkelgrünen Brokat, der sich stellenweise schon in seine Einzelfasern aufgelöst hatte, aber sich, abgesehen davon, in einem verhältnismäßig guten Zustand befand. Das Musselinhemd jedoch hing dem Mann nur noch in Fetzen am Leib. Er sah aus wie eine Figur aus einem Piratenfilm.

Louisas wandernder Blick blieb an etwas Auffälligem hängen. Unter seiner linken Hand, halb verdeckt von den Kleidungsresten, ragte das Ende einer Pergamentrolle hervor. Deren Ränder waren sehr brüchig.

Louisa fasste all ihrem Mut zusammen, bat den Toten wimmernd mehrfach um Vergebung, dass sie ihn nun stören musste, und versuchte mit spitzen Fingern behutsam die Rolle unter seiner Hand hervorzuziehen. Das letzte Stück der Rolle weigerte sich beharrlich, seinen jahrhundertelangen Aufbewahrungsort zu verlassen.

Die Gebeine klapperten, als Louisa, erneut um Verzeihung bittend, mit einem Ruck an der Pergamentrolle zog. Schließlich hielt sie das Schriftstück in der Hand.

Sie zitterte.

Wenn sie nicht schon am Boden gekniet hätte, hätten ihre Beine spätestens jetzt nachgegeben. Sie versuchte den Anblick des Toten vorerst zu verdrängen und sich ganz auf das Pergament zu konzentrieren.

Es war ein sehr edles Stück Pergament, dick und fein, ganz anders als das der Zeichnungen, die sie gefunden hatte.

Ganz langsam und vorsichtig öffnete Louisa die Rolle, deren faserigen Enden bei ihrer Berührung zerbröselten. Dann hatte sie das Dokument so weit geöffnet, dass sie die Überschrift sehen konnte. Sie leuchtete mit der Taschenlampe auf das Pergament.

Ein prächtiges Wappen in kräftigen Farben strahlte ihr entgegen. „Dieu et mon Droit". Das Wappen des Königs.

In alter schnörkeliger Schrift war der Titel des Dokuments zu lesen.

„Erlass Seiner Majestät George II.
zur Änderung der Erbberechtigung der Lords Burton of Brookhurst, 12.
December 1735. "

Sie hatte ihn gefunden. Louisa konnte es nicht glauben. Sie hatte wahrhaftig den sagenumwobenen Erlass gefunden. Es gab ihn wirklich. Ihre Finger zitterten, sofern es überhaupt möglich war, noch stärker.

Und sie weinte plötzlich vor Erleichterung. Sie hielt ihr Erbrecht in ihren eigenen Händen. In diesem Augenblick flimmerten alle Bilder der vergangenen Tage vor ihrem inneren Auge wie ein Film vorbei, all die Emotionen - von Angst, Unruhe und Panik bis hin zu unfassbarem Glück über ihr neues Leben, all diese Emotionen durchlebte sie noch einmal in Sekundenschnelle.

Am Ende blieb jedoch das schönste Gefühl, nämlich die unglaubliche Seligkeit, dass sie nun endlich auf Brookhurst ankommen durfte. All das Hoffen und Bangen der letzten Tage hatte endlich ein Ende.

Erfüllt von Dankbarkeit sprach sie ein leises Gebet für den ihr unbekannten Toten aus und versprach ihm, dass er alsbald eine ordnungsgemäße Bestattung erhalten würde, damit er endlich zur Ruhe kommen konnte.

Sie vermutete, dass es sich bei dem ihr erschienenen Geist um den dieses Toten handeln musste, und wer er sein mochte. Sie wollte aber erst Gewissheit über die Identität haben, bevor sie damit an die Öffentlichkeit ging.

Sie sprach weiter zu ihm, obwohl sie sich nicht sicher war, ob der Geist sie hörte. Nun war sein Leichnam endlich gefunden worden, nach so vielen Jahren. Derjenige, der ihm das angetan hatte, würde sich vor dem jüngsten Gericht längst verantwortet und seine gerechte Strafe erhalten haben müssen.

Louisa spürte nun eine große Erleichterung, und ihre Angst war wie weggeflogen. Sie erhob sich mit wackeligen Knien, bekreuzigte sich noch einmal, neigte ihren Kopf tief und wandte sich zum Gehen. Sie erwartete zuerst, dass der Geist sie noch einmal aufsuchen würde. Doch sie blieb allein im Gewölbekeller.

Nichts war hier unten zu hören, die Jahrhunderte alte Stille herrschte weiter. Louisa ging zur Treppe zurück und hielt dabei die Papierrolle festumklammert. Niemand würde sie ihr jemals wegnehmen.

Sie erreichte die Stufen und stieg einer aufgeregten Mrs. Shipley und dem sonnigen Tageslicht entgegen.

As Louisa die Geheimtür wieder verschlossen hatte, nicht ohne sicherzugehen, dass sie sich auch beim nächsten Mal wieder öffnen ließ, griff sie zum Telefonhörer und rief Henry an. Er hatte sie schließlich gebeten, ihn auf dem Laufenden zu halten, wenn sie etwas finden sollte.

Am anderen Ende der Leitung nahm erst niemand ab, doch kurz bevor Louisa wieder auflegen wollte, hörte sie ein Knacken und die abgehetzte Stimme Henrys.

„Hollowfield House."

„Henry, gut dass du direkt dran bist. Ich muss dir dringend etwas zeigen. Kannst du herkommen?"

„Was, jetzt sofort?"

„Sobald du Zeit hast, das wäre klasse."

„Ich sag' dir was, ich muss noch eine Sache hier erledigen, dann mache ich mich umgehend auf den Weg. Ist es was Aufregendes?"

„Das kann man wohl sagen!"

„Verrätst du es mir?"

„Nein, das musst du mit eigenen Augen sehen. Bis gleich! Beeile dich!"

Noch bevor Henry etwas weiteres sagen konnte, hatte Louisa schon aufgelegt. Henry schaute verdutzt auf den Hörer, bevor er diesen wieder auf die Gabel des alten Telefonapparates legte. In diesem Moment kam sein Vater zur Tür herein.

„War das das Telefon, was ich gehört habe?", keuchte er, „ich war nicht schnell genug."

„Keine Sorge, Dad, da hat sich nur jemand verwählt."

„Das scheint dich aber dafür sehr mitgenommen zu haben, so wie du aussiehst!"

„Was? Nein nein, halb so wild! Ich muss dann jetzt wieder los."

„Was hast du denn vor?

„Ich muss noch kurz mit Mr. Howard über die Aufforstung Rücksprache halten und dann habe ich noch einen Termin auf Brookhurst." Das war noch nicht einmal gelogen.

„Ah, verstehe. Hast du das neue Gesicht von Brookhurst schon kennengelernt? Ich frage mich ja, wann man gedenkt, sich uns vorzustellen. Man sieht und hört seit Tagen nichts."

„Soweit wie ich es verstanden habe, ist noch nicht alles organisiert für die Übernahme."

Ehe sein Vater zu einem neuen Satz ausholen konnte, verabschiedete sich Henry und stürmte aus dem Haus.

Als Henry eine halbe Stunde später auf Brookhurst ankam, wartete er nicht, bis Mrs. Shipley die Haustür öffnete, sondern verschaffte sich selber Zugang. Er hatte Louisa durch das Fenster der Bibliothek gesehen, wo sie in einem Magazin blätterte und ihren Tee trank. Er lief durch die Halle und klopfte an die Tür.

„Ja bitte!" Hörte er von drinnen und trat daraufhin ein.

„Da bin ich, Hallo Lou!"

„Henry, schön, dass du so schnell kommen konntest."

„Jetzt sag schon, was gibt es Neues?"

Louisa kam ihm plötzlich sehr in sich ruhend vor. Ganz anders, als am vergangenen Tag, wo er sie aufgewühlt und nervös vorfand, fast schon rastlos.

Sie erhob sich aus ihrem Sessel und ging zum Schreibtisch, wo sie eine alte Papierrolle aus einer Schublade holte und sie Henry reichte.

„Was ist das?"

Louisa sagte kein Wort, sie wartete darauf, dass er es selbst erkannte. Als er die Rolle in die Hand nahm, begriff Henry, was er vor sich hatte.

„Sag bloß, das ist das, was ich denke, was es ist?"

Louisa lächelte ihn an und sagte nur: „Es ist das, was du denkst, was es ist!"

Henry rollte das alte Pergament vorsichtig auseinander und betrachtete das kunstvoll gestaltete Dokument aus königlichem Hause.

„Das ist… das ist einfach unglaublich! Wo hast du es gefunden?"

Louisa deutete ihm, ihr zu folgen. Sie öffnete die Tür zum Salon, blieb im Gang stehen und stellte sich auf einen Stuhl, der dort hingestellt worden war. Währenddessen sprach sie kein Wort.

Henry beobachtete Louisa, sie fummelte in einem kleinen Loch in der Vertäfelung herum. Sie schien genau zu wissen, was sie tat.

„Was in Gottes Namen…?"

In diesem Augenblick klickte und knarrte es und eine geheime Tür öffnete sich. „Louisa, was ist das…?"

Sie griff zu einer Taschenlampe, die in einer Ecke auf dem Boden stand und leuchtete in die Finsternis, die sich hinter der Geheimtür entfaltete.

„Folgen Sie mir, Mr. Bainbridge!", sagte sie keck und ging in die Dunkelheit. Henry tat wie geheißen und folgte Louisa auf dem Fuße. Sie führte ihn die steinernen Stufen hinunter und mahnte ihn vorsichtig zu sein.

„Übrigens kann es sein, dass du dich erschrecken wirst. Es ist aber alles halb so wild, vertraue mir!"

Sie erreichten den Gewölbekeller und Henry kam aus dem Staunen nicht heraus. Begeistert rief er aus „Das ist ja der Wahnsinn!" und „Sowas habe ich ja noch nie gesehen!"

„Pssst!", machte Louisa.

„Aber wieso denn? Das ist unfassbar aufregend."

„Ja, ich weiß, aber du wirst gleich verstehen, wieso es angebracht ist, leise zu sein. Komm' hier lang."

Sie zog ihn am Ärmel zu der kleinen Kammer und leuchtete hinein.

In diesem Moment überließ sie Henry den Vortritt, und kurz darauf entfuhr ihm ein gellender Schrei. „Louisa! Da liegt ein Toter!"

„Pssst!", wiederholte sie, „ja, das weiß ich."

„Und dann lässt du mich einfach so hier hineinspazieren, ohne einen Ton zu sagen?", flüsterte er aufgebracht. Sie muss unweigerlich lachen, weil sein Gesicht in seiner Fassungslosigkeit einfach witzig aussah.

„Das alles hier habe ich heute gefunden. Er hielt den Erlass in seiner Hand. Dieser arme Kerl wurde hinterrücks brutal erschlagen. Das kann man hier an seinem Schädel sehen. Schau mal!"

„Danke. Kein Bedarf", winkte Henry ab.

„Wir müssen herausfinden, wer dieser Tote ist. Und ich habe auch schon eine Vermutung."

„Denkst du, er könnte der verschollene James sein?"

„Ganz genau das denke ich. Komm, wir gehen wieder nach oben und stören ihn nicht weiter."

Und zu dem Toten murmelte sie: „Verzeihen Sie die erneute Störung, mein Herr. Doch je mehr Menschen von Ihrem Schicksal wissen, desto schneller können wir Sie zur ewigen Ruhe betten. Es wird nicht mehr lange dauern. Ich wünschte, Sie könnten mir ein Zeichen geben, dass Sie der sind, für den ich Sie halte."

In diesem Augenblick blitzte im Licht der Taschenlampe etwas Goldenes auf, dass halb versteckt unter den Brokatfetzen lag.

Es war ein Siegelring. Louisa bückte sich und nahm den Ring an sich. Er muss dem Toten vom Finger gerutscht sein.

Henry war pikiert. „Louisa, das ist Grabräuberei!"

„Ach Unsinn, Henry, dieser Ring hilft uns bei der Identifizierung. Und er bleibt in der Familie. Ich bin sicher, dieser arme Mann hat nichts dagegen, wenn es uns hilft, ihn bald ordentlich zu Grabe tragen zu können."

Sie erhob sich wieder und sie verließen das dustere Gewölbe.

Als sie die Geheimtür wieder verschlossen hatten und in die Bibliothek zurückkehrten, musste Henry seinen Schock zunächst verkraften, dann sagte er: „Du musst die Polizei rufen. Sie müssen das Skelett offiziell…"

„…Für tot erklären?", lachte Louisa laut auf.

„Ja, so ähnlich!", er musste selbst schmunzeln ob dieses morbiden Witzes.

„Zumindest müssen sie es untersuchen und datieren, und was sie sonst noch so alles tun."

„Ja, da hast du Recht. Das erledigen wir am besten sofort. Aber kein Wort davon an die Öffentlichkeit, bis das Drama mit Mr. Osborne-Schmierig-Burton aus der Welt geschafft wurde."

„Versprochen!"

Louisa ging zum Telefon und wählte die Nummer der Polizei. Henry konnte dem Gespräch durch die offene Tür lauschen.

„Guten Tag, Louisa Blandfort-Burton von Brookhurst Manor in Sussex hier, ich möchte gerne den Fund eines Toten melden... Hier in Brookhurst Manor... Er ist offenbar schon länger tot... Etwa 250 Jahre... Er lag in meinem Gewölbekeller. Ich habe ihn heute Mittag gefunden... Bei allem Respekt Sir, aber ich glaube nach der langen Zeit da unten kommt es auf die paar Stunden auch nicht mehr an... Und bitte halten Sie sich bedeckt bei Ihrer Ankunft, die Öffentlichkeit soll erstmal noch nichts erfahren. Sie können die hintere Einfahrt über Marston nehmen... Danke, bis gleich!"

Als sie zu Henry in die Bibliothek zurückkehrte, stand er schallend lachend im Türrahmen „...kommt es auf die paar Stunden auch nicht mehr an, Louisa!!!"

Das passiert also nach der Überwindung eines Schockmoments, dachte Louisa, und musste ebenfalls lachen! Was hatte sie der Polizei bloß erzählt?!

Es dauerte nicht lange, und ein ziviles Einsatzfahrzeug kam vor das Haus gefahren. Mrs. Shipley öffnete den Beamten die Haustür und bat sie herein.

Draußen wurde es nun schon langsam dunkel, der Herbst war im vollen Gange. Mit den Beamten betraten auch einige gelbe Blätter die Eingangshalle.

Louisa und Henry saßen im Salon, wo sie auf die Polizisten warteten.

„Guten Abend, Mrs. Blandfort-Burton." Hinter ihnen hörte man man Mrs. Shipley „Lady!" zischen. „Verzeihung, Lady Blandfort-Burton. Mein Name ist Detective Inspector Philpot und das ist DS Furber."

„Meine Herren, das ist „Henry Bainbridge, ein Freund des Hauses."

„Sir."

„Soll ich Ihnen erst erzählen, was sich zugetragen hat, oder wollen Sie lieber erst den Toten sehen?"

„Wir würden uns lieber erst ein Bild vom Fundort machen."

„Sehr gerne, bitte folgen Sie mir. Im Übrigen glaube ich, dass der Fundort auch der Tatort ist. Im hinteren Schädel des Armen klafft ein großes Loch und ein großes Schwert liegt neben ihm."

Louisa führte die Beamten zur Geheimtür, öffnete diese, und führte sie hinunter in das Gewölbe.

Nach wenigen Minuten konstatierte der Sergeant das Offensichtliche. „Ja, der scheint schon etwas länger hier zu liegen. Die Spurensicherung wird uns mehr sagen können."

„Ich sollte Ihnen dazu sagen", warf Louisa ein, „dass er ein sehr wichtiges Schriftstück in seiner linken Hand hielt, welches ich entnommen habe, das kann ich Ihnen gleich auch zeigen und erklären, was es damit auf sich hat. Außerdem hatte er einen Siegelring unter der rechten Hand. Den habe ich zur Identifizierung ebenfalls mit nach oben genommen. Das war, bevor mir Henry riet, die Polizei zu benachrichtigen." Die Beamten wirkten nicht sehr erbaut über diese Information.

„Nichts für ungut, meine Herren, aber ich glaube, dass der Mörder dieses Mannes inzwischen selbst in die ewigen Jagdgründe eingegangen sein dürfte. Wichtig ist doch eigentlich, die Todesursache und die Identität zu klären, oder nicht?"

Es waren Schritte in dem Keller zu hören, Mrs. Shipley hatte die Spurensicherung hinuntergeschickt.

Louisa, Henry und die Polizeibeamten gaben den Weg zur Leiche frei, so dass die Herrn der Spurensicherung ihrer Arbeit nachgehen konnten.

Es dauerte nicht lange, bis der zuständige Pathologe bestätigte, was alle bereits vermutet hatten. Der Tote, ein Mann, wurde mit einem stumpfen Gegenstand von hinten erschlagen, wie etwa mit dem Knauf eines solchen Schwertes, welches neben dem Toten lag. Wie lange der Mord her sei, würden Laborproben von Knochen und Kleidung ergeben.

Die Gebeine wurden dann vorsichtig auf eine Bahre verladen und schließlich abtransportiert.

Die Polizei blieb noch eine Weile im Haus und ließ sich von Louisa die Umstände des Fundes erläutern, die Schriftrolle und den Siegelring zeigen.

Es war schon spät geworden, als sich die Beamten verabschiedeten.

„Wir melden uns, sobald wir Genaueres wissen, Lady Blandfort-Burton. Dann können wir gemeinsam die Identität klären und ihn schnell zur Bestattung freigeben."

„Vielen Dank, meine Herren, ich bin sehr erleichtert."

Henry saß noch im Salon und hatte den Siegelring in der Hand. Bisher hatten sie noch keine Gelegenheit gehabt, ihn sich näher anzuschauen.

„Hier schau mal Lou, ich glaube, hier steht „*J.A.W. 6. Lord Burton*, oder so. Passt das vielleicht?"

„Warte kurz, ich schaue in der Bibel nach." Einen kurzen Augenblick später hatte Louisa die Familienchronik an der richtigen Stelle aufgeschlagen.

„Hier steht: *14. Oktober 1691 Geburt von James Arthur William Burton, ältester Sohn und Erbe von Arthur James Herbert, 5. Lord Burton of Brookhurst und Lady Catherine Mathilda Burton.* Und auf der nächsten Seite steht, dass James Arthur William Burton am 31. Mai 1726 der 6. Lord Burton wurde. Das könnte passen! Der Ring, die Epoche der Kleidung, der Erlass, das alles deutet wahrhaftig auf James hin."

„Ich kann es immer noch nicht fassen, was du hier alles entdeckt hast, und das in kürzester Zeit!"

„Danke, Henry. Ich gebe eben nur selten eher Ruhe, bis ich etwas gelöst habe. Jetzt kann ich endlich ruhig schlafen."

„Wir müssen jetzt nur noch herausfinden, wer Lord James umgebracht hat, und das dürfte schwierig werden."

„Ja, das ist wahr. Ich meine, wir können auch hier Vermutungen anstellen, aber ob sie der Wahrheit entsprechen, werden wir wohl nie erfahren."

„Ich bin sicher, wir werden es herausfinden. Aber jetzt wird es Zeit, dass ich mich verabschiede. Ich lassen Dich jetzt alleine. Hoffentlich kannst Du gut schlafen, nach all der Aufregung und den Schreckmomenten!"

„Da bin ich sogar sehr sicher." Jetzt merkte Louisa erst, wie müde sie wirklich war.

Sie brachte Henry zu seinem Wagen, wünschte ihm auch eine Gute Nacht und gab ihm zum Abschied einen zarten Kuss auf die Wange.

Louisa schaltete überall die Lichter aus und schleppte sich nach oben in ihr Zimmer. Es war ihr immer ein wenig unheimlich in diesem großen Haus alleine im Dunkeln umherzulaufen.

Aber sie wusste jetzt, dass der eine mögliche Geist sich verabschiedet hatte, als sie unten im Gewölbe stand. An der oberen Galerie fiel ihr Blick auf ein düsteres Porträt eines finster dreinblickenden Mannes mit weiß gepuderter Perücke. Es starrte sie an, und plötzlich erkannte sie seine Gesichtszüge, wenngleich sie weniger fahl und bleich erschienen wie bei der leibhaftigen Begegnung. Auf einem goldenen Schild stand in fein gemalter Druckschrift

Lord James Arthur William, 6th Lord Burton. 1743

Das war James! Merkwürdig, vorher hatte sie ihn nie richtig wahrgenommen, er war eben einer von vielen Ahnen, die hier herumhingen.

Wie eigenartig es doch war, vor wenigen Stunden einen mehr oder minder lebenden Beweis seiner Existenz vor Augen gehabt zu haben. Sonst sind die Personen auf den Gemälden nur noch in den Bildern existent; persönliche Fasern, die bezeugen, dass es sie jemals in Echt gegeben hat, fand man nur äußerst selten. Und jetzt hatte sie sogar die sterblichen Überreste dieses Mannes gefunden.

An seiner rechten Hand trug er sogar den Siegelring, den sie ohne Schwierigkeiten wiedererkannte. So hatte der Mann also ausgesehen, der Jahrhunderte lang da unten einsam im Keller des alten Hauses liegen musste, und von dem alle geglaubt hatten, er hätte sich mir-nichts-dir-nichts das Leben genommen.

Die Frage war nur, wer von seinem Verschwinden oder seinem Tod profitiert hatte. Entweder war es die Ehefrau oder aber der eigene Sohn und Erbe.

„Wer war es, James? Wer hat dich ermordet?" Louisa schaute sich das Bild noch einmal an und ging dann weiter zu ihrem Zimmer.

Völlig erschöpft legte sie sich kurz darauf schlafen, nur um ein paar Stunden später von einem Geräusch geweckt zu werden. Es war, als hätte jemand auf ihren Schminktisch geklopft.

Es war noch stockduster und vom Fenster her hörte sie das Rauschen der Bäume im Wind. Sie drehte sich um setzte sich auf, um nachzusehen, was das Geräusch verursacht haben könnte.

Plötzlich entdeckte sie einen blassblauen Schimmer in der Nähe der Tür. Sie kniff die Augen zu, in der Hoffnung, dass sie dann besser sehen könnte. Als sie erneut auf die Stelle blickte, erkannte sie die geisterhafte Figur aus dem Keller. Sie schwebte wieder einige Zentimeter über den Boden und schaute Louisa direkt an.

Diese war sofort hellwach.

„Sie sind Lord James, nicht wahr? Bitte seien Sie ganz unbesorgt, Sie werden bald eine kirchliche Bestattung erhalten, dafür werde ich sorgen!"

Sie glaubte zu erkennen, dass der Geist langsam nickte. „Bitte James, können Sie mir irgendwie ein Zeichen geben, wer Sie umgebracht hat?

Damit wir diese Untat öffentlich machen können. Ich bitte Sie, wenn Sie eine Möglichkeit haben, zeigen Sie es mir."

Zwei Sekunden später löste sich die Erscheinung in Luft auf. Louisa starrte wie gebannt auf die Stelle, an der vor wenigen Sekunden noch ein Geist erschienen war. Louisa war völlig aufgeregt, nie zuvor hatte sie einen Geist gesehen, und nun schon zum zweiten Mal an einem Tag. Sie hatte Henry nichts von ihrer ersten Begegnung erzählt, weil sie fürchtete, er könnte sie für übergeschnappt halten.

Doch das hier war etwas völlig anderes. Sie konnte sich nur schwer beruhigen. Sie hatte das Licht angeschaltet, um sich erst einmal wieder zu sammeln.

Sie schlug ihr Kissen auf und wollte sich gerade zurücklehnen, als aus der Halle ein lautes Poltern zu hören war, so als wäre etwas zu Boden gefallen. Sie schob die Bettdecke beiseite, schlüpfte in ihren Morgenmantel, der am Fußende auf einem Canapé lag und riss ihre Zimmertür auf.

Sofort schaltete Louisa das Licht auf der Galerie ein und schaute am Geländer hinunter in die Halle. In dem dämmrigen Licht konnte sie nichts erkennen. Also lief sie die große Treppe hinunter und schaltete auch hier das Licht am Fuße der Treppe ein.

Was konnte es nur für ein Lärm gewesen sein? Waren etwa Einbrecher im Haus?

„Hallo?", rief Louisa, „ist da jemand?"

Eine leichte Panik ergriff sie, als sie langsam durch die Halle schlich. Am Schirmständer griff sie nach dem nächstbesten Gegenstand und merkte erst später, dass sie einen speckigen alpenländischen Wanderstock beidhändig vor sich her schob.

Sie arbeitete sich langsam Richtung Salontür vor, als sie an der Wand unter der Treppe hinter dem alten langen Holztisch eine leere Stelle zwischen zwei Gemälden entdeckte. Sie eilte dorthin.

Als sie sich über den Tisch beugte, sah sie Trümmer eines Porträts am Boden liegen, der schlichte goldene Rahmen war auseinander gebrochen und gab eine alte Leinwand frei.

Louisa ging um den Tisch herum, um sich das zerstörte Bild näher anzusehen. Sie hob es vom Boden auf und legte es auf den Tisch.

Darauf zu sehen war ein eher unattraktiver Mann mit kalten Augen. Am goldenen Rahmen befand sich wie bei sämtlichen anderen Gemälden hier im Haus ein Schild mit dem Namen des Abgebildeten.

James Peregrin Hewitt 7. Earl of Brookhurst, 1748

Das war James' Sohn! Der geliebte Sohn, den er zu seinem Erben ernannt hatte, obwohl er unehelich gezeugt worden war. Der geliebte Sohn, wegen dem überhaupt erst der königliche Erlass entstanden war. Dieser ach-so-geliebte Sohn hatte seinen Vater verraten.

Für Louisa stand eindeutig fest, dass dies ein letztes Zeichen von James gewesen war, der seine gesamte Energie aufgebracht hatte, um dieses Bild von der Wand zu holen.

„Danke, James. Jetzt ist alles klar. Er hat ganz gewiss bekommen, was er verdient hat."

Sie legte die Trümmer des Rahmens auf den Tisch neben das Porträt. Ihre Augen blieben noch einen kurzen Moment an James dem Jüngeren hängen, und sie gab ein lautes „Verräter!" von sich, ehe sie wieder nach oben ging.

Die restliche Nacht verlief ruhig und sie schlief länger als sonst.

Als Louisa am späten Morgen hinunter in die Küche ging, hatte Mrs. Shipley ihr Tee und Toast bereitgestellt, zusammen mit einem Zettel, dass sie kurz ins Dorf gefahren sei, um ein paar Einkäufe zu erledigen.

Darunter stand außerdem eine Nachricht von Inspektor Philpot, der sie bat, ihn zurückzurufen. Sie tat dies umgehend, war sie doch sehr gespannt auf seine Neuigkeiten.

„Gut, dass sie so schnell zurückrufen, Lady Blandfort-Burton. Nun, es gibt Neuigkeiten zu ihrem Haustoten. Es handelt sich dabei um einen Mann mittleren Alters nach heutiger Zeit, er war zum Zeitpunkt seines Todes etwa 55-60 Jahre alt. Es konnte noch einmal bestätigt werden, dass er mit einem stumpfen Gegenstand am hinteren Schädel erschlagen wurde. Die forensische Analyse hat außerdem ergeben, dass seine Knochen etwas über 300 Jahre alt sind, was demnach Ihrer geschätzten Angabe vom Zeitalter des Todes entspricht, also vor rund 250 Jahren wurde er ermordet."

„Herr Inspektor, vielen Dank. Dann kann es sich tatsächlich nur um Lord James Burton handeln, der wurde 1691 geboren und verschwand 1748 spurlos, angeblich Selbstmord. Daraufhin hat sich sein unehelicher Sohn James Junior das Erbe angeeignet, völlig legitim aufgrund des Erlasses, wie Sie ja bereits wissen. Daher liegt auch die Vermutung nahe, dass dieser Sohn seinen Vater heimtückisch ermordet hat, um an das Erbe zu kommen. Schließlich muss er gewusst haben, dass er einmal der Earl sein würde. Er war es auch, der seinen Vater nach dessen Verschwinden für tot erklärte und damit Brookhurst Manor beziehen konnte."

„Ja, der Verdacht liegt durchaus nahe, aber es lässt sich leider nicht mehr beweisen. Nicht, dass das noch von Belang wäre."

„Da haben Sie wohl recht. Wie geht es nun weiter? Kann der Leichnam nun beigesetzt werden?"

„Ich denke, das dürfte kein Problem sein. Ich werde Ihnen in den nächsten Tagen die Freigabe mitteilen."

„Vielen Dank, Herr Inspector. Auf Wiedersehen!"

Nun wusste Louisa endlich auch offiziell Bescheid, um wen es sich bei dem Toten im Keller gehandelt hatte. Dass sie einschlägige Informationen vom Toten selber erhalten hatte, behielt sie lieber für sich. Höchstens Henry würde sie davon erzählen.

Kaum hatte sie den Hörer wieder aufgelegt, klingelte das Telefon erneut.

Es war Mr. Montgomery. „Guten Tag, Lady Louisa. Ich habe ihre Post erhalten und ein Schreiben aufgesetzt, in dem ich Mr. Osborne Burton übermorgen zu einem Gespräch nach Brookhurst eingeladen habe. Dabei habe ich, sagen wir, viel Raum für Interpretation gelassen.

Er kann sich entweder auf eine Niederlage einstellen oder sich siegessicher wähnen. Aber wie wir ihn kennen, wird er sich zu Letzterem hingerissen fühlen."

„Mr. Montgomery, es ist gut, dass Sie anrufen. Es ist soviel passiert gestern, dass ich dabei völlig vergessen habe, Sie zu informieren."

„Was um Himmels willen ist denn geschehen?"

„Mr. Montgomery, ich habe den Erlass gefunden."

„Wie bitte? Ist das Ihr Ernst?"

„Mein vollkommener Ernst."

„Und ist es auch der echte, das Original?"

„Originaler geht es nicht, Mr. Montgomery." Damit berichtete sie dem Anwalt kurz, was sich zugetragen hatte, seine Freude und Erleichterung darüber war deutlich zu hören.

Sie verabredeten sich zu der mit Osborne Burton ausgemachten Zeit auf Brookhurst in zwei Tagen.

Es war alles so aufregend. Jetzt musste Louisa nur noch Henry von den Geschehnissen der letzten Nacht erzählen. Sie wollte aber warten, bis er sich meldete. Er hatte gestern erwähnt, dass sein Vater beinahe ans Telefon gegangen wäre. Und solange ihre Erbschaft noch nicht offiziell war, würde er sie besser anrufen.

Louisa musste bis zum Nachmittag warten, bis Henry am Apparat war. Er versprach gegen Abend zu ihr zu kommen.

Louisa entdeckte beim Blick aus dem Fenster ein paar Scheinwerfer die lange Auffahrt heraufkommen. Die prächtige Allee hatte ihre bunten Blätter auf den Weg gestreut und durch den Regen klebten sie fest auf dem Asphalt und bildeten einen rutschigen Film.

Als Henry eintraf, führte sie ihn wieder in den Salon. Hier brannte der Kamin anheimelnd und tauchte den Salon in einen goldenen Schein.

Louisa goß Henry einen Sherry ein, sie mochte diese Tradition, und druckste ein wenig herum, bevor sie sich traute, ihm von ihren Geistererscheinungen zu erzählen.

„Glaubst du eigentlich an Geister, Henry?" Sie versuchte es beiläufig klingen zu lassen und nippte danach direkt an ihrem Sherry.

„Nun ja, wie soll ich sagen. Einerseits denke ich, dass es Unsinn ist, doch andererseits hört man immer wieder von Dingen, die passiert sind, oder die man selber erlebt hat, die jeglicher natürlicher Ursache entbehren. Wieso fragst du?"

„Bis gestern hätte ich dir auf diese Frage die gleiche Antwort gegeben."

„Was ist passiert?" Henry saß nun erwartungsvoll auf der Sofakante.

„Halte mich bitte nicht für verrückt. Doch gestern ist mir zweimal derselbe Geist erschienen. Einmal, als ich zum ersten Mal unten in den Gewölben war, und dann letzte Nacht in meinem Schlafzimmer. Es war James. Ich habe ihn erkannt. Oben hängt ein Porträt von ihm, welches ich gestern Abend zum ersten Mal richtig wahrgenommen habe."

„Zweimal an einem Tag? Verrückt! Und du bist sicher, dass du nicht geträumt hast?"

„Henry, beim ersten Mal war ich mehr als wach im Keller. Das war unmittelbar bevor ich das Skelett entdeckt hatte. Und letzte Nacht bin ich von einem klopfenden Geräusch in meinem Zimmer wach geworden. Ich habe mich umgedreht und sah diesen mannshohen hellen Schimmer im Raum, der immer mehr Gestalt annahm. James war ganz deutlich zu erkennen."

„Und was wollte er?"

„Ich weiß es nicht, aber ich habe ihm gesagt, dass er jetzt bald beerdigt würde. Und dann habe ich ihn gebeten, mir ein Zeichen zu geben, wer ihn ermordet hat."

Sie nahm noch einen Schluck von dem Sherry. „Naja, und einige Minuten später rumpelte es hier unten in der Halle so laut, als wäre etwas heruntergefallen."

„Und hast du nachgesehen, was es war? Oder war jemand Fremdes im Haus?"

„Ich habe nachgesehen." Sie stand vom Sofa auf. „Komm' mit."

Sie gingen in die Halle und Louisa zeigte Henry das zerbrochene Gemälde auf dem alten Tisch.

„Das war es. Dieses Bild ist von der Wand gefallen. Du siehst selber, wie fest es angebracht worden war. Es hat dort Ewigkeiten gehangen. Und plötzlich lag es da."

„Und wer ist das?"

„Hier. Auf dem Rahmen steht der Name. Und jetzt sag' mir, was du davon hälst."

„James Peregrin Hewitt 7. Earl of Brookhurst, 1748. Das gibt es doch gar nicht. Und das kurz nach deiner Begegnung mit dem Geist von James? Wo du ihn auch noch um ein Zeichen gebeten hast?! Also, Lou, wenn das mal kein Zeichen ist! Ich habe eine ordentliche Gänsehaut, das kann ich dir sagen", Henry rubbelte sich über die Ärmel. Damit dürfte das Rätsel wohl gelöst sein", und dann laut in die Halle rufend,

„Und wenn irgendjemand hier mit der Lösung nicht einverstanden ist, möge er oder sie uns jetzt ein klares Zeichen geben!"

Beide hielten den Atem an und lauschten in die Stille. Nichts.

„Bittesehr, alle Damen und Herren von Brookhurst sind einverstanden."

Plötzlich ertönte aus dem Dienstbotentrakt das Klappern eines Eimers, der umgeworfen worden war. Beide erschraken sich und stürmten in die Richtung, aus der das laute Geräusch gekommen war.

Als sie die Korridortür öffneten, hörten sie ächzende Geräusche und „So ein Mist!". Und sahen Mrs. Shipley auf dem Boden knien.

Als diese die Tür hörte, drehte sie sich um. „Verzeihung, mir ist der Kartoffeleimer aus der Hand gerutscht."

Louisa und Henry lachten und halfen dem guten Geist des Hauses die Kartoffeln vom Fußboden einzusammeln und brachten ihr dann einen Sherry zur Aufmunterung.

Zwei Tage später saß Louisa mal wieder in der Bibliothek, wo sie in der Familienbibel blätterte, sie fand diese Chronik ungeheuer spannend, und dadurch fühlte sie sich ihren Vorfahren sehr verbunden.

An diesem Nachmittag fuhr ein schäbiger Wagen vor das Haus und zwei Männer stiegen aus. Den einen Mann kannte sie nicht, doch Louisa konnte von ihrem Platz am Fenster aus sofort sehen, dass es sich bei dem Beifahrer um niemand anderen als um Osborne Burton handelte. Selbstgefällig schaute er an der Fassade entlang, zweifellos das Haus bereits in seinem Besitz wähnend.

Sein glasiger Blick blieb am Erkerfenster der Bibliothek hängen, wo er Louisa entdeckte. Er grinste sie hämisch an und folgte seinem Anwalt zur Tür.

Mrs. Shipley wartete bereits an der offenen Haustür, um die Besucher hereinzulassen.

Louisa drehte sich zu Mr. Montgomery um, der in einem der Lesesessel am anderen Fenster Platz genommen hatte.

„Es geht los."

„Bleiben Sie ganz ruhig, Lady Louisa, es wird alles gut werden."

Noch bevor Louisa darauf reagieren konnte, trat Mrs. Shipley ein, die mit einem überaus überzeugend langem Gesicht die Ankunft von Mr. Osborne Burton und seinen Anwalt Mr. Smith ankündigte.

Schmierig lächelnd und mit überzogener Höflichkeit begrüßte Osborne seine Verwandte. Er stellte den Mann in seiner Begleitung als seinen Anwalt Mr. Smith vor, setzte sich in den Sessel, den Mrs. Shipley und Louisa am selben Vormittag noch aus der Halle in die Bibliothek gewuchtet hatten, schlug selbstgefällig die Beine übereinander und erdreistete sich, Louisa einen Platz anzubieten.

Er fühlt sich tatsächlich sicher, dachte Louisa und überprüfte ihre Trauermiene. Alles war noch an Ort und Stelle, obwohl sie innerlich brodelte ob dieser Unverschämtheit, sich in ihrem Haus wie ein Gastgeber aufzuführen.

Osborne wartete nicht, bis jemand anderes das Wort ergriff und wedelte mit einem Schreiben vor seinem Gesicht herum, welches er am Vortag von Mr. Montgomery per Expresskurier erhalten hatte.

„Nun", säuselte er, „was gibt es denn so Dringendes, dass der Erbanspruch neu formuliert werden muss?"

Er lächelte dabei süffisant in die Runde der bedrückten Gesichter und glaubte sich zweifellos auf der Siegerspur. Was würde er nur alles für dieses Haus bekommen. Allein der alte Plunder wäre ein Vermögen wert!

„Wie Sie wissen, Mr. Burton, haben wir nach Ihrem Schreiben vom Beginn der Woche, welches Sie die Güte hatten hier persönlich vorbeizubringen, die Erbansprüche eingehend geprüft", eröffnete Mr. Montgomery das Gespräch und erhob sich aus seinem Sessel. Sein wohlklingendes Oxford-Englisch verlieh der Atmosphäre etwas Feierliches.

Osborne hätte diesen knorrigen Anwalt gerne zurechtgewiesen und angehalten, ihn gefälligst mit „Eure Lordschaft" anzusprechen. Doch er verkniff sich diesen Kommentar, aber amüsierte sich innerlich köstlich darüber.

„So so. Bitte reden Sie weiter, Mr. Montgomery, aber schön langsam. Ich möchte das genießen."

Louisa war ihrerseits inzwischen sehr amüsiert darüber, was diesem furchtbaren Mann gleich widerfahren sollte. Schnell überprüfte sie wieder ihre Gesichtszüge.

„Sie wissen sicherlich, Mr. Burton, so gebildet wie Sie sind, dass ein königlicher Erlass so lange rechtens ist, bis er widerrufen, geändert oder für nichtig erklärt wird."

„Selbstredend, mein lieber Mr. Montgomery." Er fühlte sich äußerst geschmeichelt, dass man ihn für gebildet hielt.

Mr. Montgomery fuhr fort: „Ich habe die ehrenvolle Aufgabe Sie darüber zu informieren, dass es tatsächlich einen königlichen Erlass gibt, der die Erbfolge in der Familie der Lords Burton of Brookhurst regelt, und das bis zum heutigen Tage."

„Reden Sie weiter, mein Guter." Osborne war jetzt sehr nervös, obwohl er vermutete, was er jetzt erfahren würde.

Allein die langen Gesichter von dieser Haushälterin und Louisa sprachen Bände.

„Am 12. Dezember 1735 verfügte George II.", schmetterte Mr. Montgomery in seinem feierlichen Ton, der jedem Zeremonienmeister zur Ehre gereicht hätte, „dass das Familienerbe der Burtons of Brookhurst an denjenigen Erben gehen kann und darf, der vom leiblichen Vater und vorherrschenden Haupterben offiziell anerkannt wurde, dabei außer Acht lassend, ob das Kind aus einer ehelichen oder unehelichen Verbindung hervorgegangen ist."

Osborne blickte erst Mr. Montgomery und dann Mr. Smith verwirrt an. „Was heißt das jetzt genau?"

„Das heißt, Mr. Burton, dass dieser Erlass von ihrem Cousin Lord William, 14. Earl of Brookhurst zur Anwendung gebracht wurde, als er seinen unehelichen Sohn; Lady Louisas Vater Wilhelm Blandfort-Burton unmittelbar nach dessen Geburt zum Erben ernannte, unter der Annahme, dass es jenen besagten Erlass wirklich gibt. Lord Burton hat zeitlebens nach dem Dokument gesucht, doch erst Lady Louisa hat ihn gefunden."

Osborne wiederholte sich: „Und was heißt das jetzt genau?"

Louisa konnte sich jetzt nicht mehr zurückhalten. „Das heißt, Verehrtester, dass mein Erbanspruch vollkommen rechtens ist, weil König George II. es damals so genehmigt hat. Ich dachte, Sie seien gebildet."

„Heißt…heißt das, ich erbe doch nicht?"

„Nein. Gar nichts. Nicht mal einen gebrauchten Zahnstocher erben Sie."

„Ihr Anspruch ist Null und Nichtig, Mr. Burton", warf Mr. Montgomery nun ein, „und da kein gegenteiliges Dokument irgendwo vermerkt ist, da Ihre Vorfahren von diesem Erlass keinerlei Gebrauch machen mussten, wird es ein solches Aufhebungsstück nicht geben."

Jetzt schaltete sich endlich Mr. Smith ein. Er baute sich in einem altmodischen zweireihigen Nadelstreifenanzug vor ihnen auf, der ihm an den Beinen viel zu kurz war und beigefarbene Socken zum Vorschein brachte.

„Wenn Sie sagen, dass es einen solchen Erlass gibt, der das bestätigt, dann können Sie das sicherlich auch belegen, Mr. Montgomery."

„Aber ja doch. In der Familienchronik der Burtons wurde damals eingetragen…"

Mr. Smith lachte. „Ach, und ich dachte, Sie verstünden Ihr Fach, Montgomery. Sie wissen doch so gut wie ich, dass solche krakeligen Einträge keinen glaubhaften Beleg darstellen."

„Wenn Sie mich hätten ausreden lassen, werter Kollege, dann hätten Sie schließ- und endlich erfahren, dass sich das Originaldokument des benannten königlichen Erlasses nunmehr in unserem Besitz befindet."

Mr. Montgomery baute sich stattlich vor den Gästen auf und rollte genüsslich das wertvolle Pergament vorsichtig auseinander. Dann drehte er langsam das ausgerollte Dokument zu den erwartenden Augen um.

Über der schnörkeligen Schrift prangte das prächtige königliche Wappen und unter dem Text klebte ein dickes rotes Siegel mit unverkennbar ebendem königlichem Wappen.

Sowohl Mr. Smith als auch Osborne schauten ungläubig auf das alte Pergament.

„Das beweist vor Gericht noch gar nichts. Es könnte Ihnen abhanden kommen oder gar zerstört werden", spekulierte Osborne mit gespielter Sorge.

„Wenn es so wäre, Mr. Burton, dann gäbe es beglaubigte Kopien und Scans davon, und nicht zuletzt ein zweites identisches Dokument im königlichen Archiv."

Es war Mr. Montgomery eine sichtliche Genugtuung diesen aufgeblasenen Möchtegern-Earl und seinen drittklassigen Jahrmarktanwalt in deren Schranken zu weisen.In diesem Moment waren diese beiden ausnahmsweise sprachlos.

Louisa stand neben Mr. Montgomery und ließ ihrem Sieger-Grinsen nun freien Lauf, was Osborne zur Weißglut trieb.

„Nun", stellte Mr. Smith abschließend fest, „damit ist wohl vorerst alles gesagt." Er hatte plötzlich jede Lust an dem sinnlosen Kampf um dieses Erbe verloren.

„Wir werden uns nicht so leicht geschlagen geben", wetterte Osborne los, der Louisas Grinsen nicht mehr ertragen konnte, „tun Sie etwas, Smith. Das hier ist mein Haus! Wofür bezahle ich Sie eigentlich?!"

„Sie bezahlen mich überhaupt nicht, Mr. Burton. Kommen Sie, wir sollten besser gehen, sonst machen Sie sich noch lächerlich. Hier können wir nichts mehr erreichen. Auf Wiedersehen, Lady Louisa. Mr. Montgomery." Mr. Smith zog seinen tobenden Mandanten an dessen abgewetzten Tweedärmel Richtung Tür.

Osbornes Fluchen war noch auf dem Vorhof zu hören, als er von seinem Anwalt in das schäbige Auto geschoben wurde, das erstaunlicherweise die gleiche Farbe hatte wie Smith's Strümpfe.

Louisa, Mr. Montgomery und Mrs. Shipley standen am Fenster und lachten erleichtert. Dieser Spuk war endgültig vorbei.

„Mr. Montgomery, ich weiß gar nicht, wie ich Ihnen danken soll."

„Das war Ihr eigenes Werk, Lady Louisa, Sie haben das Dokument so schnell gefunden. Ich konnte es kaum glauben, als Sie es mir am Telefon sagten. Sie müssen sich jedenfalls keine Sorgen mehr machen, Lady Louisa, Brookhurst gehört nun ganz offiziell Ihnen. Zumindest solange, wie sich kein gegenteiliges Dokument finden wird. Aber das halte ich für äußerst unwahrscheinlich, da, wie ich bereits sagte, niemand die Existenz dieses Erlasses bisher nachweisen konnte und zudem auch nicht davon hätte Gebrauch machen müssen. Ihr armseliger Vorfahre, dem Sie so viel zu verdanken haben und der so lange unentdeckt da unten liegen musste. Ich werde mich selbstverständlich sofort um die ordnungsgemäße Bestattung kümmern." Mr. Montgomery seufzte. „Ihr Großvater suchte ewig nach dem Erlass. Er vermutete auch ein Geheimfach oder etwas ähnliches, aber diesen Keller hatte er nie gefunden. Er sprach einmal von einer Geheimtreppe in der ‚Pantry‘, aber mehr kannte er nicht."

„In der Pantry ist eine Geheimtreppe?", fragten Louisa und Mrs. Shipley wie aus einem Mund.

Mr. Montgomery musste laut lachen, als er die leuchtenden Augen der beiden Frauen sah.

„Dann wünsche ich den Damen eine erfolgreiche Suche!"

Brookhurst war gerettet. Wie so oft hat sich einmal mehr bewiesen, dass in alten Geschichten doch immer ein Funken Wahrheit steckte.

Louisa konnte nun endlich richtig auf Brookhurst ankommen. Zuvor schwang immer eine kleine Angst mit, dass Osborne ihren Traum zum Platzen bringen könnte.

Aber jetzt war alles vorbei und sie konnte sich voll und ganz auf ihre Aufgabe als "Lady of the Manor" konzentrieren.

Am Nachmittag fuhr Henry mit seinem alten Geländewagen auf Brookhurst vor. Er hatte Mrs. Shipley im Dorf getroffen. Diese berichtete ihm von den Ereignissen des Vormittags.

Henry wusste, dass Louisa sicher gespannt auf seinen Anruf oder seinen Besuch wartete. Noch konnte sie ihn nicht selber anrufen, denn noch war sie nicht offiziell als Lady Burton bekannt und konnte nicht das Risiko eingehen, seine Eltern am Telefon zu haben. Und er wollte ihr das diebische Vergnügen nicht nehmen, sich beizeiten als die neue Nachbarin vorzustellen.

Er betrat die Halle und rief ihren Namen. Doch niemand antwortete. In der Bibliothek fand er sie nicht, ebenso wenig im Salon. Er ging in die Küche, dort war sie auch nicht zu finden.

Schließlich ging er in den Garten, der zu diesen Herbsttagen besonders verwunschen wirkte. Richtung See konnte er Louisa ausmachen, sie schlenderte in Gummistiefeln und Wachsjacke über die herbstlich-grüne Wiese Richtung Haus. Wie gut sie aussah, und wie perfekt sie hierher passte, dachte er, als er ihr zuwinkte. Dann rannte er los. Und fiel ihr um den Hals.

„Mrs. Shipley hat mir alles erzählt! Willkommen zu Hause, Lady Louisa Blandfort-Burton!" Er ließ sie gar nicht zu Wort kommen in seiner Freude, sondern küsste sie sofort.

Louisa war überrascht, aber erwiderte seinen Kuss sofort. Was für ein glücklicher Tag, dachte sie. Alles fügte sich an die richtige Stelle. Erst Brookhurst, und nun auch noch Henry, der Bruder ihrer besten Freundin. Wieviel Glück konnte ein einzelner Mensch haben? Ihr Herz machte einen Sprung. Als sie sich voneinander lösten, strahlte Henry sie an.

„Louisa, ich bin so glücklich. Ich wollte es dir schon so lange sagen, und zeigen, dass ich in dir mehr sehe, als die Freundin meiner komischen Schwester."

„Henry, du glaubst nicht, wie glücklich du MICH machst! Ich dachte, du siehst in mir nur die Freundin deiner komischen Schwester!"

Beide lachten.

„Nein, du warst immer mehr als das. Aber ich habe mich nie getraut, mehr zu offenbaren, weil ich mir nicht sicher war, was du empfindest."

„Du kannst dir sicher sein, mein lieber Henry, ich empfinde sehr viel für dich." Sie verloren sich wieder in einem langen Kuss.

„Jetzt müssen wir es nur noch der Familie sagen…"

Beschwingten Herzens konnte sich Louisa nach all den Aufregungen der ersten Woche auf ihre gesellschaftlichen Verpflichtungen stürzen. Unter denen war eine, auf die sie sich besonders freute.

Denn als nächstes galt es, sich bei den größeren Nachbarn vorzustellen. Sie wollte es aber erst dann tun, wenn diese Angelegenheit mit Osborne erledigt war. Sie hatte befürchtet, dass, wenn sie es direkt zu Beginn getan hätte, sie alles verlieren würde. In der Hinsicht war sie abergläubisch.

Das erzählte sie auch ihrer Freundin Minty bei einem Telefongespräch kurz nach dem Fund des alten Dokuments.

Und Minty kannte ihre Freundin gut; sie hatte vollstes Verständnis dafür. Dass sich dieses schwelende Drama so schnell geklärt haben würde, war sehr überraschend für Louisa.

Doch da nun dieses Problem aus der Welt geschafft worden war, konnten die beiden jungen Frauen ihren Plan zum „gesellschaftlichen

Hit", wie Minty es nannte, schmieden.

Außerdem musste Louisa ihrer besten Freundin noch ihre neuerliche Beziehung mit ihrem Bruder beichten.

„Mint, es gibt noch etwas, das geschehen ist. Und was du unbedingt als Erste wissen solltest."

„Seid du und Henry euch etwa endlich näher gekommen?"

„Woher weißt du…?"

„Lou, ich bin doch nicht blind! Das konnte doch jeder Blinde sehen, wie ihr euch gegenseitig angeschmachtet habt. Nur ihr selber offenbar nicht."

Louisa war sehr erleichtert, und merkte, wie sie rot wurde, obwohl Minty sie gar nicht sehen konnte. „Nun, ja. So ist es."

Minty lachte daraufhin und beide verabredeten sie Louisas Anstandsbesuch für das darauffolgende Wochenende auf Hollowfield. Sie besprachen ihre Ideen, wie sie Lord und Lady Bainbridge ihre neue Nachbarin vorstellen wollten.

In den Tagen bis dahin erforschte Louisa den weitläufigen Garten und Park von Brookhurst, stattete dem Reverend einen Besuch ab, besuchte am Sonntagmorgen die Messe, in der sie vom Reverend persönlich begrüßt wurde.

Ein paar Tage später ließ sich Louisa in den Läden im Dorf blicken, wo sie neugierig beäugt wurde. Noch nicht alle Leute hatten ihre Zweifel ausgeräumt, dass eine junge Deutsche nun ihr Manor leiten sollte. Doch Louisa war zu allen freundlich und offen. Die ersten Damen luden sie zum Kirchenschmuck-Komitee ein, und so manch andere Einladung folgte auf dem Fuße.

Louisa wollte sich nach allen Kräften bemühen, diese Termine wahrzunehmen, sie wollte unbedingt eine gute „Lady of the Manor" sein.

Louisa lief über den Vorplatz zu ihrem Auto, um zur Post zu fahren, als sie sah, wie sich abermals ein fremdes Fahrzeug dem Haus näherte. Erwartungsvoll blieb sie an ihrem Wagen stehen, um das unbekannte Auto in Empfang zu nehmen. Wer konnte nun noch etwas von ihr wollen?

Der Rover war schon ein wenig in die Jahre gekommen, aber dennoch sehr gepflegt. Er hielt bei Louisa an, so dass diese sehen konnte, wer sich in dem Wagen befand. Es war ein älteres Ehepaar, dass ihr nicht bekannt vorkam.

Die Beifahrertür öffnete sich und heraus stieg eine alte Dame in zierlicher Gestalt, dann kletterte etwas behäbig auch der Fahrer aus dem Wagen.

„Guten Tag, Louisa!"

„Guten Tag." Louisa blickte die beiden fragend an. Sie wussten also, wer sie war.

Die alte Dame kam auf sie zu und streckte die Hände nach ihr aus.

„Du siehst Deiner Oma sehr ähnlich, muss ich sagen, das ist schön! Sie fehlt mir sehr." Sie sprach auf Deutsch, hatte aber einen unverkennbar englischen Akzent in ihrer Sprache, während sie zwischen Englisch und Deutsch hin und her wechselte.

„Verzeihung, aber wer sind Sie?"

„Ich bin deine Großcousine Mia. Und das ist mein Mann, Ted."

„Cousine Mia?"

„Ja, Liebes. Wir waren mit deinem Großvater William eng befreundet, Gott hab ihn selig. Er war ein guter Mann. Und dein Vater sieht ganz genauso aus wie er, nicht wahr? Dein Vater ist mein Patensohn."

Louisa wusste nicht, was sie sagen sollte. Sie war ganz ergriffen, dass sie hier die beste Freundin ihrer Oma vor sich hatte, von der ihre Oma immer erzählte und die sie so sehr vermisst hatte.

„Es ist so schön, Euch endlich kennenzulernen!" Louisa drückte Mia aus einem Impuls heraus an sich. „Oma hat so viel von Euch gesprochen, dass ich das Gefühl habe, Euch schon eine Ewigkeit zu kennen. Wohnt Ihr hier in der Nähe?"

„Ja, etwa eine halbe Stunde von hier."

Louisa besann sich und bat die Verwandten auf einen Tee ins Haus. Sie führte sie in den Salon, wo der Kamin noch leise vor sich hin glomm. Dann eilte sie kurz in die Küche, um Mrs. Shipley zu sagen, dass sie Besuch hatte und gesellte sich wieder zu ihren Verwandten.

Mia und Ted nahmen auf einem der Sofas Platz und Mia ließ ihren Blick durch den Raum schweifen.

„Zuletzt waren wir zu Williams Beerdigung hier. Der Tod von Hanna hatte ihn sehr mitgenommen, sein Herz war gebrochen."

Louisa hörte gespannt der Erzählung über ihren Großvater zu.

„In dem Moment ihres Todes ist sie ihm hier erschienen, wusstest du das? Ach, das kannst du sicher nicht wissen. Er hatte es mir am nächsten Morgen am Telefon erzählt. Es war unglaublich, passte aber alles mit ihrem Tod zusammen."

„,Wilhelm' war ihr letztes Wort, sagte Papa."

„Eigentlich war es William. Dein Onkel Ferdi hatte es als Einziger richtig verstanden, er saß direkt bei ihr."

Louisa überkam eine Gänsehaut. So eine tiefe und treue Liebe über Jahrzehnte hinweg. Sie ergriff die Gelegenheit, Mia und Ted von dem Augenblick von Williams Tod zu berichten, wie es ihr vom Verwalter Mr. Percy zugetragen worden war.

Mia hatte feuchte Augen und zog ein Spitzentaschentuch aus ihrem Ärmel, mit dem sie sich die Augen trocken tupfte.

„Siehst Du, altes Mädchen, es war ein schönes Ende für William", Ted tätschelte seiner Frau liebevoll das Knie, „er ist jetzt endlich mit Hanna zusammen."

Sie saßen noch eine Weile zusammen und erzählten sich von Hanna und William, von Louisas Familie und ihren Plänen für das Gut.

„Ich bin so froh zu wissen, dass ich Familie hier in meiner Nähe habe."

„Wir sind immer für dich da, Louisa. Wir lassen dir unsere Nummer und Adresse da. Du kannst dich jederzeit bei uns melden. Und das meine ich so, als deutsche Verlässlichkeit. Und nicht als diese hohle Englische Floskel!" Den letzten Satz sprach sie wieder auf Englisch, extra laut und in Richtung ihres englischen Ehemannes, der sie nur fragend anschaute.

Louisa musste lachen, die beiden waren einfach goldig.

„Komm', old cabbage, wir lassen das junge Gemüse nun in Ruhe." Ted erhob sich ächzend von seinem Sitz und reichte Mia die Hand.

Vor dem Haus umarmten sich die beiden Frauen und versprachen, alsbald zu telefonieren. Dann sah Louisa dem knatternden Rover nach, bis er hinter der Kurve verschwunden war.

Einige Tage später klingelte auf Hollowfield das Telefon.

„Hier spricht Mrs. Shipley von Brookhurst Manor."

„Guten Tag, Mrs. Shipley", antwortete Lord Bainbridge.

„Lady Blandfort-Burton würde Ihnen gerne morgen Nachmittag ihre Aufwartung machen, um sich Ihnen als ihre neue Nachbarin vorzustellen."

„Es ist uns eine Ehre. Bitte sagen Sie ihr, dass wir sie zum Tee erwarten."

„Sehr gerne. Auf Wiederhören."

Lord Bainbridge ging zurück in den Salon, wo seine Frau und Minty gerade Karten spielten und Henry die Zeitung las.

„Das war Mrs. Shipley, die Hausdame von Brookhurst. Morgen kommt die neue Lady Burton zum Tee."

„Ich dachte, es gäbe diesen geheimnisvollen neuen Earl?", warf Henry ein und schaute von seiner Lektüre auf.

„Nun, wer weiß, vielleicht weilt er nicht mehr unter den Lebenden, so dass sie jetzt irgendeine Schachtel in der Erblinie gefunden haben, die den Laden übernimmt", murmelte Lady Bainbridge, "hoffentlich ist das nicht irgendeine konversationslose Dorfpomeranze ohne Tischmanieren," ohne ihren Blick von den Karten zu lassen.

„Warten wir es doch erstmal ab, danach könnt ihr euch immer noch das Maul zerreißen", unterbrach Minty die Gehässigkeiten ihrer Mutter und zwinkerte ihrem Bruder verschwörerisch zu.

„Ja, warten wir's ab."

Lord Bainbridge setzte sich wieder auf das Sofa am Kamin und begann seine Pfeife neu zu   stopfen. „Vielleicht werde ich mich dann direkt entschuldigen, wenn diese Lady eintrifft. Der Kuhstall wird vermutlich genau dann nach meiner Anwesenheit verlangen."

Am nächsten Nachmittag um Punkt 16 Uhr rollte der Landrover vom alten Earl auf Hollowfield House zu. Louisa konnte es kaum erwarten, ihre lieben Freunde wiederzusehen.

Die herbstliche Auffahrt kam ihr dieses Mal unendlich vor. War sie immer schon so lang gewesen?

Als sie am Vorplatz angelangte, parkte sie den Wagen neben dem Eingang. Sie hüpfte aus dem Wagen, zupfte ihre Kleidung zurecht, zur Feier des Tages standesgemäß in Tweed gehüllt, und ging zur Haustür.

Sie hörte die Glocke in der Halle läuten. Kurz darauf öffnete der Butler die Tür, wusste er doch, wer erwartet wurde. Noch bevor er seinem Staunen Ausdruck verleihen konnte, legte Louisa ihren Finger auf ihre Lippen.

Sie flüsterte dem Butler zu, dass sie die neue Lady Burton sei und dass er sie als diese ankündigen sollte. Er nickte und ging vor in Richtung Salon, wo die Familie bereits wartete.

Minty zappelte in ihrem Sessel hin und her. Henry stand am Fenster. Beide konnten kaum erwarten, die Gesichter ihrer Eltern zu sehen, wenn Loulou sich als Lady Burton vorstellte. Hoffentlich glaubten sie nicht, dass es ein schlechter Scherz war.

Der Butler betrat den Salon und verkündete steif:

„Lady Blandfort-Burton of Brookhurst, Eure Ladyschaft."

Alle Augen schauten gespannt zur Tür.

Da die Tür sich zur Wand hin öffnete, gab es ein paar Sekunden Spannung, wer hinter der weit offenen Tür zum Vorschein kommen sollte.

Louisa bedankte sich im Vorbeigehen bei dem Butler, dann stand sie im Salon. Lord und Lady Bainbridge starrten auf die beste Freundin ihrer Tochter.

„Lord und Lady Bainbridge, es ist mir eine Ehre, dass Sie mich empfangen", begrüßte Louisa ihre Freunde in einem absichtlich gestelzten Ton.

Lord Bainbridge fand als erster seine Worte wieder.

„Mensch, Louisa! Was machst du denn hier? Hast du doch einen Job hier gefunden?" Er ging auf sie zu und begrüßte sie herzlich.

„Du kommst genau richtig, du kannst dir jetzt auch unsere schrullige neuen Nachbarin anschauen, die erwarten wir nämlich jeden Moment."

„So würde ich es jetzt nicht nennen, denn ich habe Brookhurst geerbt," antwortete Louisa.

„Was hast du?" Lord Bainbridge blickte verwirrt von seiner Tochter zu der Besucherin.

„Dadda, hast du nicht zugehört?"

„Das ist doch sicher wieder nur einer Eurer albernen Scherze, Minty."

„Aber ganz und gar nicht, liebe Eltern!", warf Henry ein.

„Henry hat recht, es ist kein Scherz! Auch wenn er als solcher wirklich gut gewesen wäre!" Die jungen Leute kicherten schelmisch.

„Du bist die neue Nachbarin?", Lady Bainbridge schaute nun ebenso irritiert zwischen ihrer Tochter, ihrem Sohn und Louisa hin und her. „Kinder, habt ihr etwa die ganze Zeit davon gewusst?"

„Klar wussten wir das, wir haben doch gemeinsam diesen äußerst gelungenen Plan der gesellschaftlichen Einführung ausgeheckt!"

Sie setzten sich alle auf die weichen Polstermöbel beim Kamin und Louisa berichtete, was sich zugetragen hatte, von Anfang an.

Louisa grinste Henry an. Dieser ergriff ihre Hand und hielt sie fest. Doch hier waren Lord und Lady Bainbridge nur bedingt überrascht. Beide schauten sich an. „Na endlich!"

„Das schreit nach Champagner!", stieß Lord Bainbridge hervor und rannte los, eine Flasche zu holen.

Kurze Zeit später hielt jeder ein Glas des goldenen Tropfens in der Hand und sie prosteten sich zu.

„Auf die Zukunft von Brookhurst Manor und Lady Louisa!"

Henry's Herz fing bei diesen Worten wild an zu klopfen. So viele Jahre hatte er diese Frau nicht aus seinem Kopf bekommen, doch sie war stets die beste Freundin seiner Schwester. Er hatte sie von Anfang an gemocht, hatte aber bezweifelt, dass Louisa sich auch nur im Ansatz für ihn interessierte.

Jetzt saß sie hier, im Salon seiner Eltern, so als wäre sie nie weg gewesen. Sie würde nun immer in seiner Nähe sein, seine Nachbarin sein. Sie war nun die Enkeltochter eines großartigen und wohlhabenden Mannes. Was Henry aber gleichgültig war. Das einzige, was für ihn wirklich zählte, war: Louisa war zurück, und sie würde hier bleiben, für immer.

Er konnte seine Augen nicht von Louisa abwenden. Henry bekam nicht mit, worüber sich seine Familie und Louisa unterhielten, er starrte Louisa verklärt an.

Louisa bemerkte seinen Blick und holte Henry mit einem Lächeln in die Realität zurück. Und dieses schönste Lächeln gehörte nur ihm.

Epilog

„Mylady, es war schon wieder jemand am Apparat, der sich für eine Besichtigung des Kellers interessierte."

Seit dem Fund des Leichnams von James, dem 6. Earl of Brookhurst, in dem geheimen Gewölbekeller von Brookhurst Manor hatte es verhältnismäßig viel Aufruhr gegeben, jedenfalls verhältnismäßig viel für so ein verschlafenes Dorf wie Brookhurst.

Nachdem die Polizei den Leichnam zur Beisetzung freigegeben hatte, war fast augenblicklich die Presse darauf aufmerksam geworden und zahlreiche Lokalreporter stürzten sich auf das gefundene Fressen. Mördermysterium, ein verschollener Toter und sein Geist in einem alten Landhaus -es war für die herbstliche Jahreszeit der richtige Aufhänger und fand sich auf allen Titelseiten der regionalen Zeitungen.

Unentwegt klingelten Türglocke und Telefon; Mrs. Shipley kam beinahe nicht mehr dazu, ihre Arbeiten zu erledigen.

Glücklicherweise hatte Mr. Montgomery es geschafft, alle Pressevertreter auf einen Besichtigungstermin und eine Pressekonferenz zu vertrösten. Um das mediale Interesse nicht unnötig in die Länge zu ziehen, wurde dieser Termin auf einen Tag vor der Beisetzung gelegt.

Es war Ende Oktober, die Jahreszeit bot die perfekte Szenerie für dieses morbide Ereignis.

Viele Menschen von außerhalb, die Presse, Freunde der Familie, Großtante Maggie und Onkel Peter aus Oxford, Pächter, Nachbarn und Schaulustige säumten die Straßen des Dorfes, als der alte, auf Hochglanz polierte gläserne Leichenwagen an ihnen vorüber kutschierte, wahrhaftig ein standesgemäßes Gefährt für einen Earl.

Louisas Vater war als der 15. Earl of Brookhurst mit seiner Frau Lady Elisabeth eigens angereist (wobei sie es immer noch amüsant fanden). Der geheimnisvolle Erbe war endlich eingetroffen. Die Dorfgemeinschaft war erleichtert, dass der neue Earl einem seiner Vorgänger die letzte Ehre erwies.

Die Dorfbewohner vergötterten ihre Lady Louisa, doch diesen besonderen Earl selbst zu sehen, um den sich so viele Geschichten rankten, war noch einmal eine Gewissheit, die viele Menschen im Dorf brauchten, um mit der neuen Situation umgehen zu lernen. Gleichzeitig waren sie verblüfft darüber, wie sehr Lord Wilhelm seinem Vater glich. Niemals mehr würde jemand seine Erbberechtigung in Frage stellen.

Als sich die Aufregung nach der Beerdigung gelegt und die Presse ihr mediales Futter bekommen hatte, kehrte langsam die Normalität nach Brookhurst zurück. Lord Wilhelm und seine Frau blieben noch einige Zeit, um das Anwesen und seine Geschichte näher kennenzulernen. Louisa und ihr Vater blätterten gemeinsam durch die alten Tagebücher des 14. Earls und lernten so den Vater und Großvater besser kennen und verstehen.

Die Winterzeit näherte sich und es wurde spürbar frostiger. Die Bäume waren inzwischen fast blattlos und dunkelbraun. Die Familie plante die Weihnachtszeit auf Brookhurst zu verbringen und auch den Rest der Verwandtschaft einzuladen, Zimmer gab es schließlich genug.

Es klingelte auch jetzt noch immer wieder das Telefon auf Brookhurst, und wildfremde Menschen fragten an, ob es Führungen oder Besichtigungen des Gewölbes gab.

Mrs. Shipley war meistens diejenige, die den Anrufern mitteilen musste, dass dies nicht der Fall war.

Louisa hatte nicht damit gerechnet, dass es einen solchen Andrang geben würde, selbst noch Wochen nach dem Presseaufruhr.

„Mrs. Shipley, ich fürchte, wir sollten uns langsam überlegen, ob wir nicht eine solche Führung tatsächlich anbieten sollten. Wir legen die Zahl der Teilnehmer fest und den Termin. Und dann zeigen wir ihnen den Keller, das Porträt von James und erzählen ihnen die Geschichte." Nach einer kurzen Denkpause fügte sie hinzu: „Und bieten ihnen später noch eine Tea Time an, mit Ihrem köstlichen Victoria Sponge, Scones und beides mit Ihrer selbstgemachten Konfitüre. Dafür verlangen wir eine Art Eintritt. Das machen doch viele Häuser heutzutage!" Ihre

Augen glänzten bei diesem Einfall.

„Wenn Sie es so wünschen, Lady Louisa, können wir das tun." Mrs. Shipley war nicht sehr überzeugt davon, fremde Menschen in ein privates Haus zu holen, sie konnten schließlich ihre langen Finger überall haben. „Aber bedenken Sie, dass es nicht nur ehrliche Menschen auf der Welt gibt."

„Wir werden schon gut aufpassen. Und ich bin sicher, Henry wird uns helfen."

„Dann sollten wir wenigstens die kleinen Gegenstände wegräumen, sonst landen sie ganz schnell in den Handtaschen."

Louisa lachte, „wenn es Sie beruhigt, dann tun wir das!"

Damit war es eine beschlossene Sache. Sie einigten sich auf zwei Termine im Dezember, gaben sie der lokalen Presse bekannt, nannten Teilnehmerzahl und Preis und mussten nur noch warten, bis sich jemand anmeldete.

Kaum war die Lokalzeitung veröffentlicht, klingelte das Telefon in einer Tour. Offenbar war das Interesse größer als erwartet.

Die Leute waren fasziniert von diesem Anwesen. Es war stets ein mysteriöser Ort gewesen, nicht zuletzt wegen seiner aufreibenden Geschichte. Nun bekamen sie endlich die Gelegenheit, sich das Herz des Dorfes, und damit den Schauplatz vieler alter Erzählungen, die sich um dieses Anwesen rankten, mit eigenen Augen anzusehen.

Offenbar war das Interesse größer als erwartet und es folgten nach einer Woche zwei weitere Termine. Auch da war der Andrang überwältigend. Nicht zuletzt hatte sich die köstliche Tea Time von Mrs. Shipley und das stimmungsvolle vorweihnachtliche Ambiente im Haus herumgesprochen. Jeder Raum war geschmückt, mit Tannenzweigen, Efeu und Stechpalme aus dem Garten. Überall funkelten Lichter und ein zarter Duft von Orange und Nelke erfüllte die große Halle. In den Kaminen flackerte gemächlich das Feuer und verströmte seine behagliche Wärme, während Mrs. Shipley den Besuchern zur Tea Time neben Scones auch selbst gebackene Weihnachtskekse reichte.

Die Tea Time war nach dem finsteren Gewölbe ein begehrtes Highlight, und einige der Gäste fragten sogar, ob sie auch ohne Führung eine Tea Time buchen könnten.

Die Stimmen nach weiteren Besichtigungen wurden lauter, so dass Louisa im neuen Jahr beschloss, das Haus an ausgewählten Tagen für die Öffentlichkeit zu öffnen. Das Interesse an ihrem neuen Zuhause gefiel ihr, sie selbst fühlte sich dort wohler denn je.

Louisa und die mit Stolz erfüllte Mrs. Shipley überlegten sich, an Besuchstagen Scones und Tee auf die Hand zum Mitnehmen anzubieten und selbstgemachte Konfitüre zu verkaufen. Mrs. Shipley hatte rote Wangen von ihrem Eifer bekommen und holte das alte Kochbuch ihrer Tante Mrs. Bennett, die Haushälterin des 14. Earls, hervor und blätterte eifrig nach Rezepten für Konfitüren, Marmelade, Chutneys und Pickels.

Mr. Gates, der Gärtner, wurde kurzerhand damit beauftragt, das Gemüse für die nächste Saison anzubauen, der alte Küchengarten sollte wieder voll ergrünen.

Louisa beauftragte indes Mr. Montgomery mit dem Einholen von notwendigen Lizenzen. Dieser war überrascht von ihrer Bitte, aber dennoch erfreut über ihre Idee. Das war etwas ganz Neues, und dennoch mit den traditionellen Rezepten vom Gut eine Reminiszenz an die alte Zeit. Es hätte Lord William gefallen, dachte er sich.

Mr. Percy, der Verwalter, hörte sich zunächst unwillig und zähneknirschend die Vorschläge an, doch als er begriff, dass dadurch der große Küchengarten neu bewirtschaftet und am Ende auch Geld eingenommen würde, war er Feuer und Flamme und wollte sich sofort um mögliche Parkplätze kümmern.

Die Ideen sprudelten. Sogar Henry war mit Feuereifer bei der Planung. Von ein paar Konfitüren und Chutneys erwuchs die Idee eines Hofladens, frisches saisonales Gemüse und Obst von Brookhurst, Blumensamen, Kuchen und Gebäck nach Art des Hauses.

Auf Hollowfield wäre es Henry nicht möglich, ein solches Konzept umzusetzen, dafür war das Haus historisch zu wenig interessant. Aber auch er bot Louisa für den geplanten Hofladen Schinken (sie gaben ihm den klangvollen Namen „Hollowfield Ham") und Speck von seinen eigenen Tieren an, und je nach Saison auch Wild.

Als Raum für diesen Laden sollte die alte kühle Gesindehalle hergerichtet werden. Die alten Geschirrschränke boten Platz für all die Gläser, Kisten und Körbe, und ein alter Tisch für die Kasse war auf dem Dachboden schnell gefunden. Sie bekamen vom Dorfmetzger eine alte, aber funktionstüchtige Kühltruhe für die frische Ware.

Um Kundschaft anzulocken, brachten sie ein Schild am Eingangstor an und ließen es abermals in der Lokalpresse verlauten. Es dauerte nicht lange, bis die Geschäftsidee brummte. Die Kunden konnten direkt vor den Küchentrakt fahren und konnten dort parken, so dass das Leben im Haupthaus nur wenig gestört wurde.

Louisa liebte diese Herausforderungen und die Ideen, die sie mit Henry und der guten Mrs. Shipley entwickelte. Sie waren ein gutes Team. Sie leitete das Anwesen erfolgreich, ihre Ideen und der Erhalt von Traditionen und Geschichte waren ein Erfolg, die Besucher spürten das Herz des Hauses.

Brookhurst stand nunmehr auf der Landkarte, nicht mehr nur als kleiner Punkt mitten in der Sussex'schen Landschaft, es hatte ein Gesicht bekommen.

Damit war auf Brookhurst eine neue Ära angebrochen, die in vielerlei Hinsicht Veränderungen mit sich brachte. So waren es zwar keine innovativen Einfälle, aber sie waren dem Gemüt von Brookhurst entsprechend, welches stets in Bescheidenheit und Eleganz seine Hüter durch die Jahrhunderte begleitete. Es verlangte niemals nach weitreichender Aufmerksamkeit, doch es blieb immer ein kleines Juwel für alle, die mit ihm lebten.

Golden leuchtend stand es da, wie schon viele Jahrhunderte zuvor. Der alte mächtige Blauregen an der Hauswand flatterte im seichten Frühlingswind. Louisa stand vor dem Haus und konnte sich wie so oft nicht daran sattsehen.

Vergessen waren ihre Vergangenheit, ihre Sorgen und Ängste vom vergangenen Sommer. Sie drehte sich um und lächelte, als sie Henry auf sich zulaufen sah. Dieser großartige Mann war noch immer an ihrer Seite, ging treu mit ihr durch alle Höhen und Tiefen.

Und Brookhurst Manor gehörte ihr, sie war nun wirklich zu Hause.

Ende.

Danke!

Danke an meinen Mann und meinen Sohn, meine beiden Mausebären, die mir immer wieder die Ruhe und die Zeit gegeben haben, mich dem Schreiben zu widmen.

Danke an meine Cousine Sandra, die sich die Geschichte in all ihren Stadien angetan hat, zum Ende hin sogar als Podcast-Hörbuch. Sie ist Fan der ersten Stunde!

Danke an meinen Papa, der stets als verlässliche Quelle in Sachen Familiengeschichte zur Verfügung steht, und selbst in seinen schweren Zeiten nie den Spaß an der Geschichte verliert.

Danke an meine Mama, die mir ihr Ohr für meine Sorgen und Gedanken und ihre Zeit, die Geschichte zu lesen, geschenkt hat.

Danke an meine beste Freundin Pia, die mir immer wieder gesagt hat, ich solle endlich mein eigenes Buch schreiben! Das habe ich hiermit getan!

Danke an die Autorin Sophie Oliver, die mir in meinen Anfängen in Sachen Publizieren mit Rat und Tat zur Seite stand.

Ein ganz besonderer Dank geht an meine Oma Hanna „dort oben", die mir früher immer ihre Geschichte aus den Kriegszeiten erzählte und damit unvergessen machte. Ihre Erlebnisse waren die Inspiration.

Und zu guter Letzt: Danke Corona, ohne Deine Lockdowns hätte ich niemals die Zeit gefunden, diese Geschichte aufzuschreiben!!

Über die Autorin

Kate hat etliche Jahre auf der britischen Insel gelebt, dort studiert, und kennt Land und Leute. Als studierte Denkmalpflegerin gilt ihre große Leidenschaft besonders alten Gebäuden und deren Geschichten.

Heute lebt sie in einem kleinen Cottage in einer kleinen Stadt in Mitteldeutschland, zusammen mit ihrem Mann und ihrem Sohn. Und wenn sie nicht gerade mit ihrer anderen Leidenschaft, dem Einrichten, beschäftigt ist, nippt sie an ihrem Tee und denkt an England!!

Kate schreibt für ihr Leben gern. Auf ihrem kleinen Blog veröffentlichte sie in ihrem eigenen Schreibstil regelmäßig humorvolle Artikel über England, und jedes Jahr eine Halloween-Kurzgeschichte.

Dies ist ihr erster Roman. Die Geschichte basiert auf den Ereignissen in den jungen Jahren ihrer Großmutter. Es ist eine Geschichte, die ihr schon jahrelang im Kopf herumschwirrte und die sie nun endlich zu Papier gebracht hat.

© 2023 Kate Brinkhouse
Herstellung und Verlag:
BoD – Books on Demand, Norderstedt
ISBN: 9783756883776